赵智博

著

别来无恙

中国铁道出版社有限公司
CHINA RAILWAY PUBLISHING HOUSE CO., LTD.

图书在版编目（CIP）数据

别来无恙 / 赵智博著 .—北京：中国铁道出版社有限
公司，2023.6
ISBN 978-7-113-29917-0

Ⅰ.①别⋯　Ⅱ.①赵⋯　Ⅲ.①长篇小说 - 中国 - 当代
Ⅳ.① I247.5

中国国家版本馆 CIP 数据核字（2023）第 020717 号

书　　名：别来无恙
　　　　　BIELAI-WUYANG
作　　者：赵智博

责任编辑：奚　源　　编辑部电话：（010）51873005　　电子邮箱：zzmhj1030@163.com
封面设计：闰江文化
责任校对：安海燕
责任印制：赵星辰

出版发行：中国铁道出版社有限公司（100054，北京市西城区右安门西街 8 号）
网　　址：http://www.tdpress.com
印　　刷：北京盛通印刷股份有限公司
版　　次：2023 年 6 月第 1 版　　2023 年 6 月第 1 次印刷
开　　本：880 mm×1 230 mm　1/32　印张：11.5　字数：235 千
书　　号：ISBN 978-7-113-29917-0
定　　价：58.00 元

生长着的故事

收到《别来无恙》全文时，我正在写《包法利夫人》的评论。福楼拜以一种极扎实的文笔寓大象于无形，小说绵密至极。而当我打开智博的新书，看到那句"赵先生，我们公司名下登记的优质房源还有很多，您真的不再考虑一下其他的吗？"我就知道，这将是一种区别于严肃文学的全新阅读体验。

怎么描述呢？那是一种散漫的，无迹可寻的讲述方式，与其说是故事在推动阅读，未若说是"感觉"在进行驱动。《别来无恙》以一种介乎青春和严肃之间的独特"感觉"，悄然间引人入胜。

这种特别的"感觉"是一种陌生中的熟悉感，一场漫长的旅程，无数种遇见的可能，陌生的故事延宕开来，让人无法预判，唯有跟随故事的走向去探索别样的风景。而小说又确乎给人一种熟悉的感觉，那是一种带有记忆回应般的怦然心动与独属于青春时代的义无反顾，其中夹杂着执着与热望，惆怅与矛盾。可以说，这种让人无法释怀的"感觉"，源于作家讲述时那种不羁的独特调性，更源于其对小说的独特认知。小说于赵智博来说，是一种表达而非叙述。表达往往在于氛围中追求惺惺相惜，而叙述则不然，叙述强调的是故事的筋骨脉络，波澜起伏，甚至是内外意蕴的互为指涉，是一种由技而艺，终归于道的探索。但赵智博显然反其道而行之，从他的字里行间可以看出，他渴望的是一种故事的"感觉力",带有慵懒的、通俗气质的感觉,这是他小说的立根之处。

当然,这种写作风格是冒险的。在鲁院的长篇小说改稿会上,专家学者们也明确提出了小说的脉络筋骨应该更加清晰,波澜起伏应该更加明显。这当然是对小说初稿十分中肯的建议。所以当我读到小说最终版时,便十分惊讶于作者在小说方面的天赋,我读到了一个更加激越人心的故事,作者在原稿的基础上强化了场面,也以脉络的曲折走向完成了故事的多维度交叠,这并非易事。同时我也庆幸地看到他坚持了自己的小说腔调。这是在改稿会上我本想说却最终没有机会表达的意见,小说的气质是独属于作家本人的印记,故事可以改,可以无限精彩,但腔调是标志,不可撼动。《别来无恙》是青春的,但青春不意味着肤浅,"网文化"并非全然是不足,关键是如何把青春写出一个时代的味道,如何以网络文学那种环环相扣的吸引力完成从走进故事到走进现实的跃升。冒险的背后是一种叛逆和坚守,这才是青年作家最该有的样子。好在,这位"90后"作家敢于冒险坚持自己的特色,乐于也善于险中求胜。于是这部小说有了精彩的异质感。

其实这个故事对我来说并不陌生,可以说我在一定程度上见证了这本小说的诞生。我和智博是鲁院高研班的同学,宿舍他住320,我住319,是邻居。我们都是不擅长交友的性格,常常独来独往,后来常一起等电梯便渐渐熟悉起来。三个月的时间不长,但因为被禁止出校,三个月可就不能算短了,也因此多了些许交流,而鲁院似乎有一种强大的气场,无论话题的开端是什么,最终一定会回到文学,尤其是挂在整栋楼宇间的巨大铜帘上鲁迅先生那张严肃的面庞,他似乎无时无刻不在聆听我们的言词,文学便不由自主地充盈了整个空间。我就是在鲁院的角角落落听完《别来无恙》这个故事的。

这是个独属于赵智博的故事。他是铁路作协年轻的作家,文学成果却不仅限于行业作协内部,经常能在全国性的报刊上读到他的作品,无论是小说还是散文甚至是诗歌，每每能让人眼前一亮，作为同龄人，我常自叹不如。当我整体阅读其作品时，才恍然发现，他对自己的写作资源是无比清晰且深爱的，他的作品全部基于铁路，从沿窗的抒情到深夜的省思，那些故事里萦绕着车轮压过枕木时的隆隆之声，这是他作为青年作家的独特性。

然而铁路的特质就在于时间与空间的双重流动，所以他的文学原乡绝不像是莫言的高密东北乡或是聂鲁达的帕拉尔城，他的文学故土是流动的，就如同《别来无恙》中的"重庆""苏州""北京"，故事因流动而自然变幻，随之而来的是情绪与故事契机的变换，这也就构成了他故事独特的腔调。而作为一名青年作家，他有着丰富的旅行经验和夸张的近乎不眠不休的好奇心，他自己也是"流动"的，他不安于现状，不满足于生活的舒适，渴求打破，希冀发现，勇于尝试，这完全暗合着他小说的那种"感觉"，由此，独属于赵智博的小说开始缓缓呈现。

以文本细读的方式进入《别来无恙》，是不可取的，当然这并不是说这部小说无法细读，这是赵智博着力呈现的风格，我称之为文本的松弛。当下文学场中，有太多经得起"推敲"的小说了，无数的解读更是让小说充满了可分析的"点位"，如同一只梅花鹿，每一个斑点都那样随意地精致着，等待着去发现。而赵智博希望的是，让小说回归"感觉"，与其创作一只梅花鹿，不如还原一只羚羊，由其挂角，不着踪迹。赵智博的小说是那种能够让你读完就忘记的，忘记了细节，忘记了人物，甚至忘记了你曾读到过这个故事，但你却能把那种"感觉"记住，那种带有决绝意味的怅然，那种在无意义中构建意义的青春气息，已经经由小说传导给了读者。这是"叛逆"的赵智博给出的"以小博大"。他知道什么是"好小说"，对于那些技巧他可谓信手拈来，但他偏偏不，他习惯于构筑"感觉的网"，"引君入瓮"再"送君别离"。他终归是个不安于常情的人。

这部由三个章节组成的长篇小说，每个故事中出现的人物以及与赵忍的关系，都是从陌生到熟知，都是缘于一起经历了风波后的惺惺相惜，而这样的友谊却又因为旅行时间的短暂无法延续，变成了一种记忆中的念兹在兹，这种悲观的故事构设本身就带有强烈的哲学意味，人生如逆旅，如露亦如电。当我们如是看待这个故事时，再回想推动这部小说前行的"不羁的感觉"，是否便自洽起来了？浮世烟云，何必较真，一场相遇之后的人海别过，是属于赵忍，也是属于我们所有人的生命必然。

"讲完故事，赵忍如释重负般长出了一口气。

对于他而言，重庆只是多年旅途中的一站，相比于其他城市的匆忙，这里还有一群志趣相投的朋友。

大家有缘他乡相识，约好了未来某天再见，然后各自随风而起，散落在了地球上某个不知名的角落里。"

书中的这一段如同喃喃自语的独白，很能说明这位年轻作家带有悲观主义的写作缘起，但作为这部书的见证者，我可以负责任地讲，赵智博绝非悲观主义者，他带着他的故事向悲观艰难突围，他的活力源于那种"知不可为而为之"的坦荡与勇敢。就如同他所说，这些经历最起码证明他在这个世界上的很多地方留下过自己的痕迹，并不是困于某一个圈子里面潦过此生。他对于写作亦复如是，他想用文字证明他扎扎实实有血有肉地活过。

在这个意义上，无论是《别来无恙》还是赵智博本人，都是生长着的，故事未完，追探永在。当然，作为同辈作家，为智博写序并不合适，但既然他一直是不按套路出牌的作家，我不妨也就听之任之，配合一下。

哦！更重要的是，这真是一部很有意思的小说，它并没有那么通俗。

陈　曦

2023 年 5 月于依润园

目录

引　子

"赵先生，我们公司名下登记的优质房源还有很多，您真不再考虑一下其他的吗?"

"不了。"

"可是……"

"怎么了?"

"这个……哎!算了，赵先生我就实话跟您说了吧，这个房子是没什么问题，关键是房子的主人她……她有个要求。"

"嗯!"赵忍含糊了一声，他的注意力似乎并没有放在这上面。

"房主是个年轻姑娘，她说只要有人看上这个房子就放一段语音，听了之后再谈买不买。"

"还有这事!她说什么了?你放给我听听!"

"赵先生，我得先说清楚，实在是——您得保证听完不生气!"

"行!我是诚心想买这房子，房东有要求当然要听一听，我生什么气?"

"前面那三位帅哥都是这么说的……"销售小张小声嘟囔了一句，撇着嘴从兜里掏出手机，又扭头盯着面前的男人看了看，似乎想要确认一下他是不是真的想听。

"能不能别磨叽了?她一个女孩子能录什么东西?快点放!我保证

不生气，更不会投诉你，行了吧？"

小张小心翼翼地点开屏幕，面前的男人有些不耐烦，刚准备一把抢过来，手机里突然传来了一阵笑声，紧接着一个大嗓门喊道："'赵狗'！"

男人伸在半空中的手仿佛被电击了一般迅速缩了回去。

小张赶紧关了语音，弓着身子用眼睛偷瞄着他，心想又要坏事了！

只见男人闭着眼睛深吸了一口气，许久之后居然露出一丝自嘲般的苦笑。他舔舔嘴唇，慢慢说道："继续吧！"

"啊？"

小张似乎没有反应过来。

"我说——继！续！吧！"

"嗯？哦哦哦！"小张点点头又把语音打开。

"'赵狗'，我就知道你有一天会来这儿！没想到它的主人是我吧，惊喜吗？你知道我想要什么，自己看着办！"

语音放完了，面前的男人不说话，也看不出来是什么情绪，小张捏着手机暗自祈祷千万别冲动。

"走吧！"

男人终于开口了，小张如获大赦，赶紧跑过去把房门打开。

"赵先生，咱们接下来去的房子我保证您一定喜欢，那个观景阳台……"

"谁说咱们要去看别的房子了？"

"嗯？那这……这……"小张一时不知到底是什么情况。

"你帮我联系房东吧，就说这房子我要了！"

小张顿时愣在了原地，"您要了？您……这是为什么啊？"

走出房门的男人头也没回，只是用手指了指自己的脑袋，大声说道："因为她说的'赵狗'就是我啊！"

别来无恙

重庆之行

第一章
山城的青旅

山城重庆。

其实赵忍并没有把重庆放在自己的旅行计划里，毕竟见识过成都铺天盖地的人潮之后，重庆的魅力也在赵忍心中连着打了好几个折扣。

可是，就在赵忍犹豫不决该去哪里的时候，微博热搜一夜之间似乎全变成了重庆，"重庆三天旅行攻略""山城魅力之都"……就连娱乐榜的新闻都换成了"明星在重庆买房""明星在重庆街头与游客亲密互动"。

赵忍翻了一圈微博，又退出界面仔细确认了一下自己打开的不是"重庆 App"，便从容地买张机票，决定听从这召唤。

重庆，一直以来以依山建城的地理特色闻名。赵忍特意买了张靠窗的机票，果不其然，飞机刚刚落下云层，一座气势恢宏的城市映入眼帘。

从飞机上看，重庆的城市轮廓很像富贵竹，很难想象在半山腰建起这样的通天高楼需要面临多少困难。

飞机摇摇晃晃地降落，一点点靠近高耸入云的楼宇，有那么一瞬间，赵忍感觉机翼似乎是擦着某个阳台玻璃的边过去的，稍有不慎可能就会碰到晾衣服的架子。

飞机停稳后，赵忍长出一口气，纵然是常年在天上飞，但像这样在"障碍物"间来回穿梭的场景，也就只有在科幻电影里看过，亲身经历后，一时半会儿还真难以平静下来。

十月的重庆，依然可以感受到酷夏过后残留的热浪。

不知道是不是心理作用，一出机场大门，赵忍便闻到了一股火锅味。

久负盛名的"雾都"重庆，所有的山体楼宇都隐匿在雾气之中，这里已然不能用仰头的视线范围来观望，需要后仰到弯曲，才有可能看到最高处。

赵忍坐上大巴车，意外发现每个座位上都有一个呕吐袋，他非常好奇这东西的作用。

直到大巴车开始提速，在一个下坡大弯道，赵忍顿时感觉自己是以一个要起飞的姿势贴住了前面的座位。

一旁的阿姨刚开始还在点评窗外的景色，此时已经吐了快半个袋子了。赵忍把手中的空袋子递给她，又默默在心中对这座山城重新认识了一下。

大巴车的售票员似乎早就习惯了这样的场景，第一站还没到，便用大喇叭喊道："呕吐的乘客可以在这站下车步行上去，虽然远了一点，但是胃里会舒服点。"听了售票员的话，大部分人都下车了，估计是味道的原因。赵忍虽然没什么反应，但此时车上只剩下了三个人，售票员反复询问了几遍他们要不要下车。赵忍决定给她个面子。留下的一对情侣想了想也跳下了车，司机开开心心地驶向雾气之中。

不得不说，无论是电影还是照片里的重庆，都远不及身临其境带给人的感觉更为震撼，这里的每栋大楼都犹如一把利剑插入云霄，街头随处可见仰着身子陷入震惊的游客。

夜里 11 点钟的重庆，依然可以看到慢慢悠悠散步的人群。广场上跳舞的大妈、路边花池低语的情侣、叫嚣的搓麻将老汉，还有相隔十几米就冒出的一家家火锅店。

赵忍突然想到：会不会是因为这座城市的火锅店太多了，油锅热气笼罩，才会形成"雾都"。

…………

吃过东西的赵忍拿着手机在街头愣了半天，也没有听懂青旅老板的方位指示——从面前的酒店进去，乘电梯下到一层，坐两站公交，再从目的地面前的酒店乘电梯到六十二层。

青旅老板对于赵忍的疑惑似乎已经见怪不怪了，在手机那头笑呵呵地说道："你不要质疑我说的话，这里面的每一个字是无比正确的。相信我，你到了之后就会知道是怎么回事了！"

赵忍强忍着怒气挂了电话，本着大不了就投诉的态度走进酒店——自己分明就站在一楼，再下一层坐公交车？傻子也知道这是个笑话。

没想到，电梯标记此刻他的位置居然是二十二层！赵忍将信将疑地按了一层，震惊地发现自己确实是在下降。

出了电梯，面前居然还有一座花园，几条阿拉斯加狗正玩得不亦乐乎。还好，他看见了不远处的公交车站。

站在公交站牌前，赵忍斜抬起头，望着头顶的马路，仔细回忆着刚才的街景。自己是从肉眼可见的地面广场变成从所谓的二十二层下到一层！难以置信。

就这样按照老板所说，赵忍稀里糊涂却又自觉神奇地找到了他预订的这家青旅。推开大门的赵忍已经毫无脾气可言，青旅老板在一旁却笑得眼泪都要出来了。他接过赵忍手中的背包，拍拍他的肩膀说道："兄弟，欢迎来到重庆，我没有指错路吧？"

赵忍疲惫地对老板说："哎，你看过那个动画片吗？世界分为好几层，长在一颗巨大无比的树上，每一层都是独立且只有一个通道互相联络的。我以为自己在顶楼，其实对于上一层的人来说，就是地下一层。你懂我的意思吗？"

老板使劲点点头，说道："我懂我懂！其实很多来到这里的外地人，都是这么觉得，一边感叹城市的壮观，一边又抱怨路况太复杂！"

赵忍收拾好床铺，被大厅里几个人拉着下楼去逛夜市。不得不说，重庆的夜生活真的很丰富，虽然已经 12 点了，几乎看不到关门的店铺。大家商量了一下，准备就近找个酒吧喝点东西。

酒吧里人很多，大都说着一口地道的川音。

饮品还未上齐，其中一个男生主动介绍说自己刚实习归来。赵忍看他长得稚嫩，细问之下居然只有 19 岁。

另一个留着络腮胡子的看不出年龄，皮肤略黑还有点粗糙。赵忍含含糊糊说了个名字之后就没再多聊，反倒是小男生滔滔不绝地讲述着自己的实习经历。

其他人互相碰了杯，可能觉得小男生太能说了，纷纷去了舞池。赵忍无心蹦跶，留下来看东西，恍惚间觉得身边的小男生抬了抬手中的杯子，不知道是在回应谁。

赵忍低着头，被巨大的声浪吵得脑仁疼，便想跟小男生打个招呼出去走走，没想到突然被一个胖男人按住了肩膀。

赵忍心中很是不爽，抬头却看见小男生也被两个男人对着。小男生已是一脸的惶恐。

胖男人凑到赵忍耳边，嘴里不知道混合着多少酒精的味道，"兄弟，怎么个意思？我的女人你们也敢撩！"

赵忍一看这架势立刻明白了什么情况，但一个人出门在外并不想招惹麻烦事，谁知道胖男人并没有松开手的意思。赵忍顿时来了脾气，一挺身站了起来，胖男人的胳膊被弹开。赵忍发觉胖男人才到自己的下巴，心中有了一丝底气说道："出去聊吧！"

胖男人没想到这个男人居然这么壮，上下打量了一番之后退了两步，和另外两个男人对了对口型，最终还是决定和赵忍出去说。

舞池里的众人发现了他俩的状况，纷纷跟了出来。不知道是不是碍于胖男人的面子，老板居然没有要求结账。

一伙人走到了街上，赵忍此时心里已有了报警的计划。

小男生完全没有了刚才的激情，可能也意识到自己闯了祸，身子佝偻着。

胖男人左右扫了一圈，开口说道："你这个小兄弟，不好好喝酒，故意跟我的女人碰杯，想干什么啊？"

赵忍回头看了一眼没人说话，心知这群人谁都不想惹麻烦，无奈地叹了口气回道："实在不好意思，我这个小兄弟不懂规矩，以为别人敬他，出于礼貌就回了一下。他这十几岁的年龄，能有什么意思啊？"

胖男人冷笑了一声，"照你这么说，他什么都不懂！就是我们故意找碴儿是吧？"

赵忍头疼得厉害，不愿意和胖男人废话，跟进一步盯着他说道："你再没完，我就报警了！"

赵忍的话让胖男人有点慌张。可能也是身高体型上的压力，胖男人后退两步拉开了距离说："兄弟你别激动，这酒吧是我一朋友开的，今天是过来凑个热闹。你这小兄弟，我就是跟你说道说道，年纪轻轻的爱惹事，以后少不了麻烦！"

赵忍从鼻子里哼了一个音，"我们就是过来玩，没想过要惹事情！"

胖男人似被赵忍坚定的态度和报警的话震住了，眯起眼睛笑了笑："原来如此，那这件事就当误会吧，我们回去喝一杯？"

赵忍摇摇头，表示自己今天坐飞机很累就先撤了。胖男人哈哈一笑也不坚持，只是临走前捏了捏小男生的肩膀，疼得他倒吸凉气。

经过这番折腾，大家也不敢再回酒吧了，几个人默不作声往青旅溜达。赵忍一个人走在最前面，一路无语。

"等等！"

第二章
夜晚的对决

赵忍突然一声惊呼，吓得所有人一愣。小男生更是原地打了个寒战，一脸惊恐地看着他。

"所有人都不要往后看，前面那个酒店看见了吗？快！都进去！然后在大厅里坐着，别问为什么！"

众人看赵忍的样子不像是开玩笑，纷纷走进酒店，围着大厅的沙发坐下来。

可能是环境太安静了吧，没过几分钟，小男生开始坐立不安起来。他一会儿挠挠头发，一会儿又抠抠鼻子，还把衣服的拉锁上下摆弄了好几遍。在已经过了零点异常安静的大厅里，这个声音让人听着很是烦躁。

络腮胡子实在忍不住了，没好气地说道："喂！你能不能别弄那个破拉锁了，不知道大家现在心情都不好吗？"

小男生也是攒了一肚子火没处发泄，听到他的话，故意拉了几下拉锁说道："教训我很有成就感吗？大家心情不好，我就好了？今天这事能怪我吗？"

"你！"

络腮胡子气不过刚要骂人，却被突然推开的酒店玻璃门打断了，所有人的目光一下子聚集到门口。

没想到，进来的人大家还都认识，就是刚才站在胖男人身边的两个人。

赵忍没有起身，只是嘴角的笑意很浓。

推开门的两个男人被这么多双眼睛盯着也有点尴尬，一时不知道是该进去还是该转身离开。

赵忍朝门口挥挥手，高声说道："哎，兄弟！你们也住这儿？"

两个男人动作有些僵硬地合上门，快步去了前台。

小男生顾不上和络腮胡子争辩，轻声问道："哥，你知道他们要来？"

赵忍揉揉太阳穴，装作很深沉的样子说道："刚才不知道，现在知道了。"

等两个男人带着无奈离开后，赵忍一群人才从酒店后门的停车场绕回了青旅。

青旅老板本想问玩得怎么样，发现大家脸上异常严肃，互相之间没有打招呼就进了房间。

赵忍洗漱完换了身衣服，觉得自己没有睡意，于是拿着水杯去了观景阳台。

虽然这家青旅在六十二层，但鉴于马路下面还有另外一个世界，所以准确点说，这个平台至少有八十层楼那么高。

凌晨一点的重庆还没有进入梦乡，放眼望去尽是五彩斑斓的灯光。远处的几座通天楼宇，就像是神仙插到大地上的利剑一般，也只有站在顶峰，才可以一览它的震撼。

此时的嘉陵江和长江江面飘荡着渺渺雾气，犹如一层细纱遮面，站在观景阳台上的赵忍突然脑洞大开，心中默想：重庆该不会真是上古时代神仙的遗迹吧，这完全符合小说中所描绘的场景！

正当赵忍一个人想得开心之时，突然有人拍了拍他的肩膀说道："兄弟，想什么呢？表情这么震惊。"

赵忍听声音便知道是谁了。

"洗完澡之后睡不着了，这个观景阳台景色不错，出来吹吹小风，挺惬意！"

络腮胡子举起手里的啤酒，示意他来一点。赵忍摆摆手说道："不了不了，今天去酒吧差点没醉倒，这会儿再喝啤酒我就该去医院了！"

络腮胡子也懒得纠结赵忍的话，仰头咕咚猛灌一口，抹了一把胡子上挂着的酒水，打了一个又响又长的酒嗝。

"对了，你是来自内蒙古吗？看样子不太像啊。"

赵忍没回答反问道："你虽然胡子有些茂密，但看面相却像南方人。"

络腮胡子大笑道："你这兄弟蛮有意思的，看着憨厚人畜无害的样子，其实聪明得很，刚才对地头蛇一点儿都不怵，这可需要极强的心理素质。但你刚才忧郁的样子又像是个文艺青年，我很好奇你是干什么工作的？"

"这大胡子把你搞得像是个四十多岁的老男人，我猜也就是三十岁左右。今天大家聊天，虽然你的话不多，但每一句都恰到好处。还有，刚才即便我不出面，我猜你也可以把这件事情处理得很好。所以，我也很好奇你是做什么的？"

两个人你来我往说了一大堆，却都没有回答对方的问题。

"司徒行！"

"赵忍！"

两个倚靠栏杆的男人僵持了几秒，突然哈哈大笑起来。

"你猜对了一半，我家现在是在厦门。至于干什么，我算是个生意人。"

赵忍点点头："我猜你也是！"

"但我碰到了一个难题，今天一直在思考怎么办，无心分神，否则在酒吧我就会出面了。我出生在北方，亲生母亲很早就去世了，父亲带着我搬到了厦门。没过太长时间父亲也去世了，后妈带着我嫁给了一个福建人。所以，现在的家和我一点血缘关系都没有，但他们对我真不错。"

赵忍虽然表面上没有流露出诧异的神情，但内心已经是波涛汹涌了。没想到这大胡子还有如此复杂的家庭背景，怪不得一眼看上去就和那群小屁孩儿不一样。

"那你来重庆是旅行吗？"

司徒行喝了口酒说道："算是旅行也算是散心吧。我现在的父母有两个孩子，他们准备近期去国外定居。我的去留问题就变得很尴尬，因为我的生意全靠现在的父亲支持。如果去国外，我跟这一家子四口人都没有血缘关系，而且还姓着司徒。虽然现在的父母明确表示不会计较这些，但我心里知道，去了那边迟早有一天要放下这个姓氏。所以这次出来，也给自己一个做抉择的时间。"

赵忍听司徒行说得轻描淡写，看向他的眼神却止不住多了一丝钦佩，这个家庭的复杂程度远远不是一般人所能想象的。

"兄弟，你这一脸的大胡子，还真是掩盖了不少故事啊！"

司徒行一口气喝光了剩下的酒，用牙咬开了另一瓶。

"我该怎么办？学习不行，父母去世早，又没留下多少钱。我自知不是那种可以白手起家的人。也就是说，离开了现在的父母，我可能会寸步难行。但我就是想告诉自己：你可以！"

赵忍听着司徒行几乎是从牙齿缝里挤出来的话，突然觉得自己的胸口像是被什么堵住了。他能真真切切地感受到一个人的挣扎、不甘。

赵忍长出了一口气，他突然开始同情起司徒行了。司徒行介绍完自己，两个人就再没有说话，他们同时把视线望向了远方。

夜晚的风带着些凉意，吹得栏杆吱扭吱扭乱响。司徒行默默地喝着啤酒，任由酒水流到胡子上也丝毫不在意。赵忍举起杯子，感受着凉透的水一点点从嘴里滑向胃里，浑身上下起了寒意。

偌大个重庆市，谁又能想到这个时间、这个地方，两个男人各怀心事呢？

第三章 流落街头

赵忍是被冻醒的。

他迷迷糊糊从阳台的摇椅里醒过来，抬手看看表——凌晨三点。司徒行不知道是什么时候离开的，也没有叫醒他。

赵忍没好气地咒骂了一句，转身扶着栏杆，不得不说，这个视野里的重庆，无论什么时候看，都充满着魅力。

赵忍端着水杯跟跟跄跄地回到屋子里，刚钻进被窝，他就感觉头皮像是被人狠狠地扯了一把，浑身上下的肉都止不住颤抖起来。

太……太……太凉了！

赵忍心中对重庆的好感瞬间荡然无存，在大厅里还只是略感寒意，没想到这被窝里简直如同冰窖一般。不对！是开着加湿器的冰窖。

赵忍不好意思再爬起来穿上衣服打扰其他人休息，只能用双手不停地摩擦着皮肤，以此来产生一点点热量。

南方的秋冬季节，赵忍虽略有耳闻，但并没有把这个情况考虑在内，更何况刚刚在观景阳台还有些许燥热呢。

赵忍背贴着床铺，一阵一阵的凉意直冲大脑，扼杀了不知道多少睡意，他用被子一点点把自己裹起来，生怕仅有的一丝温度散了出去。

等到赵忍再醒来时，屋子里已经空无一人。老板看见他对着天花板发呆，笑眯眯地问道："昨天睡得怎么样？你和那个大胡子聊到好晚啊！"

赵忍收拢了一下被子，一脸哀怨地回道："别提了，我都想打道回府了！"

老板吃了一惊，但看赵忍的样子不是很严肃，忍不住嘿嘿一笑说道："怎么了这是？"

"那个大胡子聊天聊到一半自己先跑了，留下我在摇椅里差点没冻死。幸好我体质好，没变成冰雕，结果你这被窝还不如阳台呢！凌晨三点，我一个北方人往床上一躺，如入冰窟啊，老板！我要知道这被窝里冻成这样，就先做上两百个俯卧撑了！"

老板听到一半的时候就已经笑得前仰后合了。他拍拍赵忍的床铺，连连说道："对不起，对不起！我也是忘了这茬儿，今天晚上单给你这屋开空调！"

老板两只手帮赵忍把被子掖好，略带笑意地说道："南方的冷和北方不一样，这阳台比屋子里暖和多了！你就是去酒店，高级床垫子上的被窝也是冰凉的！"

赵忍失望地长叹一口气，忍不住连打了三个喷嚏，说："我不会感冒了吧？昨天反反复复一直没睡踏实，总觉得有人在扯我的头皮。对了，那个大胡子呢？"

老板从兜子里掏出来一张纸条，"大胡子今天早晨退房了，他本来预定了一个月，没想到一大早就收拾好了行李。我问他什么原因，他说未来有机会再来，临出门的时候留了张纸条，我没看什么内容。你们俩昨天晚上聊到那么晚，他有说过要离开吗？"

赵忍皱着眉摇了摇头，伸出手接过了纸条，上面写着：他们在楼下，注意！

赵忍原本还有些困意的脑袋瞬间清醒了，这司徒行一定是下楼发现了昨天那些人，好在他还算有良心，知道提醒赵忍。

"这大胡子写了句后会有期，连个电话号码都没留下！我以后怎么找他！"

赵忍嘴里嘀咕了一句，算是打消了老板的好奇心。他叠好纸条，从床上坐了起来。

"老板，我今天也不住了！"

老板看赵忍下床收拾行李，想问问他为什么，可话到嘴边又咽了回去，拿起墩布走出了屋子。

……

赵忍看送自己下楼的老板心情不是很好，搂搂他的肩膀说道："我们俩离开不是因为咱们店不好，只是发生了一些事情，不想给你添麻烦。还有啊，昨天和我们一起玩的那个小男生，如果你有他的联系方式，帮忙说一声，就说我和大胡子走了！他要不傻就知道该怎么做。"

赵忍告别一脸诧异的老板，混入大街的人群之中不见了踪迹。

初到重庆就遇上了这么烦心的事情，赵忍心中很是不爽，而且因为此事改变了行程，后面的计划全部被打乱了。

站在解放碑前，赵忍没有什么心情拍照，附近的酒店因为假期早就订满了，接下来几天住宿成了最大的问题。

就在这个时候，身边一个小姑娘轻声说道："打扰一下，您可以帮我们拍张照吗？"

赵忍攥着手机，心中憋了一肚子火不知道该如何发泄，小姑娘看他皱着眉头有些害怕，说了声抱歉转身要离开。

"等等，我又没说不给你们照！"

回过神来的赵忍长叹一口气，一步走到她们面前，"不好意思，刚才我在发呆，用手机还是相机？"

几个女生互相看了看，似乎有些不太放心，不过其中一个还是从包里掏出了自己的手机递给赵忍说道："用我的吧，拍一张就好，谢谢！"

赵忍接过手机，往后退了几步，刚要举起来，女孩的手机突然响。赵忍将手机递回去。

"喂？老板你好，我们现在在解放碑呀，一会儿就过去！我看导航离青旅不远，如果找不到再给你打电话，谢谢啦！"

赵忍本来还在搜索住宿的酒店，一听女孩的话猛然抬起头盯着她。

女孩有些害怕，连递手机的力气似乎都没有了。赵忍也觉得自己的反应有点过度，连忙说道："不好意思，不好意思！我也是来重庆玩的，只是预订好的店因为一些原因住不成了，这附近所有的酒店又都爆满。刚才你说要去青旅对吗？那个青旅叫什么名字？如果还有空余的地方就太好了！"

女孩仔细想了想赵忍的话，似乎觉得可信，掏出手机说道："网上可以搜到，叫'不用穿秋裤的青年旅社'！这个地方也是朋友推荐给我的，我看他们好像还可以睡帐篷和沙发！"

赵忍点点头，略带歉意地说："我先给你们拍照吧！"

女孩示意自己的小伙伴稍等一会儿，笑眯眯地说道："没关系，你先订房间，不然晚上就要露宿街头了！"

赵忍翻出手机，果然搜到了这家青旅。女孩说得没错，剩下了一张沙发床。赵忍想了想，睡沙发也比没地方睡强，而且才一百块钱，能熬一天算一天吧！

女孩看赵忍交了钱，把自己的手机放到他手里说道："这下好了，你可以安心给我们照相了，一会儿一起去吧！"

"不用穿秋裤"这家店不是很难找，只是女孩的其他几个小伙伴似乎一直对赵忍存有戒备心，一路上时不时偷偷回头瞄他。

女孩放缓了自己的步伐等赵忍上来，轻声说道："你别往心里去啊，她们算是第一次出远门，可能有点……"

赵忍哈哈一笑，惹得前面那几个女生又小心翼翼地偷瞄了他一眼，"没事没事，女生出门在外保持戒备心很正常，况且你们是我的福星啊！要不然我就得去网吧通宵了！"

女孩明显要比其他几个女生开朗，一本正经地说道："既然我们是福星，你就请客吃饭吧，说好了她们几个也算啊！"

女孩不等赵忍答应就溜回了队伍里，随后就传出了一阵银铃般的笑声。赵忍苦笑着摇摇头，依旧和她们保持着距离。

电梯停到二十三楼后，女孩先去探路，没多久就大声喊道："快来快来，这个地方还不错啊！"

屋子的大厅里摆放着三个大小不一的沙发，赵忍换好鞋，走到最长的沙发前，刚准备坐下。

一个睡眼蒙眬的男人说道："兄弟，你就是那个抢了最后一个位置的人吧！唉……真不知道该说你是幸运呢，还是不幸呢！"

赵忍的屁股还没沾到沙发，听到这话又赶紧站起来问道："什么意思？"

第四章 认亲戚

"兄弟你别激动！"

睡眼惺忪的老板抖抖袖子，把赵忍按在沙发上说道："我的意思是你这个身材可能会有点憋屈！"

老板指了指最小的沙发说道："兄弟，虽然你抢到了最后一个订单，但是呢，我们这里的规矩是三个沙发按订单先后顺序排。你一进门我就知道，这个小不点肯定装不下你啊！"

赵忍起身绕到最小的沙发前，躺下之后边沿正好卡在膝盖的部位。

"那能和其他两个人换换吗？"

"这就是我要说的不幸中的万幸了！"老板笑眯眯地戳了一下赵忍，"其他两个人都是姑娘喔！能不能换，怎么换，我作为老板是管不着的，这就要靠你的个人魅力了！"

赵忍不好意思地干咳了两声，"那这两个姑娘什么时候能到？"

老板耸耸肩说道："不知道！这店里能住三十个人，大部分都出去玩了，想见到她们恐怕要晚上了！"

就在两个人聊天的工夫，女孩已经收拾好自己的东西来到了大厅中，看见赵忍晃悠着小腿缩在沙发里，好像明白了怎么回事，笑嘻嘻地说道:"不是吧!你今天晚上就要睡这儿吗?"

赵忍把头伸出沙发外倒挂着说道:"不然呢?有个地方就已经很满足了,大不了晚上不睡了!"

老板挑着眉问道:"听说你晚上想睡觉?"

赵忍和女孩同时啊了一声。老板吃惊地说道:"在我的店里晚上还有睡觉之说?狼人杀啊!打扑克啊!UNO啊!怎么着不得玩到天亮?!"

"这么热闹!"赵忍和女孩异口同声说道。

老板对两个人的默契露出了"不怀好意"的笑容,"你们可以先出去溜达溜达,晚上回来就知道有多热闹了!"

"老板!"

赵忍和女孩同时喊道。这下老板可真是忍不住了,指着两个人哈哈大笑起来。

赵忍也觉得有点尴尬,"那个什么,老板,你别笑了!这附近有什么好玩的好吃的?最好近一点,步行能到的。"

"兄弟,我和你是本家,叫我老赵就行,从这里下去不远就是解放碑和洪崖洞,还有就是嘉陵江和长江。吃的嘛,有佩姐火锅,不过得排队,解放碑那边有条小吃街。"

赵忍点点头,对着还在发呆的女孩说道:"喂!你们准备去哪儿啊?"

女孩似乎对赵忍的粗鲁有些不太高兴,撇撇嘴回道:"我不叫喂!我叫依婷!这位大叔有什么计划吗?"

赵忍笑了笑没再接话,只当她是在和自己闹脾气。

几个人下了楼,依婷挽着身边一个女孩对其他两个人说道:"我和航航想去那边的小吃街,你们要一起吗?"

两个女孩对视了一眼摇摇头,依婷也不拖沓,拉起叫航航的女生向左边走去。

赵忍左右看了看，感觉自己好像没有什么存在感，不由得低头苦笑了几声，向依婷追去。

依婷似乎知道赵忍会追上来，也没有回头搭理他，只顾着和航航聊天。

三个人一前一后到了小吃街，依婷找了家人少的店走了进去，服务员问道："您是几位？"

还没等依婷回答，赵忍先一步抢答道："三位，谢谢！"

航航惊讶地扭头看了看赵忍，又看了看依婷，捂着嘴偷偷笑了起来。

"笑什么笑！这个大叔为了感谢我帮他找到了住的地方请客吃饭，顺带让你沾个光，有什么问题吗？"

航航小鸡啄米似的点点头，"嘿嘿，没问题没问题，只是……他看着没有那么老……大叔，谢谢啦！"

赵忍连忙说道："没事没事，这次多亏你们帮我找到了住的地方，还省下了不少钱，这顿饭应该我请。"

三个人来到靠窗户的位置坐下，赵忍把菜单递过去说道："饿了吧？这上面的菜看着都不错，依婷很有眼光嘛！"

航航下巴垫在桌子上，偷偷瞥了一眼依婷，见她没有说话的意向，开口问道："大哥……叔！我还不知道你叫什么名字呢？而且为什么你会没有地方住呢？"

赵忍叹了口气，把自己在上一家青旅的遭遇讲了一遍，航航一边把嘴巴塞得鼓鼓的，一边用嗓子发出惊奇的怪声，惹得周围人纷纷看向他们这桌。

"所以，赵大哥……叔！"

航航还是没有习惯叫赵忍大叔，可又惧怕依婷的气场，只能咽了咽口水，强行纠正了自己的叫法。

"行了，想叫大哥就叫吧，别搞得像我逼你做什么坏事似的！"

航航嘿嘿一笑，像只小松鼠，迫不及待地问道："赵大哥，那个惹祸的男生现在怎么样了？"

赵忍摇摇头，喝了一大口茶把嗓子里的灼热压下去，"好辣好辣！如果他聪明的话，就能想到我和司徒行是为什么离开。一个人出门在外，尽量小心，那个男生太年轻了！"

航航一脸崇拜地看着赵忍，"赵大哥，你有点厉害呀，换成我早就不敢动了！"

"我看你是早就溜了吧，天生一副机灵鬼的模样。对了，你们俩怎么和另外两个女生分开玩了呢？"

航航哼了一声说道："本来商量好了各自睡一边，结果她俩非要占着两个下铺，依婷这么高的个子，爬上铺多不方便，早知道不叫她们来玩了！"

航航还想再抱怨几句，依婷给她碗里夹了一块鸡排说道："行了行了，大家都是同学，出来玩别闹得太僵，再说按她们俩那个矫情劲儿，估计在这儿也住不了太久！"

赵忍看航航噘着嘴一脸的委屈，内心实在是喜欢这个小姑娘，不由得说道："航航，你现在的样子特别像我外甥女，每天蹦蹦跳跳叽叽喳喳，正义感十足，受一点委屈那个小脸喔，可有意思了！"

"舅舅！"

航航一声舅舅让赵忍一口茶差点没喷出来，连旁边一直沉默的依婷都忍不住乐了起来。

"航航，你这个丫头真是小滑头啊！你看看依婷，虽然也和我外甥女差不多，但人家……"

"舅舅！"

"……"

三个人从店里走出来的时候，赵忍简直一个头十个大，依婷和航航簇拥在左右两边，一口一个舅舅地喊着，要多亲切有多亲切，过往的路人纷纷看向他们这边。

谁又能知道赵忍此刻的心里早就悔到肝肠寸断了！

"舅舅，你要在这里玩几天呢？"

赵忍无奈地叹了口气，最终还是接受了现实，任由两个女孩不停地叫着自己舅舅。

"初步计划是五天，不过我现在有点想明天就赶紧回！"

"别呀，我们比你待的时间长，正好可以每天一起出去玩啊！"

……

青旅老板赵阵刚挑起一筷子米线准备吃，便看见赵忍一脸黑线地推开门，缩到沙发上蒙住了头。老板不知道发生了什么事，刚要开口询问，门外传来了清脆的喊声。

"舅舅，你怎么走得那么快呀！"

"舅……舅舅？"

老板瞪大了眼睛，手里的筷子都掉在了地上。

第五章
无奈的游戏

　　赵忍回来之后就瘫在沙发上没有动过地方，老板洗了筷子一边吃米线一边听依婷和航航叽叽喳喳讲发生的事。

　　知道舅舅这个称呼的源头后，老板笑得连眼泪都要出来了。

　　"我说兄弟，你这搭讪方式也太独特了吧，我只见过到处认小姐姐、小妹妹的，哪有认外甥女的，这下看你怎么收场！"

　　赵忍从抱枕里探出半个脑袋，瞪了一眼笑得前仰后合的两姐妹说道："要知道她们俩这么机灵，打死我也不会提舅舅这个事，我真就是客气客气！我……"

　　老板赶紧摆手，"别解释，说多了再惹恼这两个小祖宗，你自己想想后果！"

　　赵忍叹口气，把脑袋又缩回了抱枕里。

　　"哎，对了，第一拨儿人马上就要回来了，差不多能开一局狼人杀，兄弟你会玩吗？"

　　赵忍还没说话，两个姑娘就扯着嗓子喊道："说什么呢！舅舅不会玩还有我们呢！"

　　"好好好！你们是一家人！我认输！我认输！"

赵忍蒙着头迷迷糊糊睡了一会儿，听见身边来来回回走动的声音越来越多，心中烦躁不已，可又懒得动嘴，只能用力把抱枕压在脸上。

就这样断断续续过了不知道多久，有人把赵忍脸上的抱枕突然拿了起来。赵忍睡梦中感觉眼前的黑暗一下子消失了。他用手四处摸了几下，无可奈何地睁开了眼睛。

窗外已是夜幕降临，身边的沙发上坐着几个男生，背对赵忍玩着手机。大厅里回来了不少人，看见赵忍坐起来，纷纷停下了交谈注视着他。

赵忍有些尴尬，不知道发生了什么事，只能干咳几声分散大家的注意力。

沙发上的男生此时也停下了手中的游戏，转过头对赵忍说道："您起来了？"

"您？"

赵忍乍一听有点不知所措，"啊！我……"

赵忍一时语塞不知道该说什么，看样子他睡着的这段时间发生了什么事情，才让所有人对他如此"尊敬"。

赵忍想不明白，小声问道："你们见到老板了吗？"

一个黑瘦的男生回答道："老板？老板刚才和两个姑娘一起出去了，说是给您买夜宵去了！"

赵忍已经顾不得这个"您"听着有多刺耳了。

"夜宵？还是给我买？"

黑瘦男生小心翼翼地问道："那个……她们两个真的和您是……"

赵忍没听清男生问什么，随口嗯了一声。

沙发上的几个男生瞬间坐直了身子，这倒把赵忍吓了一跳。

"怎么了？"

几个男生互相看了看，似乎不太好意思开口。

"哎，实话跟您说吧，我们刚才想约依婷和航航一块儿吃饭。她们说必须要舅舅同意才行，我们以为是个玩笑，没想到老板居然也说她们的舅舅来了，您看……我们这……"

赵忍终于明白是怎么回事了，这两个小妮子还真是不省心啊。

"既然你们都知道了，我不反对她们和男生出去，但是只允许吃饭和逛景点，至于其他的——不可能！"

几个男生听完之后使劲点点头，赵忍活动一下脖子问道："她们离开多久了？"

"半个多小时吧，应该快回来了，老板说人齐了就组局玩狼人杀。"

赵忍还想再问几句，门外突然响起了一声尖叫："舅舅！"

紧接着两个身影连鞋都没换就冲了进来，几个男生赶紧让开地方，只见依婷和航航各提着一大袋烧烤，脸上洋溢着灿烂的笑容，也不知道怎么能一直这么开心。

"舅舅，我们买了好多烧烤给你，开不开心呀？"

赵忍摆出一副别以为我不知道你们拿我当挡箭牌的表情，故意哼了一声说道："还算你们两个小家伙聪明！"

门口的老板气喘吁吁地喊道："那个舅舅，能不能让你的外甥女们换换鞋？好家伙，跑得飞快，我都追不上了！"

依婷和航航冲赵忍吐吐舌头，把烧烤袋放到桌子上，一脸委屈地回道："把舅舅一个人扔在家里很危险的！"

赵忍刚想拿起烧烤，听到这话忍不住说道："我是你舅舅，不是你爷爷，这么一屋子的人有什么危险！难不成怕我老胳膊老腿摔了？"

一旁的一个小男生挠挠头说道："哥，说真的，我真看不出您今年多大了？"

赵忍斜了他一眼说道："她们叫我舅舅，你叫我哥？我儿子都跟你一样大了，知道吗！"

小男生愣了一下，弱弱地回了一句："那叫——干爹？"

屋子里瞬间安静下来，依婷和航航瞪大眼睛，就连正在放鞋子的老板都呆住了。

"你叫我什么？！"

"大爷！大爷！"

哈哈哈哈……

所有人都笑了起来，依婷一把抓住男生的肩膀说道："不不不！就叫干爹！就叫干爹！干爹好！干爹好！"

赵忍一只手揉着太阳穴，一只手指着男生说道："哎呀，我真是佩服你！干爹？亏你能想得出来啊！"

老板关上门走到沙发前，看看一脸呆滞的男生又看看赵忍，伸出大拇指说道："像！真像！"

赵忍抓着头发使劲摆手，"就叫哥吧，别……"

依婷、航航、老板三人同时喊道："不行！"

"怎么就不行了？"赵忍心知他们在起哄，没好气地问道。

"兄弟，你想想，出一趟门多仨小辈，岂不是睡觉都能乐醒！接下来几天不得把你伺候得舒舒服服，听我一句，值！"

赵忍还想再辩解几句，依婷一拍男生的肩膀说道："愣着干什么，快叫干爹啊！"

"干……干爹！"

赵忍拿起烧烤签子，不再和这群人浪费口水，本来多两个"外甥女"就已经够头大了，说着说着又多个"干儿子"。

接下来几天赵忍决定能不说话就绝对不说话，专心致志游览重庆。

狼人杀中小男生的表现倒是有些出乎赵忍的意料，别看他认人的时候晕晕乎乎，游戏里的思路很清晰，再配合上赵忍这种"老油条"，只要两个人抽到一组，就没有输过。

玩到后来，老板都对小男生的表现刮目相看，在场的人也对赵忍强大的逻辑思维能力深感恐惧。尤其是依婷和航航，最后一把不管赵忍怎么解释，她俩都不相信这个"舅舅"是自己的队友，特别是看见赵忍"阵亡"后还相互拍手庆祝。

　　早早被淘汰的赵忍想站起来活动活动，一旁的"干儿子"像是受到惊吓一般，连忙收起手机。

　　本来这个动作没什么，可赵忍总觉得是针对自己的，他一拍男生的肩膀说道："你们？是不是在背地里说我呢？"

　　男生支支吾吾没说话，依婷在身后连忙轻轻摆手。这更坚定了赵忍心中的怀疑，他一把夺过手机说道："我倒要看看你们在干什么！"

　　"狼人杀首杀赵忍群"几个大字映入眼帘。

　　赵忍看到群名差点没气死，"你们，你们居然都在？就我不在！依婷还是群主？"

　　"舅舅，你听我解释！"

第六章
他只是个孩子

依婷像是承受了无尽冤屈似的一步扑到了赵忍面前。

"舅舅，舅舅，这其中有隐情！"

赵忍看着依婷一本正经的脸上挂着些许邀功请赏的样子，实在是让人哭笑不得。自己年龄并不是很大，突然之间多了三个所谓的"小辈"，而且这群人一个比一个入戏深，搞得真像失散多年的亲戚一样。

赵忍紧绷着脸，轻轻拍拍依婷的脑袋说道："我给你个机会，长话短说！"

依婷闪到赵忍身后，指着那个"干儿子"说道："就是他！"

赵忍余光一扫小男生无比茫然的样子，心中便知肯定与他无关。

"舅舅，你这个'干儿子'建好了群，把拉我进去后，又迅速退群把群主给了我。这一切的一切，都是意图破坏我们关系的阴谋——你闭嘴！"

依婷看小男生想张嘴反驳，一声尖叫硬是把男生吓得缩回了沙发里，楚楚可怜地看着赵忍。

赵忍扑哧一乐，用手指点点依婷的额头说道："行啦，你看看把人家这个……呃……你叫什么来着？"

"干爹，我叫周鹏！"

"对……别叫我干爹！你看把这个周鹏吓得，我还能不知道你们这点小心思，年轻人想聊点自己的话题，不带我也行！而且我对你们这个首杀群不感兴趣！"

依婷嘿嘿一笑，窜回了自己的位置，周鹏虽然全程无话，但是眼睛里的感激之情溢于言表。

这一段本来只是个插曲，赵忍也没有放在心上。

游戏结束后，坐在沙发最外侧没怎么说话的小男生突然走到赵忍旁边，严肃地问道："赵叔叔，能和您聊聊吗？"

赵忍想纠正这个男生的叫法，可一抬头对上他的眼神，话到嘴边又咽了回去。

"可以啊，你想聊什么？"

本来准备起身回房间睡觉的几个人一听这话，顿时来了兴趣，又坏笑着坐了下来。

男生也不在意人多，转身搬了个小板凳，似乎是下了什么决心，长叹一口气问道："赵叔叔，您觉得我长大了吗？"

男生的问题一下子把所有人都问住了。

"呃……你吗？"

赵忍苦笑了一声，不知道该怎么回答。

"或者我换个说法，您觉得我今年多大了？"

赵忍侧着身子上下打量了一番，既然他这么问了，那么答案一定特别一些。

"你——别告诉我已经大学毕业了！"

男生摇摇头，"我高二。"

"喔……"赵忍想了想问道："不对呀！你如果是学生的话，这会儿不应该正在学校上课吗？"

说完这句话，赵忍又用眼睛扫视了一圈，不出所料有两个人回避了他的目光。

　　男生此时挺直了后背，"我要证明我长大了！"

　　"等等，这哪儿跟哪儿啊？你自己不上课偷跑出来，就说明你长大了？"

　　男生点点头，"没错！他们总是说我没长大，任何事情都要逼我接受他们的安排。这次我就是要告诉所有人，我自己一个人没问题！"

　　赵忍瞪了一眼旁边捂着嘴偷笑的几个人，一脸严肃地说道："好，你自己一个人出来玩一圈，可以算长大了。但这又不算什么。"

　　男生很认真地思考了一下说道："为什么不算？我已经厌烦了，每次发表观点的时候，父母就会说：'小孩子知道什么！'我一遍又一遍地解释，希望他们可以理解尊重我，但到头来只有一顿责骂。有时候我就在想，他们责骂其实是害怕，因为我挑战了他们作为父母的权威。"

　　赵忍看着面前这个弟弟，他苦苦挣扎，迫切地想告诉父母自己的成熟。

　　赵忍笑着说道："你才刚成年啊！"

　　男生有些激动地站了起来。赵忍仰着头，眼皮微微一挑说道："怎么？难道我说的不对吗？"

　　"你为什么就不能跳过年龄这个事情呢？"

　　"不能，你想让我承认你长大成熟了，这有什么意义呢。真正成熟的人根本不会在乎别人的看法。换句话说，你见过哪个成年人大喊'我成年了！我成年了！'一个人告别幼稚是自然进化的结果，并不是一件需要到处炫耀的事情。等你什么时候不再纠结'长大'这个字眼，不去强迫任何人承认你长大了，才算迈出第一步。我猜，在你的世界里，身边人与你意见不合发生矛盾的事情不在少数吧？"

　　男生失落地点点头。

赵忍继续说道:"别那么沮丧,很多人其实和你一样,总有一段时期想让别人认同自己。父母之所以这样对你,真的只是因为你还小,到了我这个年龄,跪求他们也不会再管你了。"

赵忍不知道这个小弟弟有没有听进去。他低着头,都快要钻到地板里去了。

不一会儿,男生长出了一口气,一副欲言又止的样子。

赵忍伸了个懒腰说道:"既然都聊到这儿了,反正全都是外人,都不认识你,还有什么话一并说了吧!"

男生点点头,"我跟学校老师说有事情要请假回家,然后跑来重庆,同时也是为了散心。"

"既然是散心,那是不是跟女孩子有关?"

男生略微有些害羞,刚抬起来的头又垂了下去。

依婷惊讶地说道:"舅舅!你好厉害啊!一下子就猜到了?"

"现在的小孩能有什么挫折,无非就是被甩了,要么就是表白的女生不同意,惨一点就是女朋友被抢了,三选一,多简单。"

小男生有些吃惊地看向赵忍。

"得,看样子我还真是猜对了!"

"赵叔叔,我真的很痛苦,刚听到这个消息的时候想找她问个清楚,可真走到她面前却怂了。我是个懦夫,只能想着逃离!"

赵忍看着男生搅动在一起的五官,想笑又怕再刺激到他,只能强忍住,干咳了几声说道:"感情的事情我只说三点,第一,你是个男人,还是个渴望成熟的男人;第二,成熟的男人对待感情一定是守得住,放得开;第三,她既然选择了别人,你要做的是祝福她,而不是非要知道为什么选择了别人。"

"第四!"依婷在旁边喊道,"不就是失恋了吗?这满世界的女孩子供你选,还愁找不到对象?"

赵忍没好气地瞪了她一眼，对着男生说道："大概就是这个意思吧。等你上了大学，优秀的姑娘多得是，只怕你会因为不知道选谁而痛苦了！"

　　"真的吗?"

　　在场的所有人连带着卫生间里的老板异口同声地喊道："真的！"

　　"终于可以睡觉了！"依婷和航航同时打了个哈欠说道。

　　"如果不是你们这么八卦，梦都做了好几个了！明天……不，今天下午见吧！"

　　赵忍一边抱怨一边晃晃悠悠站起身，这时老板突然一个箭步从卫生间里冲了出来，"老赵，有一个好消息和一个坏消息，我忘了告诉你了！"

第七章
青旅的传统

"你一并说了吧，反正以我大脑现在的运行速度，多好多坏的消息都不会有什么波动了，现在支配我行动的是灵魂。"

老板耸耸肩指着沙发说道："这片区域今天全归你，她们退房了！"

赵忍装作高兴地假笑了几声，晃晃悠悠地挪到最大的沙发前一头栽倒，只感觉连抬起眼皮的力气都没有了。

就在赵忍即将陷入黑暗的时候，老板一指头抵住了他的一只眼睛，轻声说道："还有个事情，需要友情提醒一下，你可能只有两个小时的时间睡觉了！"

"为什么？退房不是中……"

"不是退房的问题，而是你和绝大部分客人颠倒了时差，他们已经要起床了！"

赵忍刚想抬起头骂人，但脑子已经瞬间没有了知觉。

"舅舅！"

"干爹！"

"赵叔叔！"

"赵哥！"

赵忍现在的状态十分微妙，他明明已经睡着了，可外界的呼喊声又很清晰，想睁开眼睛确认一下却发现无比艰难。

"如果连做梦都是这些喊声，那我也太惨了吧！"赵忍心想着。

"舅舅，你裤衩子露出来啦！"

赵忍一下从沙发上蹿了起来，差点没碰到天花板上的吊灯。

赵忍痛苦地皱着眉头，捂着嘴省得心脏从胸腔里跳出来，他眯起眼睛扫了一圈围着自己的一帮人。

"真希望这些喊声是梦啊！"

"舅舅，太阳晒屁股了，我们一起出去玩吧！"

赵忍盘着腿佝偻着身子回道："求求你们能不能考虑一下老年人的身体，这种通宵已经大大缩短了我的寿命，再跟你们出去玩一天，干脆集体叫我爷爷得了！而且——我睡觉的时候太阳已经晒屁股了，我不介意它再晒一会儿！"

航航和依婷一人拉着赵忍一边，把他从沙发上硬生生拽了起来。

"舅舅，我们今天就是去散散步，不进行剧烈运动。我听说目的地环境可好啦，绝对不会让您后悔！"

"真的？"

…………

赵忍望着几近垂直、一眼数不到头的台阶，扭过头冲着身后低头偷笑的众人问道："这——是散步？"

山城步道是重庆很有特色的一处景点。

重庆环山而建，许多相邻的地方落差高达几十米，而这些像是长在山体里的城市小道，歪歪扭扭一通而上，虽然没有多少危险，爬起来还是要费些力气的。

赵忍本来精神状态就不太好，看见这布满青苔的石板路更是发愁，心中不免生出了退意。

没想到还没等赵忍转身，一群人就架起了他的胳膊，托着他的后腰。

"冲啊！"

…………

山城步道隐匿在绿色植被之中，不得不说空气很是清新湿润，赵忍走在队伍的最后面，每一口呼吸都有一丝说不出的快感。

赵忍前面的一个男人忽然放慢了步伐，凑到了他的身边，面带微笑问道："赵哥，要不要休息一会儿？"

赵忍对这个男人有点陌生，只知道昨天晚上狼人杀的时候，他好像是坐在自己的斜对角，话不太多，却也是坚持到了最后。

男人的皮肤黝黑，身材偏瘦，额头的皱纹和自己不相上下，乍一看有点像长跑运动员。

赵忍苦笑两声，一边扶着腰一边摆手道："不行了，不行了，我已经老了，比不上你们这些年轻人！"

男人不置可否地笑了，"其实，我比你们都要大得多！"

赵忍又上下观察了一遍，"要这么说，我倒是觉得你这个面相的确偏老。"

"自我介绍一下，我姓张，家里行三，平时大家都叫我三哥，至于年龄嘛，我只能说，你叫我哥一点不亏！"

赵忍突然对这个"三哥"充满了好奇。

"三哥的身体素质可真不错，昨天大家都没怎么睡觉，可你看不出一点疲倦啊！"

"我这个人喜欢骑行，所以身体相对来说还可以！"

"骑行？是绕着城市环线骑吗？"

三哥哈哈一笑，得意地回了一句，"我一般都是南到北或者东到西！"

赵忍愣了一下，前面走着的小伙伴也都停下了脚步。

"三哥，什么叫南到北、东到西？"

"就拿我最近一次骑行来说，大概就是从长沙到西安吧。"

"长沙？西安？"

赵忍赶紧掏出手机查了一下——一千零一十六公里。

赵忍看着三哥迈着轻快的步伐向上走，自言自语道："这还是人吗？"

三哥语出惊人，效果很明显，大家不约而同放慢了脚步，紧跟着他的背影前进。

一行人爬了几处自下而上穿楼而过的阶梯之后，昨晚那个男生突然溜到了队伍最前面，指了指道路尽头的一栋三层楼，向众人小声说着什么。

赵忍慢慢悠悠喘着粗气跟上来，刚准备提议休息一会儿，只见所有人都小心翼翼地弯下了身子，直奔着那栋楼所在的院子而去。

赵忍吓了一跳，想拦着他们，可又怕声音太大，只能站在原地干瞪眼。

好在楼里的人并没有发现什么异常，依婷靠着墙体的阴影处朝赵忍使劲摆手，示意他也进来。

赵忍对这伙人的胆大妄为实在是无可奈何，左右看了一眼并无他人，咬咬牙贴着窗户下沿慢慢往里挪。

一见到依婷，赵忍刚要发作，男生连忙比画了一个手势，带着众人来到了一片小花园。

这座建在半山腰的院子不算大，依稀可以看见山脚下蚂蚁一般的人流，其所在之处像是从山体中间开凿出来的，不需要植被覆盖，整片区域就已经笼罩在了山体的阴影之中。

赵忍虽然生气这群家伙的莽撞，但也不得不承认，这里作为观景台确实不错。

男生抬手看了看表，拉着赵忍站在围栏前说道："赵叔叔，您站在这里，我给您照个相！"

赵忍觉得主意不错，于是张罗着大家一起来，谁知道男生偏要一个一个照，赵忍拗不过，只好作罢。

正当男生举起相机倒数时，整座山忽然开始摇晃，赵忍吓得一蹦三尺高，抱着头就要往院子中间的石桌底下钻，结果其他人不但没什么反应，还捂着肚子哈哈大笑起来。

赵忍这才知道是他们的恶作剧，刚要张口骂人，头顶上方突然冲出了一列火车，赵忍觉得列车的轮子似乎是擦着自己头发过去的。

惊魂未定的赵忍面色惨白，呆坐在小花园的石凳上。

依婷和航航赶紧跑过来，"舅舅，舅舅！"

赵忍咽了一口吐沫说道，"别叫我舅舅！我不认你们这样的外甥女！"

"舅舅，哈哈哈……对不起嘛！这个地方我们之前都来过了，当时也是吓得不轻，我和航航都哭了，今天只是想跟你开个玩笑！你没事吧？不要生气好不好？"

"你们！"

……

夜幕降临，老板刚刚接过外卖，就听见走廊尽头传来了喊声。

"舅舅！"

只见赵忍一脸黑线地冲进了青旅，夺过桌子上的冰红茶一饮而尽。

老板一头雾水，不知道发生了什么事情，紧随其后的三哥轻声对老板解释了缘由。

听完事情原委之后，老板放声大笑起来。

"你还笑？！"

"我以为什么事呢！不就是被轻轨洗礼了吗？这是我们这儿的传统啊，兄弟！"

"什么破传统！吓死我了！"

"哈哈哈哈……别生气别生气，李子坝轻轨这个景点网上很有名，你们今天去的小院也是之前来过的客人阴差阳错发现的，我可以作证，不是他们针对你！"

老板都这么说了，赵忍心中的怒火总算消下去一点。

依婷和航航看赵忍面色转暖，连忙应和道："对不起舅舅！我们请你吃大餐好不好？"

……

晚上的狼人杀，小队中所有人保持了出奇的统一，不再搞针对。赵忍心中知晓为何，也就不再追究今天的闹剧了。

第八章
神秘的老板娘

赵忍离开重庆的那天，兴哥特意做了一顿午餐。

兴哥和赵忍是老乡，都是来自北方的汉子，不同的是，兴哥是一个"流浪者"。

他走过大大小小数十个城市，住过不计其数的青旅。他用一手高超的烹饪技术换得了免费停留的机会，每天给青旅的工作人员做完三餐之后，就可以在这座城市中穿梭，寻找美味，寻找自己。

这种交换让兴哥的每一段流浪都充满了故事，同样也让他认识了这个世界上形形色色的人。

赵忍刚接触兴哥的时候就惊讶于他的殚见洽闻，私底下猜测了好久他究竟有着怎样的家境，才能对这个社会有着如此深刻的见解。

后来才知道他这些年一直在旅行，这其实是赵忍的梦想，在每个城市走走停停，认识新的朋友，感受不同的地域文化，写不一样的文字。

兴哥没什么特点，人胖乎乎的，喜欢戴一顶帽子，刚到那天就提出每天给大家做饭，代价是可以免费住。

就在老板犹豫不决的时候，兴哥用一桌子美食让老板心甘情愿领他去了自己的床铺，按他的话说就是，终于可以吃到家乡的味道了。

兴哥这些天一直和大家在一起玩，就是没有做过一顿传说中的美味佳肴。

赵忍走的那天，大家还是一如既往地玩到了天亮，最后一把结束的时候，赵忍可怜兮兮地对兴哥说道："兴哥，这么多天了，我唯一的愿望就是吃上你做的饭，能不能满足一下啊？"

兴哥没说话，赵忍以为他不愿意，就不再强求，晃晃悠悠往沙发上一栽，睡得不省人事。

也不知道过了多久，赵忍闻到了一股子香味，只当是在梦里，还伸手擦了擦嘴角的口水，没想到厨房里又传来了一阵噼里啪啦的声音。

赵忍迷迷糊糊睁开眼睛，看见兴哥围着围裙，手里掂着一口大锅，香味正是从那里飘出来的。

"哈哈，兴哥！终于能吃到你做的饭了！这算是临别前的赠礼吗？"

兴哥微微回头竖起大拇指，"再睡会儿，做好了我叫你！"

赵忍翻了个身，感觉也没睡多久，耳边就传来了叽叽喳喳的欢呼声。

一条烤鱼，再加四个热菜、两个凉菜，兴哥搓搓手对着早已按捺不住的众人说道："前些天手指头受点伤，所以没办法做饭，不过我的好兄弟想吃，今天还是给大家露一手，也算是给他送别！"

赵忍这才明白是怎么回事，刚要开口道谢，兴哥摆摆手说道："多余的话不用说了，把饭菜吃完，平平安安到家，这一顿就没白做！"

兴哥的手艺果真如传说中所言，味道恰到好处，众人在外吃了这么多顿，只有这一次感受到了蜀中味道。

吃完了饭，兴哥一边慢慢悠悠收拾碗筷，一边对赵忍说道："我这个人见不惯离别，一会儿就不送你了，到家记得给我报个平安，有缘他日再见！"

赵忍轻轻回道："谢谢你，兴哥！"

刚来到重庆的时候，赵忍并没有想到自己会有这样一番奇遇，会认识一群这样的朋友，他原本计划感受一下这座山城之后，就前往成都。

没想到，在青旅里发生了那么多有趣的故事，他开始对这里充满了无限的留恋，留恋小伙伴，留恋清晨的日出，留恋城市的夜幕。

他取消了其他计划，只为可以和大家多相处几天。

只是，离别总是要有的。

而且，来得出人意料快。

赵忍背起包，就像自己第一天来到重庆那样，不同的是，这次身后站着一群小伙伴。

赵忍盯着大家，回想起青旅老板娘在他穿鞋时弯下腰轻声说的那句话——走的时候，千万别回头！

对于一个有些感性的人来说，老板娘的话真是刺到了他的内心深处。

赵忍再次踏上山城的土地，是在三个月后。

还是一样的小雨淅淅，还是一样的火锅辣味。

赵忍站在机场轻轨的入口处，看着那幅巨大的壁画。三个月前，他们就是在这里告别，并约定最后一天大家还回来相聚。

可惜，赵忍如约而至，其他人却一个都没有来。

"哥，走啊！你怎么了？"

赵忍被一声哥拉回了现实，扭头看着身边比自己高出一头的男生，苦笑着回答道："没什么，只是回想起了一些画面,总感觉自己刚刚离开，就又回到了这里！有点精神上的错觉。"

男生把羽绒大衣的拉锁拉到胸口，有些不耐烦地说道："这天气真是太奇怪了，说不出究竟是冷还是热。看看咱们草原，冷就是冷，一点不带含糊的！"

赵忍没好气地拍了男生一巴掌说道："你把拉锁拉好了，轻轨站里风大，飞机上那点汗一吹再弄感冒了！"

男生哦了一声，装模作样地摆弄了一下拉锁。赵忍懒得跟他计较，两个人一起上了轻轨。

"哥，你上次的经历真有文章中那么精彩吗？我天南地北跑了那么多地方，怎么就遇不到你说的人和事呢？"

赵忍低头看了一眼夹在两人中间的男人，微微努了一下嘴示意男生让开一条路，谁知道他丝毫没有反应，男人只好叹口气从他的胳膊底下钻了过去。

看着一脸坏笑的男生，赵忍龇了龇牙，轻声责备道："怎么回事？不是让你躲开一点吗？"

"哎呀，我不躲开也行啊，我胳膊肘抬着，他刚才过去的时候都不用低头好吗！"

赵忍还想再说几句，男生耸耸肩问道："哥！咱们不用先去住的地方登记吗？"

"不用，青旅老板和我是朋友，他都安排好了，我们现在去找他吃重庆特别有名的'落汤鸡'！"

"哥，我们住酒店不也挺好的吗？这个青旅是什么？青年旅店吗？是那种好多人挤在一起的吗？有独立卫浴吗？还有，咱俩的东西丢了怎么办？有保险箱吗？"

赵忍一指喋喋不休的男生说道："停！我没工夫给你解释这么详细，你只需要知道，如果住酒店，就只有咱们两个人，文章里那些人和事一个都碰不到！住青旅，虽然条件艰苦点，但是人情味很足，再说你我身上能有什么东西值得偷？还保险箱！"

"我这块表 10 万，这件大衣 3 万，这个钱包 2 万，这个……"

"得得得，我给你安排保险箱！"

出了轻轨站，赵忍拉着仰着身子的男生说道："走啊！看什么呢？"

"哥，这也太恐怖了！飞机上我还没注意到，重庆的楼都是人盖的吗？"

赵忍似乎很满意男生的反应，带着些许得意回道："厉害吧！我第一次到这里的时候也是你这副表情，是不是很像巨型富贵竹？重庆遍地都是这种建筑，别看了，咱俩要去的地方还有挺远呢！"

男生四处张望了一番，把拉锁拉到了肚脐附近，又偷偷瞄了一眼赵忍的反应，赶紧往上拉了拉。

"走吧，老板发的定位离这儿 1.2 公里！"

"这么近？咱俩开个共享单车呗！"

赵忍苦笑了一声说道："首先，重庆并没有共享单车。其次，你以为定位 1.2 公里就真是 1.2 公里吗？"

说完，赵忍没等男生争辩，转身向后走去。

"看见了吗？头顶上那个璀璨的牌子就是落汤鸡！不过，我们要先走过这段坡！"

"走？这坡得有七十度了好吗！难道不应该是爬吗？"

"这下你知道重庆为什么没有共享单车了吧！而且，咱俩现在刚刚走了一公里！"

"一公里？不不不……不可能！我又不是没逛过街，从那边到这里至少有四十分钟了，七八公里都有了，刚才我就想问来着，你是不是迷路了！"

赵忍翻出手机一摆，"你看啊，出站口到这里，直线距离 900 米，我骗你干什么！"

"我去！这是什么原理？"

赵忍看着男生一脸的诧异，忍不住哈哈大笑起来。

"重庆就是这样，直线距离不代表行走距离，有时候你会发现自己和某个地点只有几百米，实际上你需要翻山越岭上楼下坡才能到！比如说那家落汤鸡店，我们需要上去然后顺着那一边的楼梯再下到半坡，所以——还需要二十分钟吧！"

两个人到达店门口的时候，老板和一群人已经开始吃了，桌子正中央是一锅散发出浓郁辣香味的鸡肉。

看见气喘吁吁的赵忍，老板站起身挥挥手，示意旁边的女孩再搬两个凳子。

"怎么才到？"

"路上看了看风景，这是我弟弟——小泽，最近在家待着没事干，陪我出来跨个年！"

老板一边对服务员比手势一边说道："知道你爱吃这口，锅里还备了一份鸡肉，你弟弟多大了？"

赵忍本想小泽自己回答，谁知道这兔崽子看见有陌生人立刻摆了一副冷酷的表情，再加上他的身高优势，还真有点吓人。

气氛凝固了几秒后，赵忍赶紧咳嗽一声，说道："他……他比我小一岁，你可以猜猜他的生日是什么时候。"

就在老板准备开口的瞬间，赵忍正对面的女生从嘴里吐出一个烟圈说道："1月1号呗！"

"咦？"

赵忍不由得对这个女生多看了几眼。

"别那么吃惊！你都强调了他来过跨年夜，还特意让我们猜生日，无非就是最后一天或者第一天呗，这也太简单了！"

老板指了指女生介绍道："老赵，这是大姐——反正我们都叫她大姐，是一家拓展活动公司的高管，来重庆……"

"健身！"

"对对对，健身！她说重庆有个很厉害的健身教练，特意跑过来体验体验。对了，你可以猜猜她的年龄！"

叫大姐的女生似乎并不反感老板这么说，只是烟雾和锅里的雾气萦绕在她脸上，看不清楚她的面色。

赵忍眯着眼睛仔细观察了一下：大姐很漂亮，画着浓浓的烟熏妆，深红色口红，浑身上下最突出的就是两个硕大无比的耳环，乍一看就是那种拒人于千里之外的冷美人。

"冷艳风和高管的身份很匹配，老板让我猜女生的岁数时你并不反对，说明不能用常规的职位思维来判断年龄，这样的话——应该是8……"

赵忍的话还没说完，旁边许久没出声的小泽接了一句："88年！"

大姐吐出了一口很浓的烟雾，用夹着烟的手指点了点小泽说道："聪明！"

小泽并没有对这样的夸赞有任何动容，他掰开一双筷子递给赵忍说道："哥，吃吧！"

面对这有些无礼的举动，大姐并没有生气，反而开心地扔掉烟头，对老板说道："你这两个朋友很有意思啊，我喜欢！"

老板干笑了几声，现场的气氛又凝固起来。

吃完落汤鸡，老板提议大家步行回去，边走边聊消消食。

大姐快走几步凑到赵忍和小泽身边伸出手说道："苏玫！"

"赵忍，很高兴认识你！"

大姐把视线转向小泽，没想到他连头都没回。

"你认识我哥就够了！"

"……"

第十章 男女同住

看着面前这个叫苏玫的女生吃瘪，赵忍心中居然隐隐有一丝过瘾的感觉。

"小泽，怎么说话呢?"

赵忍还是皱着眉头斥责了一句。

小泽对这种轻描淡写的责备早已习惯，还在一旁不知悔改地偷偷眨了眨眼睛。

赵忍叹口气，转身带着歉意说道："实在不好意思，我这个兄弟有点孤僻，对不熟悉的人就……"

赵忍一边解释一边暗骂自己找的什么破理由，可情急之下又实在编不出什么像样的理由搪塞，只能寄希望于她不会生气了。

苏玫伸在半空中的手缓缓落下，直勾勾地盯着兄弟二人，不知道在想什么。

"那个……我一定好好教育这个兔崽子，你别……"

苏玫挥手打断了赵忍的话，脸上看不出任何表情。

"不用了，我并没有生气，你们……"苏玫停顿了几秒钟，挤出一个笑容说道："很有意思!"

说完，苏玫甩下二人，大步跟上了前面的小分队。

"哥，这女人很可以啊，都这么踩她了居然还能保持冷静，没想到跟你出来第一天就有收获！"

赵忍没好气地瞪了他一眼，"小兔崽子！这女的还要在青旅住好几天呢，人家认识认识咱们怎么了？低头不见抬头见的，再说好歹也是个高管，你给人留点面子！"

"高管？那些玩意值几个钱？我一看她那副牛哄哄的样子就不爽，这种人就是平时被员工捧得太厉害了。相信我，哥！她那样子分明就是第一次遇到这种事不知道该怎么办了，我这也算是给她上了一课，出门在外别把自己摆得太高！"

"话都让你说了！我的意思是……"

"知道啦，哥！你不就是怕以后见面尴尬吗？我下次一定给她个微笑行吗？"

赵忍摇摇头，不解气地抽了小泽一巴掌，看他在旁边捂着胳膊龇牙咧嘴，心中才好受一点。

回到青旅，赵忍一眼就看见了正在扫地的老板娘。

"老板娘，我又来了！"

对于赵忍的到来，老板娘并没有表现出太多惊讶，似乎早已预料到了这一天。

"前几天我还和老赵聊，你们几个当时约着来这边过跨年夜，到最后究竟谁最有可能来，我、老赵还有娇姐都认为你一定会来！"

"为什么是我？"

"我和老赵开了这么多年青旅，你以为谁都能配得上我最后那句话吗？"

"行吧，虽然我不想承认自己很矫情，但确实有一点恋旧！"

老板娘得到了满意的答案，低下头继续扫地。

"对了，你刚才说的娇姐是谁？我上次来好像没有这个人吧？"

老板娘头都没抬，"娇姐是新来的义工，踏实能干，人也不错，就是不太爱热闹。我总觉得她像是经历了什么变故来这边散心，你要有兴趣可以和她聊聊！"

赵忍没说话，老板在大厅里高喊了一声："玩狼人杀啦！"

小泽轻轻拉了一下赵忍的衣服，问道："哥，我们还不知道在哪儿睡呢？"

赵忍歪着头指了指沙发，小泽一脸吃惊地说道："不是吧？睡沙发！我们去旁边的酒店睡席梦思不好吗？"

赵忍露出了一副无奈的表情，"更惨的是他们现在要玩狼人杀了，咱俩可能要等到天亮之后才能得到床位！"

小泽强忍住怒火压低了声音说道："哥，你是不是图便宜？睡一晚上沙发我认了，要是还让我等他们玩完才能睡觉，我真不能理解！"

赵忍扑哧一乐，拍拍小泽的肩膀说道："兄弟，倒不是图便宜，主要是这里的另一种房间怕你住不惯！"

"什么房间？高科技还是古典风？还怕住不惯？笑话！"

"行吧……老板娘！那个房间还有空床吗？"

老板娘停下了手中的活儿，"老赵说给你俩留了两个下铺，你确定要住？"

小泽往后拽了一把赵忍问道："留了位置为什么不住？多少钱都行！"

推开房门，小泽不由得往后退了几步。

"哎！你跑什么？"

"哥，这可是一屋子女生！你意思咱俩住这儿？"

赵忍耸耸肩说道："废话，不然带你来这屋干什么！我刚才都告诉你了，这间屋子你住不惯，是谁把胸脯拍出血了说自己没问题的？"

小泽脸上露出欲哭无泪的表情，"不是，你也没说是和女生一起住啊！我还以为是太贵了！这……这……这……"

小泽惊得不知道说什么，赵忍从背后推了他一把说道："别这个那个了，既然选了就没办法改。这家青旅男女房间是分开的，只不过这间屋子是机动。我来之前就问过，除了沙发就是它。怎么样，能住得惯吗？"

小泽看着赵忍和老板娘的坏笑，跺跺脚呛声道："能！怎么不能！"

赵忍把背包扔到床上，冲老板娘说道："晚上空调可千万别关啊，这可是十二月份的重庆，我不想一觉醒来人冻成雕像了！还有，我俩上铺住的谁你知道吗？"

老板娘翻了个白眼，慢条斯理地回道："你还真准备脱衣服睡觉吗？你俩上铺是一起来的姐妹，其中一个我听他们老是大姐大姐地叫，但是还没对上人！"

"大姐？"

小泽和赵忍同时叫了起来。

"怎么了，一惊一乍的！"

赵忍回头冲小泽略带埋怨地说道："这下好了，本以为每天大厅见见得了，现在睡咱俩头顶，小兔崽子！"

老板娘看兄弟二人的表情就知道他们之间已经打过照面了，很有可能闹了点不愉快，于是举起扫帚指着赵忍问道："你俩干吗了？"

赵忍磕磕巴巴把晚上吃饭的事情讲了一遍。老板娘苦笑一声骂道："老天爷还真是公平呢！该！"

老板看见老板娘气鼓鼓从房间里出来，身后跟着像是犯了错误的兄弟二人，挠挠头说道："来玩狼人杀啊，大姐一直嚷嚷缺少对手呢！"

一晚上兄弟二人都表现得极为朴实，尤其是对待大姐，狼人们几次想暗中淘汰她，小泽和赵忍头摇得跟拨浪鼓似的，硬是让大姐享受了满满的游戏体验感。

凌晨四点多，所有人交牌回屋睡觉，大姐心情不错，伸了个懒腰说道："你俩住哪屋呢？"

看这兄弟二人还是和榆木疙瘩一样没什么反应，大姐鼻子里哼了一声，拉起身边的女孩回了屋子。

一分钟后……

"赵忍？！小泽？！这可是女生宿舍！"

第十一章 尴尬的饭局

赵忍看着苏玫的眼睛在黑暗中散发出一股又一股的杀气，不由得一边后退一边摆手。

"苏玫，你听我解释！"

"我为什么要听你解释？老板把男生安排在女生宿舍这件事情本身就可以报警了！他是觉得我们好欺负吗？"

赵忍回头看了一眼小泽，意思是要不去沙发凑合凑合得了。

谁知道小泽把大衣往床上一扔，就那么悠闲地躺了下去，完全没有在意苏玫的怒意。

赵忍看看苏玫，又看看双脚架在梯子上的小泽，小声说道："现在已经凌晨四点多了，其他人都睡了，咱们这么闹腾是不是有点不合适？况且老板安排错了房间，我们天亮了直接找他更换就好，没必要鸡飞狗跳吧！今天呢，就委屈你和这位姑娘先在床上将就将就，大家都玩累了，和衣而睡可以吧？"

苏玫还想再说几句，旁边的姑娘微微摇了摇头。苏玫冷哼一声，转身开始摸黑收拾东西，算是默认了赵忍的建议。

"能把臭脚拿下去吗？"苏玫双手扶着梯子，对躺在床上哼哼唧唧的小泽恶狠狠说道。

"说请!"

"你!"

赵忍一步跨到小泽床头用劲儿拍了他一巴掌。

"把脚放下去!"

小泽不情愿地应了一声好,双脚在苏玫脸前划过了一条弧线。

赵忍隐约感觉身旁的苏玫整个人都变得肿胀了,就连头发都开始在黑暗之中飘浮起来。

躺下之后,屋子里还是可以清晰地听见寂静之中苏玫沉重的喘气声。

……

"醒一醒!"

赵忍迷迷糊糊听见耳边一个低沉的声音叫自己起床,紧接着眼前闪过一阵亮光。

"谁啊? 有病吗?"赵忍气冲冲地骂道。

"面对一屋子女生,你俩还能睡得这么死,真不知道是该夸你们还是骂你们!"

"苏……苏玫?"

赵忍用胳膊挡住直射眼睛的阳光,终于看清了站在自己床前的女生的模样。

"你究竟要干什么?"

苏玫双手抱胸,冷冷地说道:"干什么? 给你俩换宿舍!"

赵忍从枕头底下摸出手机看了看,"大姐,才七点! 你睡不着觉,又何必折磨我们呢? 我保证,今天晚上回来时,我俩一定从这个屋子消失! 可以吗?"

"不可以! 我必须亲眼看着你俩搬走!"

"哥，用不着和这种人浪费口水，想让我们搬地方必须老板开口！你算老几啊，在这儿咋咋呼呼的！"

苏玫看了一眼躺在床上的兄弟二人，一跺脚跑了出去。

赵忍仰着脖子看人消失在大厅里，赶紧翻身冲小泽说道："喂，这么做是不是有点不道德啊！本来两个大男人和一群女生住在一起传出去就不好，要不咱俩还是睡沙发吧！"

"凭啥？"小泽伸了个懒腰一本正经地说道："咱俩花了床的钱，老板都没说换，她废什么话！"

"可是……"

"哎呀，没那么多可是，这件事就听我的，你安安心心睡觉，她敢再来唠叨一句试试！"

赵忍叹口气，感觉瞬间涌上了一股困意，头一栽便睡着了。

再醒来时已经是下午一点了，赵忍看见屋子里只有他和呼呼大睡的小泽，心里顿时踏实了不少——看样子，苏玫应该已经放弃了。

兄弟二人摇摇晃晃走出房间，这个点儿大家基本上都出去玩了，就连老板也会加入某个小分队，店门丝毫不在意地大敞着。

"哥，我饿了，咱俩出去吃点东西吧！"

赵忍点点头回道："先凑合凑合垫垫肚子，晚上看看其他人有没有聚餐！"

就在这时，墙角的沙发里传出了一阵慵懒的声音："我也好饿，能带上我吗？"

"苏玫？你怎么在这儿？你不是出去了吗？"，赵忍震惊地看着她。

"你哪只眼睛看见我走了？老板说所有的地方都已经住满人了。可我一想到你们兄弟二人的嘴脸就气得牙痒痒，只能在沙发上迷糊一会儿！"

赵忍挠挠头说道："实在不好意思。既然现在没地方了，咱们就互相包容一下，反正只有晚上回来才会碰见，睡觉的时候我们可以挂个帘子。"

苏玫起身叠好了被单，对赵忍的话没有再反驳。

"我饿了，你们俩准备去哪儿吃，一起吧！"

"你要能保证吃饭的时候不挑三拣四，我们就不介意多一双筷子！"

赵忍知道小泽一开口就不会有好话，不由得长叹一口气，无奈地望向苏玫。

苏玫不知道是习惯了这种语气还是压抑住了怒气，脸上露出淡淡的微笑回道："没问题，你们说吃什么就吃什么！"

"那你快点收拾，我们不会等太久，一点半就出发。还有，别把妆画得那么浓！"

苏玫居然很认真地点点头，转身去了卫生间。

赵忍惊得下巴都要掉地上了，"你是怎么做到的？她怎么突然这么听话了？说实话我刚才都要防着她揍你了！"

"哥，你在对待女人的问题上还真是白痴啊！这样的女人什么男人没见过，你天天小心翼翼地怕她生气，反而越惯越嚣张，不如这样试试，现在看来很有效果啊！"

赵忍摇摇头，他这个兄弟，从小就生了一副招女孩子喜欢的面容，再加上冷酷的外表和殷实的家境，简直就是理想中的朋友。

"小兔崽子，还教训起我来了，出门在外礼貌待人不应该吗？什么叫我小心翼翼，惹了事还不是我给你擦屁股！"

"是是是，我说错话了行吗！我哥为人忠厚老实，不像我一天到晚老闯祸！"

赵忍没好气地翻了个白眼，拉着小泽去刷牙。

等两个人从卫生间里出来时，苏玫居然已经站在门口了。她果然听从了小泽的话，脸上完全看不出有任何妆容。

"呦，速度挺快的嘛！那你再稍微等会儿，我俩换身衣服！"小泽说完便拉着赵忍钻进了屋子。

"换什么衣服啊，人家都收拾好了，咱们直接走不就行了？"

"让她在门口站一会儿呗，平时肯定都是别人等她！"

赵忍还想反驳，小泽比了一个噤声的手势，"听我的，哥！"

"那一会儿出去不得换身其他的衣服吗？"

"为什么要换？大冬天的，咱俩就说换了内衣，难道她还要扯开外套看看吗？"

赵忍痛苦地捂住了自己的眼睛，这个兄弟真是太不省心了。

一点五十，在赵忍的强烈要求下，两个人才慢腾腾地出了房间。

"实在不好意思，我们……"

"没关系，女生换衣服不也得好一会儿嘛，我理解！"

小泽凑到赵忍脑后轻轻说道："我说什么来着，早知道两点再出来了。"

赵忍忍不住踹了一脚小泽，三个人晃晃悠悠地下了楼。

"那边有家新疆菜，看评价说羊肉串不错，咱们去尝尝？"

赵忍没搭话，苏玫皱了皱眉小声嘀咕道："羊肉串啊……"

"怎么了？你要不想吃可以自己找地方！"

苏玫思考了一下说道："那我自己去那边吃了，咱们一会儿再约吧！"

小泽也不挽留，拉起赵忍跟苏玫分道扬镳。

"总算甩掉这个女人了！哥，想吃什么？我请客！"

"咱俩不去那个新疆菜合适吗？"

"合适啊！她那么聪明还看不出来咱俩不想带她吗？"

赵忍摇摇头，不过说实话甩掉苏玫确实轻松了不少。

"咱俩去吃火锅吧，来这边第一顿就应该吃，我记得附近有一家还不错。"

两个人一前一后来到了火锅店，门口的老板高喊了一声"招待贵宾"，立刻有服务员领着他们走了进去。

"两位帅哥坐这里吧，靠着窗户还可以看看街道!"

就在两个人低头商量点什么菜时，旁边的桌子响起了熟悉的声音："赵忍，小泽，你俩不是去吃羊肉串了吗?"

第十二章
冲突

听见这熟悉的声音，赵忍头都不敢抬了，恨不得拉起小泽就跑。

小泽倒像没事人一样，一边翻着菜谱，一边说道："还真是挺巧的啊，没想到能在这儿碰见你！"

赵忍把自己的脸埋进菜谱里，对小泽轻声说道："都这个时候了，你还好意思说巧合！她又不是傻子，早知道就应该去吃那该死的羊肉串！"

"你俩为了故意甩掉我，用羊肉串做借口，难道一点愧疚都没有吗？"

苏玫语气虽然冷淡，眼睛却没有离开菜谱，甚至还问起了服务员推荐的菜。

"你看看，我说什么来着！"赵忍的声音越发无力了。

"哥，我看你就是被那个所谓的'大姐'名头先入为主了。这种情况有什么大不了的，又不是多亲密的朋友，放心吃吧！"

小泽弄了个鬼脸，声音不紧不慢地回道："你是谁啊，用得着故意甩吗？我想去哪家不想去哪家，需要和你商量？怎么着，想让我愧疚好请你吃火锅吗?"

苏玫合上了菜谱,轻轻推开服务员,两步走到小泽面前,露出一个妩媚的笑容说道:"那我请你们吃火锅可以吗?"

小泽让出了身边一个座位,对着服务员说道:"刚才点的肉全换成下面那种精品的,然后再加两碗面!还有酸梅汤也换成二十二块钱一杯那个!"

小泽如此放肆的行为,连服务员都有些看不下去了,手中的菜单并没有第一时间修改,而是转向了刚刚坐下的苏玫。

"就按他说的来吧,另外他们要的也给我来一份儿!"

服务员"哦"了一声,看向小泽的眼神越发鄙夷。

点完菜,餐桌上的气氛立刻变得尴尬起来。

赵忍闻着空气里飘荡的火锅味,只觉得胸口像是有一团火在燃烧,整个店里看似人声鼎沸,谁又能想到他们这一桌的冰冷气氛呢?

苏玫后来再没有说话,只是在一旁吃东西,即便是辣得头发上沾了汗珠,她也没有夸张的动作,似乎完全忽略了旁边的两个人。

赵忍这顿饭吃得相当别扭,特别是苏玫捞走了他最喜欢吃的鸭肠和鹌鹑蛋之后,赵忍不得已捡了几片白菜叶子缓解窘境。

"哎,哥!你怎么不吃肉啊?要不再给你来一盘白菜?"

赵忍慢慢放下筷子,这么多年在外飘荡,还没有什么场景能让他如此尴尬。但苏玫的冷处理和小泽的漫不经心,居然让他不知道该怎么面对。

三个人吃完饭,苏玫很自然地走到前台结了账。赵忍长叹一口气,转身问小泽想去哪儿。

"我都行啊,你问问她呗?"小泽眼神一撇,正对上刚刚走出门的苏玫。

"啊……我随便啊，有你们两个大男人，我不应该什么都不用想吗？"

赵忍看着两个人把目光汇聚到自己身上，仰天长出一口气，"去洪崖洞转转吧，如果时间够，咱们就等到晚上看一看夜景。"

赵忍闷头在前面引路，小泽和苏玫在身后聊得异常开心，不时传出一阵爽朗的笑声。赵忍几次回头，小泽都只是微微眨一下眼睛，也不知道是什么意思。

赵忍逐渐加快了步伐，只觉得身后的笑声越来越小，还以为是他们俩收敛了一些。

快到目的地时，赵忍用手指着前面略带兴奋地说道："你俩快看，那就是洪崖洞！"

谁知道话音落了许久身后都没有反应，赵忍回头一看，小泽和苏玫早已不见了踪影。

打了几个电话没有人接，赵忍索性放弃了寻找他们，自己朝观景台走去。

这会儿天已经要黑了，空气中原本灼热的辣火锅味似乎也被冷却了温度，嗅起来少了一丝香味多了一些油腻。

冬日里的洪崖洞，就连灯光都变得冰冷了许多。观景台前虽然人多，但没有了夏天的那种喧嚣，游客们哆哆嗦嗦地拿出手机拍照，姿势什么的也不重要了。

因为已经来过一次，赵忍现在的感觉纯属饭后散步，如果不是他们俩，他第一个念头其实是去网吧打会儿游戏。

人群在观景台步道的挪动速度并不是很快，赵忍也没有着急，可他身后的男人明显不耐烦了，几次把身子探出步道，想看看前面究竟在干什么，移动得如此缓慢。

又过了十几分钟，男人终于忍不住了，一把推开赵忍，想冲到人群前面。

洪崖洞的夜景本就难得一见，况且步道上的游客大都是为了一睹它的风采而来，男人越过赵忍很轻松，可再想往前迈，就不是那么容易了。

　　"哎，你这人有没有素质？大家都在这等着，挤什么挤！"

　　男人从鼻子里哼出一个音，对斥责自己的女人选择了无视。

　　"有什么可哼的！你以为大家都是傻子吗？我倒要看看你能觍着脸往前走几步！"

　　这句话一下子激怒了还想往前挤的男人，他顶着周围人的目光，用手一指女人骂道："乖乖闭嘴，没人把你当哑巴！"

　　女人惊呼一声，音调立刻提高了八度，"没素质想插队还不让人说了？怎么着，你还要打人不成？"

　　说完，女人挑衅一般地看着男人。"也不是个善主儿"赵忍心里想。

　　这样的场面，赵忍非常好奇这个男人该怎么办，被逼到了这个地步不说，偏偏还不占理，而且上下通道这会儿被堵得严严实实，想扭头离开都费劲。

　　男人眼睛里像是有火似的，可眼前这个女人丝毫没有退让的意思。两个人僵持了十几秒钟，男人突然凑到女人面前，小声说道："今天这件事不算完，我刚才看见你是一个人来玩的。"

　　赵忍明显感觉女人身体一颤，上一秒那种嚣张和倔强消失得无影无踪，眼神里瞬间充满了惊色。

　　察觉到女人的反应，男人冷笑了几声，又挑衅似的扫视了一圈周围，看到大家纷纷低下了头，满意地瞥了一眼女人，意思可能是：看到了吧，没有人会帮你出头的！

　　赵忍着实没想到结局居然会是这样，女人虽然话有些过分，但现在受到了威胁，就是另一回事了。

　　"为什么这样的麻烦总能让我遇到呢？"赵忍心中一边想一边感叹

自己是不是该去找个庙烧烧香了。

赵忍叹口气，挡在了两个人中间。

"哎！你小子要出头是吗？"

赵忍还没开口，周围人的目光一下子又全聚到了这里。

"大家都是出来玩的，何必闹成这样呢？你一个大男人威胁女人，传出去也不好吧！"

男人用手指着赵忍的鼻尖说道："你算什么东西？敢教育老子！你……"

赵忍解开大衣，一把抓住男人的衣领，脸凑到他眼前说道："你再说一遍？"

男人倒吸一口凉气，双手不停地抠着赵忍抓着他衣领的手，却怎么也挣不脱。

"没素质不说，嘴里还不干净，哥们儿陪你出去玩！"

赵忍一边说一边扯着男人往上走，原本拥堵的人群，此时竟然让出了一条窄窄的通道。

"哥！你干什么呢？"

听见头顶传来熟悉的喊声，赵忍算是松了一口气。现在的场面看似稳住了，要真出去，谁知道手里抓着的这个男人会不会有什么变故，有小泽在，总归不会吃太大的亏。

顺着狭窄的通道，赵忍很快回到了入口处。苏玫看看一边挣扎一边骂骂咧咧的男人，不由地戏谑道："您这是收个小弟吗？"

赵忍松开手，顾不上苏玫的嘲笑，龇着牙对男人说道："你想怎么着？咱俩找个地方玩玩？"

小泽把大衣拉开，搂住男人的肩膀说道："哥，这种事情我来吧，正好活动活动。"

"我什么都没做，是你哥多管……"

男人话还没说完，小泽便加重了手上的力道。

"啊！轻点轻点轻点！不是不是不是，我的意思是我没准备干什么，你哥就……"

"小泽，注意点！"苏玫看男人脸已经红了，忍不住轻拍了一下小泽。

"合着你老老实实排队，我哥就不分青红皂白给你提溜出来？"

"他一直在我身后排着，等不及了想插队，结果被一个女的指责了几句，这家伙一点没害臊，还威胁人家。"赵忍说道。

"我哥说错了吗？"

男人小心翼翼地摇摇头，他几次想从小泽的手臂中挣脱出来，都以失败告终，索性放弃了挣扎，估计对这兄弟二人的力气是没脾气了。

"兄弟！我真的只是想出口气而已。那女的当着大家的面让我下不来台，换成谁都气不过，咱们都是老百姓，违法的事我肯定不会做的。"

小泽的脸色总算好了一点，男人赶紧掏出兜里的烟，小泽和赵忍都没接，苏玫倒是不客气地点了一根。

"唉，你说你惹谁不好，非挑个厉害的，他是个打拳的，这个弟弟是他的陪练，两个人不管谁给你来一下……哥们儿，想想后果吧！"

男人看着苏玫一边说一边熟练地吐出一个烟圈，下意识轻轻瞥了一眼身旁的赵忍。

"行了，你也别看了，有我在他俩不会动手的，本来就不是什么大事！"

男人赶紧点头表示感谢，苏玫把烟在垃圾桶上摁灭，拉了一把小泽说道："松手吧，别忘了我们来这儿是干吗的！我可不希望这段时间出什么问题！"

小泽鼻子里哼了一声，乖乖站到了赵忍身后，苏玫微笑着说道："好了，这下可以放心了，咱们就此分道扬镳如何？"

说完苏玫推着兄弟二人的后背匆匆离开了，走出好远，那个男人还站在原地，似乎是在和谁打着电话。

"哥，咱俩对付他不是很容易？至于这么狼狈地跑路吗？还有，你为啥要说我俩是打拳的？"

"唉，这事怪我了，你苏玫姐姐这么做没问题！"

苏玫没好气地瞪了他一眼，"你还知道自己惹事了啊！大家都不管是因为不知道这人什么来路。我看他眼神贼溜溜的，不是我先发制人说你俩是打拳击的，他打电话叫人怎么办！出门在外多一事不如少一事！"

赵忍挠挠头，不好意思地说道："我是有点冲动了！其实出头的那一刻就后悔了，小泽叫我的时候简直就是天籁。先前我都在想把人拽上去之后要不要扭头就跑，还好你俩来得及时！"

"看着挺鬼的兄弟俩，怎么一个比一个无脑，刚才小泽和我聊天还说，上次你来就因为惹了当地人，没办法才换到了这家青旅，怎么今天又是同样的剧情！我说，你是不是该去烧烧香拜拜佛了？"

小泽作势就要开口反驳，赵忍一把拉住他说道："咱俩还真是想到一块儿去了，那两人吵架的时候我就在想这个事，怎么一来重庆就能遇到麻烦，还都是在我眼皮子底下，搞不好真是身上有晦气！"

苏玫笑了笑，又回头看看身后有没有人跟着。

"咱们仨刚走没多远，我看他打了个电话，不知道是不是叫自己的朋友过来，打拳击的幌子我也是情急之下随口一说，没指望他能全信，但是估计一时半会儿也不敢轻举妄动。"

赵忍心中对苏玫的印象又好了几分，这个女人处理危机还真是从容，现场根本感觉不到是在骗人，而且那种压迫感也会让人不敢怀疑。

"不过话又说回来，现场居然没一个人站出来说句公道话，算我倒霉。这次碰到的都是不敢出声的。而且我出面帮了那个女人，连句谢谢也没有，估计这会儿在洪崖洞玩得正开心呢！"

苏玫听完赵忍的唠叨，突然站在原地不动了，兄弟二人发现少了一个人，回头看见苏玫红着眼眶，一脸委屈的模样。

"这是咋了？我说错什么了，怎么突然哭了？"

小泽看赵忍望向自己，连忙摆手表示他什么也没干。

赵忍说："你倒是说句话啊！大马路上人来人往的，不知道的还以为我俩欺负你了，要不以后不叫你大姐，叫老妹行吗？"

苏玫扑哧一乐，抹了一把自己的眼睛说道："叫奶奶！"

赵忍露出一副深受其害的模样，"这也就是我年纪大要面子，你要敢对上次来的那群兔崽子这么说，他们真能一口一个奶奶叫到你吐血！"

看着苏玫脸上疑惑的表情，赵忍讲述了第一次来这里时的经历，尤其是到"认亲"那一段时，连小泽都忍不住哈哈大笑起来。

"哥，没想到啊，我说怎么回去之后让你讲讲好玩的，你一脸哭笑不得，原来是偷摸认了一堆亲戚！"

"呸，你以为我愿意啊，出门在外领着一堆小兔崽子，别说邂逅美女了，看看都不行！怎么解决终身大事！"

苏玫的笑脸在听完这句话后立刻变得阴冷起来，赵忍和小泽感觉到气氛不对，又不知道哪里出了问题，只能尴尬地站在原地。

"你们男人都是这么无耻吗？"

"无耻？这跟无耻有什么关系？"

"算我看错你们俩了！"

苏玫的话让赵忍和小泽面面相觑一头雾水，只能看着她气冲冲地远去。

"哥，这女人抽什么疯？"

"不知道，不过你回想一下刚才她哭鼻子的样子，估计也是一个有故事的人！"

"有故事好啊！我去买点酒，晚上玩完游戏，咱们仨来个坦白局，让她把秘密全交代清楚！"

"别玩得太过了，不是谁都愿意把心里的痛说出来，到时候出了问题我可不给你擦屁股！"

"放心，我心里有数！"

"好了，这就是我的全部，你们满意了吗？"

赵忍和小泽面对苏玫带着哭腔的低吼，只能尴尬地对视一眼，没想到面前这个看似无比冷酷的女强人，居然有一段这样的经历。

"兔崽子，我就说别玩过火了，现在可咋整？"

"我怎么知道那个男的那么变态，我以为最多就是个渣男，脚踩两只船而已。哥，一会儿她要有什么过激的行为你可得拦着点！"

赵忍看着小泽一脸委屈的样子，无奈地叹口气，对捂着脸啜泣的苏玫说道："对不起，我们不是有意打探你的过去，就是……就是下午你的态度让我俩有点摸不着头脑，所以……"

"我是不是很下贱？"

苏玫从手指缝中吐出一句话。

"啊？不是不是不是不是！"

赵忍和小泽疯狂摆手，"你这是牺牲！这件事说明，再强悍独立的女人，在爱情里也会迷失自己，也会不计后果付出。退一步说，你俩没有结婚，也算是你的幸运吧！"

苏玫慢慢坐直身子，抹了一把脸上的泪痕，淡淡地说道："以前总听老人们说，善有善报恶有恶报，可真到我头上的时候，怎么就反了呢？为什么是我拖着伤痕累累的身体狼狈不堪地逃离到陌生的城市，而他却享受着众人的追捧，接受百年好合的祝福。我做错了吗？老天爷为什么让我经历这些？"

听着苏玫的控诉，赵忍很想告诉她要坚强，可这两个字怎么也说不出口。

一个年薪近百万、在商场上叱咤风云的女强人，却栽在了所谓的爱情骗局中。事情很狗血，年年在发生，却总有人上当，只是好像不应该是苏玫。

同情还是嘲笑？其实都是多余，苏玫不需要这些东西，时间会治愈一切。

小泽掐掉了苏玫手上的烟，看着她眼神中的委屈与挣扎，扭头对赵忍央求道："哥，我们……"

赵忍没等他说完就摆了摆手，"我们只是听众，什么都做不了，什么都不能做！你也别想着把那个男人打一顿了。这条路是她自己选的，就像我刚刚所说，她应该庆幸婚礼没有进行下去，如果真的和这样的人成为夫妻，才是最可怕的，不是吗？"

"可是……"

苏玫拦住小泽，露出了一抹微笑说道："谢谢，作为一个陌生人能够说出这样的话已经算得上善意了。我没有想过报仇，只是需要时间重新站起来。"

赵忍点点头，"不得不说，能这么想，证明你确实是一个很厉害的女人，我相信他迟早有一天会遭报应的！"

苏玫把身上的大衣裹紧了一些，想伸手点根烟，瞥见小泽一脸的严肃，又把手缩回到了大衣里。

三个人突然间没有了话说，呆呆地看着窗外雾蒙蒙的夜色陷入了沉默。

凌晨三点的重庆依然可以听到街上喧闹的声音，再过四十五个小时，就是新的一年了。这个青旅里的人都是为了听解放碑的新年钟声而来，只不过每个人身上背负的东西轻重不太一样罢了。

……

似乎是代入了苏玫的遭遇，赵忍做了一晚上的梦，梦里翻来覆去全都是苏玫的影子，他好像成了那场闹剧中的某个角色，在一旁看着苏玫哭闹却又无可奈何。

赵忍这一觉一直睡到了下午，醒来的时候只觉得浑身上下无比酸疼，连衣服都有些潮湿，跟打了一架似的，他起身看着空荡的房间，冰冷的湿气透过身体，让人止不住颤抖。

赵忍抓起手边的衣服披在身上，晃晃悠悠走到大厅，小泽和苏玫已经穿戴整齐在沙发上谈笑风生，似乎一点没受昨晚聊天的影响，看到赵忍出来，小泽解释说要早点去解放碑占位置，赵忍挥挥手表示自己刚刚经历了一场鏖战必须洗个澡才行。

"哥，晚上回来再洗澡呗，你现在洗完出去溜达一圈又是一身汗！"

"我身上黏糊糊的太难受了，你俩先去吧，我随后就到。"

小泽瞥了一眼苏玫，叹口气叮嘱道："哥，那你快点洗，到了之后电话联系！"

送走了小泽和苏玫，赵忍裹着大衣足足等了两小时，才听见外卖小哥的脚步声。

把蛋糕藏好以后，赵忍心满意足地嘿嘿一笑，刚要准备穿鞋，一个声音悠悠荡荡地飘了过来。

"赵哥，我不是告诉你不用买蛋糕了吗？"

这声音吓得赵忍后背一阵发凉，他下意识拿起了鞋子四处张望。

娇姐慢悠悠地从厨房里滑了出来，看见赵忍高举着鞋子，不由得扑哧一乐。

"怕什么，我又不会吃了你！"

看清娇姐披头散发的模样后，赵忍松了一口气，连忙把鞋穿好。

"娇姐你真是幽灵啊！我还以为全屋的人都去解放碑了，你怎么……在厨房里干什么？"

"我在厨房洗菜啊，今天跨年夜，大家玩疯了之后说不定有想吃饭的，不得提前准备一下吗？"

"可是你怎么一点声音都没有啊！这样突然出现真会吓死人的！"

"抱歉抱歉，不过你怎么还是买了蛋糕啊！"

赵忍站起身跺跺脚，一脸疑惑地问道："弟弟过生日当哥的不应该买吗？"

娇姐摇摇头说道："我和店里其他人接触不多，但是凭苏玫的智商和情商，小泽过生日这种事情，一定少不了精心安排！"

"为什么？不不不，凭什么！大家都是青旅的游客，因为一起吃了个饭，她就应该准备什么吗？"

"赵哥，在对待女人的问题上你确实不如小泽，苏玫这样的女人身边最不缺的就是马屁精。别看小泽对她不屑一顾好像没有礼貌，其实恰恰抓住了她的心。今天中午吃饭我就能感觉到，他俩之间不是你想的那样简单！"

赵忍冷哼一声回道："我管她复杂还是简单，别说苏玫不用准备，就是准备了，我也不可能同意啊！一个算是'离过婚'的女人，在外面旅行遇到个高大帅气的男生，吃个火锅喝个酒就产生爱情了？"

娇姐看赵忍越说情绪越激动，连忙摆手解释道："你别生气啊！这只是我的猜测罢了，说不定苏玫回来就睡觉了呢，她明天一早六点的飞机就离开了！"

赵忍恶狠狠地说道："赶紧离开吧，早分开早消停！"

娇姐没有搭话，披上大衣和赵忍一同下了楼。

街上的人已经不能用数量来形容了，从坡上看去，几乎每一个角落里都有着晃动的身影，大家互相拥挤着、摩擦着、欢呼着。

赵忍并没有第一时间去跟大部队会合，而是独自一人漫步在人流中，仿佛周遭的一切都与自己无关。

找到小泽的时候，距离十二点的钟声还有两分钟，穿过人群站在小泽身边，赵忍并没有看见苏玫的影子，他好奇地问道："苏玫呢?"

小泽淡淡地看了一眼坡下说道："她听说钟声响起的时候会放气球，尖叫了一声冲到人群之中不见了，跟小孩一样没脑子!"

赵忍悄悄看着小泽的脸，他在提及苏玫的时候并没有太多的表情和波动。

"应该是娇姐想多了吧!"赵忍安慰着自己。

零点倒计时开始的时候，整个城市的上空涌起了滔天的声浪。赵忍不由自主地跟着一起呐喊，一起高举着手臂。

"三、二、一"

新年钟声响起的那一刻，所有人欢呼着新年快乐，那是一种难以形容的激情。小泽也被空气中的快乐感染，对着赵忍放声地大笑。

赵忍站在街道的尽头，好像突然进入另一个平行的世界，周围的一切都没有了声息，只能看见大家夸张的表情和张大的嘴巴。

这是一种奇妙的感觉，千万人的喊声虽然嘈杂，可他的内心却寂静得如同一间落满了灰尘的旧仓库。

"哥! 哥! 哥! 你怎么了?"

小泽的晃动打碎了那份平静。

赵忍闭上眼睛，想找回刚才那个状态，却怎么也集中不了注意力，只能苦笑一声摆摆手。

"我没事，就是有点出神了。兄弟! 新年快乐! 生日快乐!"

"哥，新年快乐! 今年争取给我找个嫂子吧!"

"滚! 这事儿你以为跟天上下雨一样?"

解放碑的钟声十二响过后，人群开始纷纷退散，小泽和赵忍一路狂奔冲到了最前面。

"哥，你回头看看咱俩身后，有没有一种大哥带着小弟冲锋的感觉!"

"你再不快点，一会儿电梯都挤不下了!"

第十五章
生日『惊喜』

回到青旅楼下，赵忍突然停下了脚步，抬头望着直插云霄的高楼。

"哥，你咋啦？赶紧走啊，一会儿大部队回来了！"

赵忍露出了一个无奈的惨笑说道："回来这一路我总觉得有些不安，好像有什么事情要发生！"

小泽啊了一声，赵忍收回目光摇摇头，拉着小泽上了电梯。

走廊静悄悄的，感应灯不知道为什么没有亮，赵忍干咳了几下，发现还是漆黑一片，只能摸黑慢慢往青旅挪动。

"哥，我怎么感觉有点诡异呢！这一层平时多热闹啊，现在静得可怕！"

赵忍挪到了门口的鞋柜，上下摸了一番回道："这鞋柜里一双鞋都没有，看样子所有人都还在外面，咱俩算最早的了！"

赵忍的话音刚落，小泽推开了虚掩的大门。

"啊！"

手里还拿着一只鞋的赵忍听见小泽在黑暗中一声尖叫，紧接着一个巨大的残影便闪了出来，咚的一声闷响，撞到了墙上。

赵忍吓呆了，嘴里结结巴巴不知道该说什么。

就在这时，屋子里亮起了灯光，苏玫一脸紧张地冲了出来，一下扑到了小泽身上。

"你没事吧？撞到哪儿了？有没有受伤啊！"

苏玫的音调听起来就像是有谁掐住了她的嗓子。

小泽无奈地拨开苏玫，揉了揉自己的右肩膀。

"我没事，你们究竟在干什么？"

苏玫委屈巴巴地用手卷了一圈自己的长发，低着头不说话。屋子里，老板手捧着一个巨大的蛋糕走了出来，凑到小泽脸前说道："本来想给你个惊喜，谁知道弄得成这样。我就说走廊灯别关了，大姐非说这样才能显得浪漫，刚才在屋子里，听见外面的脚步声真挺吓人的！"

赵忍把手里拿了半天的鞋放下，看着脸上被烛光映射得一阵黑一阵红的苏玫，像个小孩子一样站立不安，只能无奈地苦笑几声，开口打破了僵局。

"我说怎么这一路心里面不得劲儿，原来在这儿等着呢！你们庆祝就庆祝呗，搞得神神秘秘的，这下好了，这个生日估计一辈子都不会忘了！"

所有人像是被掐住嗓子一般哼笑了几声，小泽还是没有说话，死死盯着苏玫。

赵忍拍了他一巴掌，从牙缝里挤出来一句话："行了啊！这么多人呢！"

小泽突然嘿嘿嘿笑了起来，大家不明所以，好在场面总算不尴尬了，所有人回到屋子里，把蛋糕摆在大厅的桌上。

苏玫从始至终都没有说话，托着红彤彤的脸颊小心翼翼地看着小泽，哪里还有女强人的气场，分明就是一个情窦初开的少女。

大厅里的人围成一圈，关了灯让小泽许一个愿望。娇姐在黑暗中悄悄凑到赵忍身边，压低了嗓子说道："我说什么来着，这个苏玫一定会主动出击的，她现在的样子用花痴来形容一点都不过分！"

赵忍看着小泽的脸在蜡烛映衬下格外帅气，捂住嘴巴回道："那也不行啊。两个人不光是年龄的问题，还有那么多现实的问题呢！小泽不想，她苏玫不想吗？"

娇姐嘿嘿一笑问道："你是准备当一回恶人吗？还是你自己也有什么想法？"

赵忍哼了一声说："对苏玫？怎么可能！小泽现在是被苏玫的经历感动了，等他冷静下来之后，就会明白这一切是多么荒唐，我这个当哥的只是未雨绸缪而已！"

娇姐并没有回话，这让赵忍有些不自在，凑到娇姐耳边问道："你怎么不说话了？难道我说错什么了吗？"

娇姐摇摇头，"我只是在想，苏玫能不能想到你这个当哥的要出来阻拦呢？"

赵忍莫名感觉后背一凉，刚要解释，娇姐却一闪身回到了角落里。

吹完蜡烛的小泽看不出兴奋，只是默默地拿着刀子把蛋糕切成了十几块。这期间，所有人的目光都有意无意瞄向苏玫，可是她却像没事人一样，静静地看着小泽切蛋糕，一句话都没有说。

小泽把第一块蛋糕放在盘子里，递到赵忍面前说道："哥，这次出来玩我非常开心。希望将来咱俩有机会多出来走走，这第一块蛋糕给你！"

赵忍说了声谢谢，把蛋糕盘子炫耀似的朝娇姐那边比画了一下，谁知道娇姐低头玩着手机，根本没有在意桌前的一幕。

给所有人分完了蛋糕，小泽才端着盘子给苏玫发了一块儿。两个人微微点头示意了一下，居然什么话都没有说。

这个小细节让赵忍心中很是纠结，他觉得小泽应该不是为刚才的惊吓生气，可偏偏他对苏玫的态度有些太冷漠了。毕竟这蛋糕还是她买的，最后一个发也就算了，连句客气话都没有就有些说不过去了！

赵忍凑到苏玫身边，看她对着蛋糕发呆，小心翼翼地说道："你别生气啊，我这个弟弟从小被惯坏了，不懂礼貌。他没说谢谢，我替他说了，这蛋糕真好吃！"

苏玫微微一笑回了句没关系，端着盘子坐到了沙发上，赵忍感觉自己讨了个没趣，又凑到了娇姐身边。

"娇姐，我怎么感觉他俩之间怪怪的？"

"我还是那句话，苏玫既然已经决定给小泽过生日，那她就不怕流言蜚语。换句话说，在这样的青旅里，一个女生对男生有了喜欢之意，本来就不是什么大事，如果这个男生身边还有一个清醒的哥哥，那他会不会成为两个人在一起的阻碍呢？如果成了阻碍，该怎么办？换成是你，你会怎么做？"

赵忍下意识地回道："让大家看不出来两个人互相喜欢！"

"没错！女生给男生过生日，正常人的思路就是他俩一定有瓜葛！可如果这个时候，其中一方表现得很冷漠，大家是不是就会自然而然认为没戏了，也会放松警惕呢？"

"你分析得没错，但这种事情不得提前商量好吗？刚才的场景你也看到了，小泽明显不知道有生日惊喜，难不成他俩在黑暗里通过眼神就确定好了方案吗？"

娇姐叹了口气说道："赵忍，如果是别人，我也就不说什么了，但换成是小泽和苏玫，我认为他俩之间是有可能存在这种默契的。小泽最后那个诡异的笑你记得吧，也许……就是那种心有灵犀的笑，只不过作为旁观者的我们没办法理解罢了！"

赵忍揉揉太阳穴，心里始终不敢相信娇姐的分析。

"娇姐，我真不敢相信，他俩能一瞬间靠眼神就设计好这些事情，小泽是我看着长大的，他可不懂这些！"

娇姐耸耸肩说道："这些不都是我的猜测嘛！你知道的，女人的直觉而已，有时候并不灵的，你别太往心里去，再说苏玫天亮就要走了，你和小泽的机票不是后天吗？他还能扔下你不管啊！"

"这么说，我心里还算安稳了一点。"

所有人吃完蛋糕围坐在沙发前，老板关了灯放下幕布，选了一部电影，大家安静地看了起来。

小泽和苏玫离得很远，可赵忍心里还是不踏实。他几次看向小泽，发现他一直盯着幕布，似乎全身心都投入电影中，根本无暇顾及苏玫。

赵忍的脑海中迟迟散不去娇姐的分析，他决定天亮等苏玫走后找小泽好好谈一谈。

……

赵忍不知道自己是什么时候睡着的，感觉耳边突然响起了一阵嘈杂的嬉笑声。他猛地坐起来，发现窗外已是天光大亮。

身边的沙发上横七竖八地躺着昨晚看电影的几个人，唯独少了小泽和苏玫。

心中暗生不安的赵忍掏出手机，没想到……

手机屏幕上除了三条一模一样告诫他已经欠费的信息外，什么都没有。

赵忍松了一口气，他原以为醒来就会看到两个人私奔的信息和小泽的道歉，结果只是虚惊一场。

赵忍艰难地从沙发上坐起来，浑身上下的关节因为扭曲的睡姿爆发出了一阵"嘎嘣"的响声。

迷迷糊糊地绕过大厅里的人群，赵忍想着赶紧回屋里把小泽拉起来吃饭，没想到一推开门，两个人的被子整整齐齐摆放在角落里，丝毫看不出有人睡过的痕迹。

赵忍心中隐隐有些不安，掏出手机拨通了小泽的电话。

谁知道电话响了一声就被挂断了，随后小泽发来了三个字。

"找娇姐。"

赵忍顾不上多想，几步冲到了女生宿舍，刚要敲门，娇姐擦着湿润的头发从里面走了出来。

"哎，赵……"

"小泽和苏玫呢？"

娇姐换了一只手擦头发，似乎根本没准备回答赵忍的问题。

"娇姐，我问你小泽和苏玫呢？"

"你凶什么凶！你以为生气就能把两个人从飞机上拽下来吗？"

"我没有凶……什么？"

娇姐看着赵忍咬牙切齿的样子，忍不住扑哧一乐。

"娇姐！"

"慢着，你别跟我说为什么不拦着他们！我早就告诉过你，他们两个人是有那种默契的，是你这个当哥的不上心，而且还睡得那么死！他俩早晨走的时候就差把手机贴在你脸上拍照了，你梦里面感应到有人偷拍吗？"

"这跟我睡觉有什么关系？"

"那他们俩私奔跟我有什么关系？"

赵忍刚要反驳，娇姐一摆手说道："不对！两个成年人相约旅行怎么能叫私奔呢？应该是他们两个人出去玩跟我有什么关系呢！"

赵忍气得脑袋嗡嗡响，可又找不出什么理由指责娇姐，只能转身向自己房间走。

娇姐不紧不慢地跟在他身后，手里的毛巾已经来回在头上擦了好几遍，可依然还有水滴溅到赵忍身上，激得他连打了两个喷嚏。

"娇姐！你擦个头发老往我身上甩水干吗？"

"想让你冷静冷静喽！"

"我现在很冷静！非常冷静！我早就看出来这苏玫没有什么好心眼儿，靠姿色和那点破事唤起男人的同情心。这才认识几天！居然勾引着我弟弟跑了！"

娇姐耸耸肩说道："你看你！还说自己冷静，这是一个当哥该说的话吗？怎么着，现在收拾行李赶下一趟航班吗？退一万步说，就是真见到了苏玫，你能当着小泽的面打她一顿吗？人家两个人一口咬定是爱情，你非要说这是错误吗？况且，你真是因为小泽而生气吗？还是因为……苏玫选择了他没有选择你？"

娇姐最后一句话像是从赵忍头顶倾泻下来一盆凉水，让他冷不丁浑身一颤，感觉自己全身的汗毛都立了起来。

娇姐微微叹口气，把手里的毛巾搭在肩膀上，眼神中流露出一丝无奈。

"看你的样子，我已经有答案了。说实话，苏玫除了年龄的问题外，的确是很优秀的女人，睿智、聪明、优雅、漂亮还接地气，她能被无数男人捧着，被你们两个喜欢无可厚非。我知道你肯定会辩解自己不喜欢她这一类型，但不得不承认，喜不喜欢她是一回事，她选择谁是另一回事。很明显，苏玫的选择让你的内心深处有了挫败感。"

赵忍忽然很想逃离眼前这个女人，她简直太恐怖了。如果说苏玫是一种外露的优秀，那娇姐就是隐藏的完美。

她性格内敛，说话语气柔和，外貌也不惊艳，放在人群中可能眨眼间就会被忽略掉。

可就是这样一个女人，在赵忍、苏玫、小泽享受着周围人的羡慕和好奇时，却将三个人的一举一动悉数看透，仿佛全能视角一般，别说小泽和苏玫的眼神交流，就是赵忍隐匿在心底的不爽，也都尽数摆在了她眼前。

赵忍一直自认为隐藏得很深。

他虽然没有多喜欢苏玫，但内心却希望苏玫这样的女人钟情于自己，甚至是崇拜自己，可一连串的尴尬让赵忍颜面尽失，反倒是小泽用他桀骜不驯的性格掌控着全局。

赵忍心里很不痛快，尤其是昨夜娇姐在分析两个人的默契时，他嘴上硬撑着说不可能，心里已经明白，娇姐说得不无道理，甚至有可能是完全正确的。

娇姐一边擦头发一边漫不经心地分析，每一个字都像是一颗钉子，活生生地将赵忍自诩的防御击穿击碎。

字字诛心！

这是赵忍能想到的最为恰当的形容。

"娇姐，我……"

娇姐嘿嘿一笑，把毛巾递给赵忍说道："你什么你！快帮我拧干一点，总感觉头发还是湿漉漉的！"

赵忍愣了一下，知道她是在给自己找台阶下，赶紧拿起毛巾跑到卫生间，直到手指头被勒得有些发紫了，才甩甩手走出来。

娇姐站在落地窗前，大厅里除了沙发上熟睡人的呼吸声，寂静得好像考场一般。

"赵哥，看你刚才落荒而逃的样子……"

娇姐摆手阻止了赵忍想辩解的欲望，继续说道："我知道你心里一定充满了恐惧……这个女人怎么什么都知道。不瞒你说，我身边的朋友都这是这么认为的，甚至是我的老公，他……"

"你结婚了？！"

赵忍简直不敢相信，"娇姐，我还觉得你比我小好多呢！怎么就结婚了？"

娇姐幽怨地瞄了他一眼说道："虽然这句话很违心，但权当你夸我了！"

"不是！我真以为你单身呢！这么聪明的女人，老公得多强大啊！"

娇姐似乎是被戳中了心事，浑身轻微地颤抖了一下，赵忍不由得皱起了眉头。

"我……和我老公分居好几年了！"

"什么？"

赵忍的惊呼惹得沙发上众人纷纷抗议，他赶紧压低了嗓子问道："为什么？"

娇姐没回答，赵忍试探性地说道："因为你太聪明吗？"

娇姐点点头，无可奈何地笑道："我从小到大都比周围的人要细心，步入社会以后，这个技能会让我很快适应各种各样的环境。同时，也让我成了人人排斥的对象，谁都有秘密，都有内心深处不愿触及的自卑，可我总能发觉到这些细节，有时候这并不是一件好事。"

赵忍没说话，娇姐的分析的确让他很恐惧，甚至是有些排斥，人太聪明了有时候真不见得是什么好事。

"我老公是一个普通人，追我的方式普通，爱我的方式也很普通。而我，或许是我还不能承认自己的普通——至少目前是。结婚后，我被折磨得痛苦不堪，他也难以忍受。所以，我们选择了分居，希望彼此能过一段自由的生活！"

"那他现在在哪里？"

"我不知道。"

"你不知道？"

"既然是自由，那就要做到互不干涉，不然还是会有被牵扯的感觉！"

"娇姐！如果是小泽，我兴许就信了，但是你……我不信你不知道！"

"深圳！我是在他朋友圈里发现的，有一张和同事去吃烧烤的图片，我从地图找到了类似的建筑物，是在深圳。"

可怕——这是赵忍心里唯一能想到的词了！

"你也觉得我很可怕是吗？"

"我的天！"

娇姐转了个身不再说话，继续看着窗外的景色。

"娇姐，我还有最后一个问题。"

"是我送他们两个离开的，你也别怨我，这种事情我不可能拦得住！"

"苍天！我得赶紧离开这儿！"

回到屋子里，赵忍看着空空荡荡的床铺，心中着实有些不痛快。

可小泽和苏玫的离开已经成为事实，他即便再不爽，就像娇姐所说，也是无济于事。

赵忍放弃了挣扎，把自己扔在床上。

娇姐的话中透露出了一条很有意思的信息，就是小泽和苏玫走之前和她见过面，这是巧合还是有意不得而知，看样子，娇姐赢得了他俩的信任，所以小泽才会在挂断电话后第一时间让赵忍找娇姐。

如此短的时间她是怎么做到的？

赵忍越想越觉得恐怖，这就像是自以为隐匿很好的人其实早已暴露在聚光灯下一般，有种生活在《楚门的世界》的感觉。

新年的第一天，赵忍原本计划着去重庆的街头逛逛，谁知道这么一闹，反倒成了孤家寡人。

他用被子蒙住了头，把鞋子随便踢飞，准备今天就窝在床上不动了。

也是这几天出来没睡个安稳觉，赵忍很快就睡着了。迷迷糊糊听见身边有人来回走动，他只觉得自己连睁开眼睛的力气都没有，索性翻个身，把头卡在枕头和墙壁的角落里，又呼呼大睡起来。

梦里小泽和苏玫就走在赵忍的前面，可无论赵忍怎么喊怎么追，两个人像是故意开玩笑似的，始终保持着一段距离。

这激怒了赵忍，他随手抄起了一本书，狠狠地朝前面扔去，嘴里还骂着："玩我呢是吧！"

赵忍的话音刚落，身后的雾气里响起了一个声音：

"是不是很想知道娇姐用什么办法赢得了信任？她说……"

雾气里的声音突然消失了，赵忍连忙追问道："她说什么了？你快说啊！"

"赵哥你在说什么呢？"

赵忍扭头想斥责这个叫自己的人，没想到头重重地磕在了墙壁上，眼前的雾气一下子化为了刺眼的阳光。

"老……老板娘？"

"赵哥，你捂着被子乱吼什么呢？"

赵忍揉揉额头，闭着眼睛思考了几秒，确定自己刚才是在梦中，这才苦笑着回道："没什么，没什么，做了个噩梦罢了！"

老板娘有些疑惑地扫了他几眼，又看不出什么端倪，只得继续低头扫地。

"哎，老板娘，昨天晚上怎么没看见你啊？"

老板娘手里的动作明显停顿了一下，随即又继续扫了起来。

"我昨天晚上有点不舒服，很早就睡觉了，听说小泽生日过得很热闹啊！"

赵忍没好气地嘟囔了一句，算是回应了她的客套话。

"他们俩虽然跑了，你也不能赖在床上不动啊。今天可是新年第一天，不准备出去走走吗？"

"我走个……"

赵忍的屁字还没出口，立马反应了过来，"哎，老板娘！你怎么知道小泽和苏玫走了?"

"因为我送他们上的电梯啊!"

"不是!娇姐说她送……"

"是啊,那我就不能在现场了?你不好奇娇姐是怎么赢得小泽信任的吗?"

"我……"

赵忍莫名感觉自己浑身上下又涌起了一股子凉意。他明明已经从梦里醒了过来,怎么还像是在和迷雾里的人对话一般!

"老板娘,你!"

老板娘手中的扫帚没停,就连头都没有抬起来,"我怎么了?猜中你的心思很难吗!"

赵忍想赶紧逃离这里,可身体却难以挪动半寸,他感觉自己的大脑已经无法发出回应的指令,除了嘴里含糊不清地嗯啊,再说不出任何字来。

"行了行了,别那么紧张好吗?你还是我认识的那个赵忍吗?瞧这几句话给你吓的!对了,你昨天买的蛋糕我放冰箱里了。小泽走之前舔了一勺子奶油,他让我谢谢你,说回去之后请你吃饭!"

"老板娘,你和娇姐究竟是什么人?你们像会读心术一般,我就想知道你们俩还知道些什么?不,是我还能知道些什么?"

"赵忍,赵哥!别说得那么玄乎,我在青旅待了这么多年,见过形形色色的人不计其数,多少也有一点辨物识人的技能吧。小泽和苏玫的感情你一个当哥的察觉不到很正常,我和娇姐作为女人,光凭第六感就能判断出来,这也没什么好奇怪的。至于你心中的那个疑问,换成是我也想知道这个,所以,你放轻松一点!"

赵忍长出了一口气,站起身踩踩脚,"那娇姐……你和娇姐究竟说了些什么?"

"其实也没什么，他俩走的时候我和娇姐还没睡，本来只是想确认一下退房的事情，结果看见小泽在你身前犹豫不决，就多问了两句。苏玫心里可能也有些过意不去吧，执意让小泽留下，说什么家里不会同意之类的话。两个人你侬我侬就差抱头痛哭了。娇姐实在看不下去了，就指了指你，那个时候你在沙发上睡得可香了，估计也感觉不到什么。小泽算是个聪明人，立刻就明白了什么意思，不过他知道，如果自己和你说肯定挨骂，娇姐作为一个外人，兴许还有机会劝服你。我是个做生意的，这种事情按道理说是不应该掺和的。但是，这么多年了，青旅里也有不少谈情说爱的事情出现，我觉得能帮就帮一把，当然这算是你们的家事，怎么做你决定就好！"

　　赵忍无奈地笑了笑说道："不是我不帮，而是我帮不了。苏玫虽然很优秀，但是她并不知道她即将面对的是一个多么庞大的家族。现在事情已经这样了，我只能祝他们俩好运，说实话，爱情可以冲破一切障碍的鬼话也就骗骗小孩子，咱们这个年纪还信吗？"

　　老板娘点点头，"你说得没错，好事多磨吧！"

　　看着老板娘慢慢悠悠走出房间，赵忍思考了许久，掏出手机给小泽发了一条信息：有事打电话！

　　几秒钟之后，屏幕上出现了两个字：跪谢！

　　"兔崽子，还跪谢！等我见了你不下跪试试！"

第十八章
结束还是开始

　　把手机扔到床上，赵忍还是不太想出门，虽然自己心里已经想明白了，可还是有一种被抛弃的感觉。

　　就在这时，娇姐的声音又一次响起来，"如果心里还是觉得不爽，最好的办法就是出去走走，窝在这里只会让你更消极！"

　　赵忍似乎已经习惯了这种突如其来的"惊喜"，他把身子往后一仰，床架发出了极其刺耳的摩擦声。

　　"别打扰我，这个角落才是我温暖的港湾！"

　　斜倚着门框的娇姐扑哧一乐，两步迈到床前，重重地踹了一脚赵忍。

　　"干什么？我都这么可怜了，还要在肉体上折磨我吗？"

　　"你还是以前的赵忍吗！怎么摔倒了就躺在地上不动了呢？"

　　"谁躺在地上了，我只是……"

　　"只是什么？失落？挫败？丢人？难道是困了？"

　　赵忍坐直了身子问道："娇姐，我只是不明白，以苏玫那样的阅历，怎么敢尝试一段连万分之一概率都不到的爱情呢？如果说之前那个男人是隐藏得太深，那小泽不是更明摆着会辜负她吗？"

　　娇姐摇摇头说道："赵忍，你还是不了解女人，或者说你对爱情的认知太局限了。"

"我局限?"

赵忍用手指指自己笑道:"我可是微博认证的'情感大V',再说了这种爱情跟斗地主打明牌有什么区别,看见地主手里剩下一水儿的炸弹,还要跟着炸,难道就为了轰轰烈烈图个痛快吗?"

娇姐歪着脖子笑道:"你可真是个鬼才,斗地主这种比喻都能想出来!"

"话糙理不糙,我和苏玫虽然交集不多,好歹听完她的故事心里也挺不舒服的,但现在这情况,唉……"

"赵忍,你觉得老板娘聪明吗?"

"聪明啊,简直太聪明了!"

"好,那你觉得老板配得上她吗?"

"配得上吧……"

"好,我再告诉你一个参考信息,老板离过婚,甚至离婚后续的事都没完,他有一个儿子正在等待法律判决呢。老板娘明年……不!今年才大学毕业!而且她父母还不知道这边的事情。现在依旧是那个问题,配吗?"

听到这个消息后,赵忍迟疑了,他在脑海里把老板和老板娘的脸使劲往一块儿靠,可就像吸铁石的同极一样,每一次都会弹得很远很远。

"你是在想象他们俩站在一起的景象吗?是不是变得很难?就像是吸铁石同极相斥一样。"

"娇姐,如果你不用'超能力'我觉得咱们俩还可以继续聊天!你是切开了我的脑子吗?"

"OK,OK!我转过身说话行了吧,实在是你这个人太好猜了,满脸写满了字,还怪我用'超能力'!"

看娇姐真的背对着自己,赵忍笑了笑说道:"别呀,我就是开个玩笑嘛！话说回来，我是真没想到老板居然有过婚史，他们俩看起来挺般配的啊！"

"般配只是表象，就跟你听到我结婚时惊讶一样，任何事情都不会那么简单。按你的模板，聪明的老板娘不应该犯傻才对，毕竟她还有大把的青春可以去尝试，爱上一个结过婚有孩子的老男人，这不就是你刚说的'看见炸弹还要炸'吗？"

赵忍不知道该怎么反驳，他用舌头舔了舔嘴唇，看见娇姐转过身来，赶紧低下了头。

"只是这个世界上有太多不平凡的爱情，不是每一对情侣都合乎规律。苏玫爱上小泽，无非是她见过了太多虚假与谄媚，优秀的人，尤其是优秀的女人，她身边会围拢不少仰慕者与'有心人'。小泽的出现打破了这一现象，他的不屑与傲慢，正是苏玫这种女强人未曾感受过的，'霸道总裁爱上我'这类小说你没看过总听说过吧。所以，即使两个人心知肚明前行的路有多么艰难，但还是要拼一下那万分之一，懂了吗？"

赵忍僵硬地点点头，门口又响起了一个声音，"娇姐，我就说他不会那么快想通的！"

"娇姐，我后悔把他介绍给你了，这个人跟我形容的赵忍完全不一样，中午的火锅就当是我赔罪了，走吧！"

"等会儿，你俩从早上开始给我一顿扒，中午吃火锅还不准备带我，没门儿！"

三个人哈哈一笑，直奔楼下的火锅店。

……

没有了小泽的陪伴，赵忍接下来的旅途变得有些索然无味。他用一周的时间重走了一遍"山城小队"一起去过的景点，那些地方依然让人流连忘返，可惜，赵忍身边再也没有一群屁颠屁颠喊他舅舅的小孩儿了。其实大家分别之后时不时还会在群中互动一番，邀约哪天再聚，只不过每个人都清楚，天下之大几个陌生人能有缘在异地他乡结识已属不易。未来的日子还有好长，要去的地方还有很多。

能够听到看到这个世界上发生过的却不足以改变世界的故事，能够在自己生活的圈子之外体会到不一样的人生，已经是这辈子值得铭记的经历了。

赵忍前行的脚步不会停止，他还会走向一座又一座未知的城市。在那里，有许多的故事也正在发生着，许多的人正在纠缠着，这或许就是旅行的意义吧！

重庆之行续章

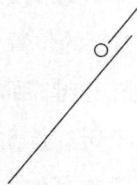

第一章 不可思议的邂逅

又一个跨年夜前夕，云南，大理城。

出了火车站，赵忍一时有些恍惚，来这儿之前他特意翻了翻当年的照片。那个时候，站前广场还只是一片破败不堪的砖瓦房，他和母亲站在几块碎裂的基石上，在尘土飞扬之中比画着兴奋的手势。

那是一张极具年代感的老照片了，赵忍刚看到的时候并没有太多感触，现在站在了当年的位置上，却有了不同的视觉冲击。

十几年前，赵忍和母亲跟随作家协会的采风活动在云南畅游了一个多月，几乎走遍了所有旅游景点。可唯独到达大理时，因为城中正在拍摄一部宣传度非常高的电视剧，所以整个团队不得不临时改变行程，一直无比向往看"海"的赵忍也只能在大巴上匆匆看了一眼传说中的仙邸。

长大以后，赵忍去过很多城市，甚至几度在昆明转机，可大理的这块拼图却迟迟没有机会补上。年初，赵忍和曾经一起当过背包客的朋友聊天，正巧他刚从洱海归来，在他的描述里，那座古城有着太多的故事，有着难以言喻的风景。这些话让赵忍决心重回大理，去完成儿时那段缺失的回忆。

十二月的大理并不是很冷，空气中依稀还能感受到湿度，赵忍并没有在火车站停留太久，跟随着导航上了一辆大巴车。

一直以来，大理这个词给人的感觉都像是侠客的落脚处，尤其是一部《天龙八部》，更是给它蒙上了一层浓浓的江湖气息。

记得小时候看电视剧，赵忍一度非常向往客栈里的日子。他认为凡是敢开客栈的人，即便装束朴素，也是随时可以将手中的扫帚化为利器的。

时至今日，大理城的客栈依旧是无数人心之所向的歇脚处。

大巴车摇摇晃晃行进了快一个小时，窗外的现代化建筑忽然就被甩到了后面，赵忍睡眼蒙眬中发现眼前变得开阔了，立刻精神起来。

虽然夜幕已经降临，但依然可以看到远处苍山峰顶的皑皑白雪。积雪终年不化散发出的寒气，让它周围的云已经形成了固定的形态无法飘动，就像是套在山顶的白色圆环一般。这样的景色，若非目睹，实在难以置信。

车内大部分人都被这景色吸引，纷纷站了起来。司机操着一口浓郁的方言吼了几句，大致意思是有机会可以近距离看，大家要注意安全。

车子又行驶了十几分钟，路上逐渐有了人影。赵忍看看导航，离城区不远了，索性就近下了车，正好可以溜达溜达。

大理城因为这些年的宣传，再加上无数有着江湖情怀的人来此追梦，商业化的外城区已经很难再看到那种古色古香的建筑了。深红棕色的木板虽然可以最大程度还原历史中客栈的样子，但那种透亮和现代化的科技却很难有沉淀感。

赵忍看着街道上来往的人流，心中的兴奋感突然就少了一大半，他不知道是不是因为失望，但这一切确实和他想象中的江湖不太一样。

听着远处传来的重金属乐，赵忍第一次意识到当年自己没能进到城中是一件多么遗憾的事情。

失去了兴致，赵忍的脚步也快了许多，低头一路穿过步行街，刻着"大理"二字的城墙映入眼帘。

就是这里了！

儿时的赵忍就是在这座城墙下匆匆合了影离去，时隔多年，他又一次回到了这里。赵忍拉了个过路的大叔帮他拍一张照留念。就在两个人低头摆弄手机的时候，赵忍隐约听到身边有个声音问道："儿子，你看这是什么呀？"

赵忍很想抬头看一眼声音的主人是谁，可身边的大叔反复和他确认按键，等设定好了，眼前早已没了人影。

"哎，小伙子，你看什么呢？"

"噢，没事没事，刚才有个声音特别熟悉！"

"你不是一个人来旅游的吗？还能遇到朋友？"

"应该不太可能，估计就是声音比较像吧，再说她是叫自己的儿子呢，我认识的那个人怎么可能有孩子！"

赵忍模仿老照片里的样子摆了个造型，又连连谢过大叔，便朝着预订好的客栈走去。

可这一路自从刚才听到那个声音以后，那句话便在赵忍脑海中挥之不去。但赵忍又无法相信她会在这里，还带着自己的儿子，思前想后，赵忍忍不住发了条信息。

"娇姐，你在干吗呢？"

当年重庆一别，眨眼已经过去了五年，距离上一次联系，也已两年有余。娇姐回到广州后，过年的时候二人有过短暂的客套问候，除此之外，再无交流。

赵忍一边慢步前行，一边等待着手机再次亮起，他不知道为什么心跳得越来越快，就好像冥冥之中有了什么征兆一般。

手机响了，赵忍赶紧打开信息，上面写着："我陪朋友逛街呢，怎么了？"

赵忍苦笑一声，暗自说道："我就说嘛，怎么可能是她！"

"没事没事，我逛街突然看见一个人特别像你，差点认错了！"

看见屏幕上出现的三个哈字，赵忍长叹一口气，虽然得到了答案，可他的心跳依然很快，脑子里像是有什么东西缠绕在一起，想把它解开却找不到头绪。

赵忍小心翼翼地从路中央挪到了人行横道上，他坚信这种莫名的征兆一定是有事情要发生了。

"棵棵，你晚上吃过糖糖了，今天不能再吃了！"

那个熟悉的声音再一次响了起来，赵忍的身子突然停滞了，那一团原本杂乱无章的混乱一下子找到了宣泄口——他看到了不远处的那个人，也看到了她怀中抱着的小男孩。

赵忍不敢上前确认，颤颤巍巍拨通了娇姐的电话。

"喂？你怎么想起来……"

"娇姐，别来无恙啊！"

赵忍的声音从身后响起来那一刹那，娇姐的身体很明显地震了一下。她拿着手机迟迟没有转过来，赵忍一步跨到了她面前。

"娇姐，别……"

"赵忍，别来无恙！"

娇姐的脸上并没有太多变化，反而是她身边年纪偏大的女子，上下打量了一番突然出现的男人，又看了看娇姐，笑着说道："要不我们先回客栈？"

娇姐点点头，把一颗棒棒糖轻轻放在抱着的小男孩嘴里，原本还在挣扎的男孩一下子就安静了下来，明亮的大眼睛滴溜溜地看着赵忍。

"娇姐，这个孩子是你的？"

娇姐用赵忍从未见过的目光看了一眼男孩，轻声说道："咱们回客栈说吧，这边有些冷了！"

"那个……我在这儿定了客栈，要不先去放下东西？"

娇姐看了一眼客栈名字说道："不用了，这家店长我认识，一会儿打个电话，你就在我们那儿住吧！"

听到这个语气，赵忍身上汗毛都立起来了，虽然不知道这个孩子是怎么来的，但那种温柔的好像棉花糖一般的感觉可太不像娇姐可以发出来的。

几个人走了没多久便到了一栋三层别墅前。娇姐把男孩放下来，让那个大姐带着，示意赵忍跟她进去找个房间。就在二人准备上楼的时候，娇姐突然回过头说道："对了，先给你解答一个疑惑吧，那个男孩就是我的亲生儿子！"

娇姐果然还是那个娇姐啊！

第二章 娇姐当妈妈了

屋子面积不算很大，但是非常干净，给人一种未曾使用过的感觉。

赵忍环顾一圈，刚刚冒出来这个想法，身后的娇姐便开口说道："这屋子没住过人，放心好了，只有特殊的朋友，我才会带到这儿来！"

又被猜中心思的赵忍赶紧转过身抱了一下娇姐，娇姐并没有拒绝，反而笑着问道："怎么了？是不是觉得这才是你认识的娇姐啊！"

"你知道我看到那个小孩的时候有多诧异吗？我真的在脑海里设想了一万种可能性，捡的、别人家的、收养的……我觉得除了说是你生的，就是说蛋孵的我都相信！"

"胡说！人能从蛋里出来吗？"

"在蛋和你肚子的选择上，我宁愿选择前者。娇姐你这次也太离谱了！他爸爸是谁啊？难不成是这里的某个客栈老板吗？我说你怎么能在大理呢，原来是有了爱情啊……"

赵忍的自言自语很快就说不下去了，因为娇姐的眉毛都要立起来了。

"真不愧是写小说的啊！我一个字还没说呢，你这儿都能出书了！

哎，你是不是对我有什么误解啊？我一个身体健健康康的女人，为啥不能生孩子？还有，我儿子的爸爸怎么就必须是客栈老板了？他就不能是开着跑车月入百万的'高富帅'吗？你怎么不想想这栋别墅也许就是他买给我用来度假的呢？"

赵忍怔了一下。他在楼下的时候确实想过这栋别墅的来源，独栋、有花园、带游泳池，这一看确实很符合有钱人度假的标准，但真说是富豪一掷千金为娇姐，赵忍确实有些不敢想。

"行了行了，我就随口那么一说，你别又在脑子里自己编故事了，这个别墅是刚才那个大姐的，详细情况等一会儿再说。至于孩子的爸爸，就是我前夫。不对，应该叫现任丈夫！"

赵忍虽然点了点头，但脸上的表情还是有些不太相信，娇姐没好气地哼了一声，打开手机相册翻出来几张照片。

"赵大作家，拜托你睁大眼睛看清楚，这是离婚证、复婚后的结婚证、我儿子的出生证明，这下你还有什么疑问吗？"

"最后一个问题！"

赵忍看娇姐又挑起了眉毛，赶紧伸出食指说道："这次真是最后一个！"

"真拿你没办法，快问！"

"你俩复婚是因为……"

"不是！"

这次没等赵忍说完话，娇姐便斩钉截铁地吐出来两个字。

"那是为什么？"

看赵忍的嘴型依然还是"最后一个问题"，娇姐叹了口气说道："虽然我在你们眼中是一个聪明的女人，但在处理夫妻关系的时候，我很失败。这个孩子是拿到离婚证之后查出来的。说实话，我俩是合法夫妻时，我从未想过要为他生儿育女。可真当我一个人时，拥有这个小生命就不是痛苦，是我在这个世界上唯一的希望。当然，能够下定决心生下来，还有一个原因是医生说我这次做掉，有可能这辈子都没办法当妈妈了！"

赵忍听到"妈妈"这两个字从娇姐口中说出来时，整个人又颤了一下。他第一次感觉面前的女人是如此弱小，那份众目睽睽之下的强大也只不过是保护自己的面具罢了，娇姐——说破大天也还是个女人啊！

"那你复婚？"

"我实在不愿意继续生活在广州，也不想让他和他的家人知道这个孩子的存在。所以，我义无反顾地来到了大理，投奔楼下那个大姐。然后就是最经典的流程，大肚子、生孩子、坐月子！说真的，在医生抱着这个小生命来到我面前的那一刻，虽然病房里充斥着各种声音，但我切切实实地听到了他的心跳！赵大作家，你写了二十多年的文字，能明白那种意义吗？突然从一个任性、不愿意相信这个世界的人，摇身一变成了母亲，就在那一刻，我告诉自己，为了这个小家伙，我愿意付出所有，包括我的生命！"

"所以……"

"所以我必须要给儿子一个完整的身份，我不能让他从出生就没有爸爸，我不能让他的童年缺少父爱，我不能让任何人用有色眼镜看待他，所以……复婚，只能是复婚！"

为母则刚——这是赵忍脑海里下意识蹦出来的四个字。他又一次看到娇姐展现出的强大气场，可这一次不同的是，她的身后虽然只有一个小不点，但她身上却像是有千军万马的力量。

"我懂了，娇姐，我相信你会是一个好妈妈的！"

……

赵忍简单收拾了一下东西，跟着娇姐慢悠悠地下了楼。她的儿子棵棵正坐在店长大姐的腿上看手机里的动画片，完全不理会已经走到面前的娇姐。

"这个臭小子，一看上动画片动都不动一下。大姐，咱们晚上出去吃怎么样？"

店长大姐的皮肤很好，说话也是慢条斯理，她把棵棵手中的手机轻轻拽出来，微微点点头说道："我都可以，你能和这个帅哥在这儿再次偶遇说明缘分不浅啊！"

娇姐哈哈一笑说道："我俩很多年前在重庆的青旅认识，当年也是发生了一些有趣的事情，他走之后虽然断断续续还有联系，但真是没想到能在大理又遇到，还是在大马路上！"

店长大姐柔柔地笑了一下说道："大理最奇妙的就是缘分二字，任何人任何事，不管你想与不想，都有可能发生和遇到，不然怎么那么多人来这儿呢？"

赵忍弯下腰仔细端详着店长大姐怀中的小男孩，他的眼睛是那么明亮，没有杂念，没有躲闪。

棵棵并不害怕面前这个陌生的"庞然大物"，反倒是伸出了一根肉乎乎手指，赵忍也伸出了自己的食指，小心翼翼地和他的指尖碰了一下。

棵棵发出了咯咯咯的笑声，像是感受到了什么美妙的触觉。娇姐和店长大姐都很诧异，尤其是店长大姐，她把棵棵递给赵忍抱着之后，凑到娇姐耳边轻轻问道："这个男生什么来路？"

娇姐看着椅子上一大一小玩得不亦乐乎的二人回道："我知道的并不多，这个人很正派、很有趣，至于棵棵，我也纳闷这孩子今天为什么没哭。"

店长惊呼一声说道："哇！真是太神奇了！棵棵第一次见到生人没哭，你想想当时那个谁来的时候棵棵哭成什么样。如果不是提前知道，我还以为这男生才是棵棵的父亲呢！"

娇姐白了店长大姐一眼，说道："你这脑子想啥呢？赵忍是我认识的诸多背包客中比较神奇的一个人。你也知道但凡住青旅的都很愿意交朋友。他给人的感觉是对所有的事情和人都没什么兴趣，属于那种你们爱怎样便怎样，只要不打扰到我，我甚至可以不说话。可偏偏青旅里发生的所有事情都和他扯上了关系。别看他外表冷冰冰凶巴巴的，到最后居然成了一群同样去玩原本不认识的小年轻的舅舅。我在青旅那么多年，他是唯一一个怕麻烦麻烦还就找他的人。"

店长大姐听完哈哈大笑起来，赵忍一脸茫然地抬头看着她们俩。娇姐摆摆手说道："没事没事，我给大姐讲了个笑话。"

赵忍用小拇指勾着棵棵的食指，一边摇一边问道："咱们吃饭带棵棵吗？"

娇姐叹了口气说道："我的建议是不带，大姐的妈妈在楼上，她可以照看。你要想带他，吃饭的时候我俩可不替你管，一切后果自负。"

赵忍想想说道："那还是别带了吧，我怕麻烦！"

娇姐调侃道:"你每次说这句话的时候都特别真诚,可每次就你麻烦事最多。"

"这次绝对不会了,明天我去绕一圈洱海,不跟任何人组队。晚上跨年夜一过,后天大理城转一转,大后天一早就回家了,行程紧凑而高效,来之前我计划好久了!"

店长大姐点点头,轻声问道:"那你有想到来这儿会以这样的方式偶遇娇姐吗?"

大理，苍山洱海。

赵忍记忆里缺失的最后一块碎片。

……

"娇姐，你来大理城这么久了真的一次都没去过吗？"

"是的！"

"还是的，你怎么能这么理直气壮！那可是苍山和洱海啊！我等了二十几年才终于来到这里，你天天守着美景居然无动于衷！"

"不光苍山洱海，我渣滓洞和磁器口也没有去过。"

"老天爷，那你在重庆平时休息的时候都在干吗？"

"发呆、看书、玩手机、睡觉。"

"合着就是不出门呗！"

"就是不出门！"

"好好好！"赵忍一边苦笑一边连说了三个好，"不愧是我的娇姐啊！也只有这般行事风格才能完美契合你的形象！"

"所以，今天全靠你喽——我的大作家！"

一旁的店长大姐笑得眼泪都快要出来了，刚开始的时候，她也特别好奇娇姐一天到晚在屋子里做什么，结果陪她待了一上午就撑不住了。

"哎，行吧，那租两辆电动车可以吗？"

"不可以，我身子这么虚，你天天健身，咱们直接搞一辆不就行了，才一百五十多公里，我相信你可以！"

赵忍长出了一口气，"一百五十公里吗？那不得走六七个小时？咱们能不能租辆汽车啊？"

"不好意思，这恐怕也不行，我不会开车，你会吗？"

赵忍差点没被一口口水噎死，"我——我不会开车是有原因的，你为什么不会啊？"

"因为我不出门啊！"

赵忍痛苦地抓了一把自己的头发，"你赢了，娇姐，那请你立刻马上租个电动车吧，我来掌舵。"

过了大概半个小时，一个老妇人推着一辆电动车出现在了青旅门口。

"娇姐！你给我下来！"赵忍站在门口大喊道。

"怎么了？电动车有什么问题吗？"

赵忍气呼呼地指着面前的电动车说道："娇姐！我让你租一辆电动车，可没让你租这样的！"

"这样的怎么了？我掏钱你还挑三拣四的，我觉得挺时尚的啊，一会儿在海边拍照肯定好看！"

"可……可它是个粉色的 Hello Kitty……"

店长大姐一看彻底绷不住了，捂着肚子大笑起来。

"你看店长都笑了，这种粉嫩可爱的车子我一个将近两百斤的胖子怎么骑嘛！"

"哎呀，都说男人心里其实住着一个小公主嘛，我当时想着拍照好看，就特意要了一辆可爱型的，其实也还好，这不是后座还有女生嘛，你将就将就得了！"

赵忍看着娇姐一脸无辜的样子使劲儿跺了跺脚，"那咱俩可说好了，我绝对不会和它合影！"

娇姐很认真地点点头，又跟着店长大姐一起大笑起来。

分别了店长大姐，赵忍带着娇姐驶上了环洱海公路，这条公路全长一百五十多公里，距离洱海也就十几米的距离，足可以亲身感受洱海的别样风景。途中建有几个小镇，可以打尖儿休息，镇子的观景台观景角度各有不同，非常有特色。赵忍和娇姐跳过了第一个镇子，选择在第二个镇子休息。

"娇姐，这洱海的景色真是太棒了，真想老了以后来这里开个临海客栈，每天吹吹海风钓钓鱼，远眺一下苍山的雪景，世外桃源啊！"

娇姐并没有太多的兴奋，反而望着水面陷入了沉思。

"怎么了娇姐？是不是有什么心事？"

"我有心事都能被你看出来了，不容易啊！"

"拜托！你就差把烦躁两个字刻在脸上了，还用得着我看吗？"

"说实话，这次跟你出来也是有原因的，昨天晚上孩子他爹打电话，想接我俩回去生活。在这里虽然无忧无虑，可小棵棵还是要上学的。我在这里养老没什么，孩子不行，这件事情我想了大半夜。店长大姐也劝我为了孩子必须要牺牲一些东西。所以，这趟行程也算是临别之前留一些回忆吧，在这里的日子实在太美好了，回到现代化的城市里，我就不再是我啦！"

"娇姐……"

娇姐摆摆手打断了赵忍的话，"你想说啥我都知道，我也是稍微发泄几句。自从当了母亲，我感觉自己变了很多，而且几乎所有的改变都是为了棵棵。以前别人劝我要孩子，我认为是累赘，可真有了棵棵，就变成了沉甸甸的希望。这次咱俩能在这遇见，真是不得不相信缘分，但下次再见可就真不知道是什么年月啦！"

赵忍听她这么一说，顿时也有些沮丧，他和娇姐的关系虽然只有重庆之行的短短十几天，但不知道为什么，就像是早已认识了多年的挚友一般。

他原本以为娇姐就此在大理城生活，听她这么一分析，棵棵确实需要到更好的城市去接受教育，而且，孩子也不能长时间缺少父爱，娇姐能够同意，其实也未必是想通了，可能就是为了孩子吧。

两个人的一顿午饭因为娇姐的心事少了许多乐趣。吃完饭后，赵忍提议在镇子中逛逛，没想到刚走了没几步，娇姐的电话便响了起来。

看娇姐的脸色，赵忍知道可能是棵棵爸爸打来的，他放慢了脚步。

没想到娇姐并没有耽搁太长时间，很快挂了电话，一脸歉意地走到赵忍面前说道："本想和你逛一圈，但我得回去了，棵棵爸爸已经到了！"

赵忍哈哈一笑说道："没事没事，你们两个人只要好好的，棵棵才能健康苗壮地成长呀，可是你要怎么回去呢？"

娇姐想了想说："让他一会儿开车过来接我吧，我俩需要回去谈一谈，所以不能跟着你继续前行了！"

赵忍叹了口气，突然想起来一件大事，指着娇姐吼道："那岂不是接下来的路只有我骑着小粉啦！"

……

看着娇姐和老公在汽车上笑得前仰后合，赵忍别提有多委屈了，来的这一路就已经有人对着他们的车子指指点点，好在有娇姐在，赵忍心里还能舒服一点。这下只剩他自己，赵忍想想就痛不欲生。

"赵大作家，接下来的路就靠你自己啦，我们回去做好晚饭，等你回来一定是大鱼大肉伺候着，有任何事情都可以直接给我打电话！"

看着汽车扬尘而去，赵忍顶着停车场众人的目光，骑着小粉车，又踏上了行程。

……

回到青旅已经是下午六点了，赵忍痛苦地把车子支在门口，娇姐听见声音跑出来一看，顿时哈哈大笑起来。

"笑什么，我不就骑了个小粉嘛！"

娇姐摇摇头，闻讯赶来的店长大姐和棵棵爸一看赵忍，都不约而同地笑了起来。

赵忍低头看看自己的身上，也没有粘什么东西啊，怎么大家一看到他就笑个不停呢？

"喂，你们到底笑什么呢？"

娇姐拉着赵忍进到大堂，指着镜子说道："你自己看看吧！"

赵忍来到镜子前，一张黝黑无比的脸出现在面前。

"我天，这是我的脸吗？怎么变成这样了？我路上也没遇到什么东西啊？"

店长大姐一边笑一边说道："你走的时候没抹防晒霜吗？"

"我看外面阴云密布的，连太阳都没有，谁能想到抹那玩意！"

"你以为有云彩就没有紫外线了，你这一路上被光线晒还被海风吹，脸上皮肤受伤了，明天可有你疼的时候呢！"

看着赵忍一脸委屈的样子，娇姐连忙说道："没事没事，过两天就好了，我们今天做了大餐，就等你回来了，多吃点肉补一补！"

赵忍捂着半张脸坐到了餐桌前，没想到棵棵一看到赵忍，"哇"的一声哭了起来，全屋的人经历了短暂停滞之后，捧腹大笑起来。

……

"新年快乐娇姐！"

"新年快乐赵忍！"

"你俩今天谈得怎么样？"

"还可以吧，他买了明天下午的机票，我们要启程回去了！"

"啊，这么快？那你这边都收拾好了吗？"

"差不多了，其实我能带走的东西并不多，在这生活的日子虽然久，除了店长大姐，我几乎没什么交际圈，这次离开，最伤心的莫过于她和她妈妈了吧。"

"娇姐，回到那边你就不再是以前的娇姐了，好好学习当一个母亲，把小棵棵培养成才，有机会我去找你们玩！"

娇姐点点头，望向了天空中的月亮，赵忍在她转头的一刹那清晰地看到了她眼睛里流出来的泪珠。

娇姐，江湖中见，江湖中别。后会有期，希望有一天，我们还能在世界上的某个角落中再遇，再道一声"别来无恙"！

重庆之行续续章

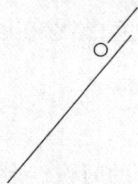

第一章 相忘于江湖

青岛，栈桥。

赵忍已经来这里三天了，每天他都会到栈桥上走一走，对于汹涌的游客大潮来说，他或许只是一个无关紧要的人罢了。

可赵忍的穿着实在太显眼了，他的衣服配齐了彩虹的七种颜色，再加上他典型的草原男人体型，即便只是靠在栈桥入口处的围栏上低头玩手机，过往的行人依然会忍不住上下打量一番。

至于栈桥的景色，赵忍在刚到那天下午就已经看完了，他在这儿等，是因为一个人。

……

走出青岛机场的时候，赵忍的意识还有点茫然，他低头看看自己的两只手，又用手使劲捏捏脸——疼痛感是真实的。

他对现在的处境也感觉有点不可思议，明明上午还在被窝里犹豫要不要爬起来吃口饭，下午要不要去网吧找个机子玩个通宵，四个小时后，却踏在了青岛这座城市的土地上。

这一切都要源于手机上的一条朋友圈——新婚快乐，大姐。

这是青旅老板老赵发的，当年重庆一别，小泽与苏玫的故事最终走向了悲伤的结局。赵忍当时虽然有心挽救他们两个，可现实的差距让他深知救得了一时、救不了一世。

小泽对这个大哥的冷眼旁观固然有些气愤，但毕竟是一家人，时间一久，他便投入新的恋情之中。苏玫在事情朝着不可控的方向发展时曾偷偷找过赵忍，声嘶力竭地哭喊着求他出面在家族中周旋一番。赵忍拒绝了，这一次交流也直接导致二人删掉了所有的联系方式。

事后，一次偶然的机会和青旅老板聊起来，老板说上一次苏玫再来重庆时看状态已经接受了这段过去。但赵忍心中始终很愧疚，他很想找个机会当面向苏玫道歉，无论怎样，这件事情在他心中都是个结。

突然看到老板发的朋友圈，赵忍瞬间就清醒了。他问老板是不是苏玫要结婚了，老板言简意赅地回了七个字：青岛，栈桥，婚纱照。

于是，四个小时后，赵忍背着早已看不出颜色的背包出现在了青岛的机场。他知道自己跑到这儿来，向一个人为一件尘封许久的事情道歉，在别人眼中可能是极其荒唐的事情，可他依然固执地希望得到苏玫的原谅。

由于老板只说了栈桥，赵忍并不知道苏玫在栈桥哪里，什么时候在，他只能用最原始的方法——等！

可栈桥所在的海岸线实在太长了，每一处沙滩都可以当作婚纱照里的背景板，所以赵忍除了第一天下午进去走了走，其余的时间就是站在最高处的围栏前。他不知道这样做能不能见到苏玫，可他总有种直觉——苏玫就在这里！

第三天，赵忍有些不耐烦了，他昨天等了整整一天。眼看着自己租借的第七个充电宝耗完了电，苏玫始终没有出现，他对自己如此偏执的等待进行了不间断自责和自我敲打。

"等吧！如果老天爷真的认为这件事情不值得，那我就当来青岛看海了！"赵忍再次爬上围栏的时候，轻声对自己说道。

虽然是在夏末，海边的风依然充斥着热浪，赵忍时不时抬头扫视一圈下面的海滩。如果发现白色的婚纱，就立刻掏出望远镜看一看，可惜每一次，镜头里都是一张喜笑颜开的陌生面孔。

赵忍的后背已经被汗水浸透了，他就像是一个涂满了涂鸦画作的艺术品，在欧洲风情街的道路尽头，展示着别样的异域风情。

赵忍以为自己不会引起其他人的注意，可他想错了，连续三天在同一个位置，戴着巨大的墨镜，穿着五颜六色的衣服，对周围景色毫无感觉，只是拿着望远镜看沙滩，这一切的行为在值勤大爷的眼中，非常值得怀疑。

"您好，请您出示一下身份证！"

正在扫视沙滩的赵忍被身后突然响起的声音吓了一跳，望远镜的镜头一下子磕到了鼻梁上。

"哎哟！"赵忍忍不住叫出了声，随即弯下了腰。

"怎么了？"身后两个身着警察制服的人连忙问道。

"鼻子磕了，稍等一下，我缓缓！"

没想到赵忍刚说完这句话，一个警察冷笑着问道："身份证带了吗？"

见赵忍一阵摸索，另外一个警察接着说道"你随身不带着照相机，却每天举着一个望远镜？而且，来旅游一连几天在同一个位置？是我们青岛的景点不够多吗？"

赵忍一听这话，心想：糟了，这两个警察肯定误会了。

"警察叔叔，你们别误会啊，我可是好人，今天走得匆忙，身份证落在酒店了！"

"走得匆忙？那你解释一下为什么三天就只来这个位置呢？还别说，这个位置视野倒是最好，整个沙滩一览无余，特别适合偷窥！"

"偷窥？不不不！我怎么可能是那种偷窥的变态！我是在找人！"

"找人？那好！那你告诉我要找谁？"

"警察叔叔，这个事情说来话长，我……"

赵忍知道自己已经陷入了最坏的境遇，可他总不能说是来碰运气的吧。

"行了行了，你也别跟我俩在这儿磨叽了。故事很长是吧？正好，前面不远就是我们的办公室，咱们回去慢慢聊！"

说罢，两个警察一左一右站到了赵忍身边，赵忍长叹了一口气——这可能就是老天爷给我的惩罚吧！

三个人一路往前走，两个警察夹着一个奇装异服的壮汉，这一幕成了所有人注视的焦点。赵忍明显感觉到周围人的眼神中带着愤怒、恐惧、好奇、鄙夷等说不出的情绪。

栈桥边的警务室并不算远，拐过一个弯就到了，两名警察其实这一路已经消除了一大半对赵忍的怀疑，因为有问题的人在路人的注视下肯定是胆怯的，这个年轻的男人反而显得很好奇。这种情况很大概率问心无愧。

两名警察开门的时候就已经清楚了彼此的想法，所以对赵忍的态度亲和了不少，倒了杯水让他坐下，又打开了空调。

"行了小伙子，说说吧，到底为什么在那个位置待了三天？"

"警察叔叔，我真是在找人，只不过我手里没有太多信息，只知道她在栈桥这边的沙滩拍婚纱照，至于在哪儿什么时候拍我就不清楚了，所以才一直等着！"

"呦，还是个挺专一的小伙子啊，那你们为什么要分手呢？"

"分手？不不不，我们没有分手！"

"没有分手就和别的男人拍婚纱照了？小伙子，你可不能为这种女孩昏了头啊！"

"警察叔叔，你们别捣乱行吗？我的意思是我俩不是情侣！"

"不是情侣，你顶着大太阳在那边苦等了三天？小伙子，我俩可都是结了婚的，为爱情这个态度值得表扬，可这种爱情不要也罢！"

"就是，你说你等的那个女孩叫什么名字？我们帮你查一查，你手里信息少，警察只需要一个名字！"

赵忍一想这也是个办法，反正耗时间解释他和苏玫的关系没什么意义，不如让警察找人。

"哎，她叫苏玫，88 年的！"

"哦哦，苏玫啊，这个名字听着还挺耳熟！"

"是啊，苏玫……确实很耳熟啊！"

突然，两名警察同时大叫一声："苏玫？"

这一声吓了赵忍一跳，他小心翼翼地问道："苏玫……怎么了？"

"你说的这个苏玫，是不是挺漂亮的？"

"是！"

"是不是喜欢画烟熏妆？"

"是！"

"是不是身上还有文身？"

听到这个问题，赵忍立刻站了起来，激动地问道："你们俩认识？"

两名警察对视一眼，苦笑道："要知道你说的是苏玫，我俩刚才就不说那么多了。小伙子，你找的这个人，我俩确实认识！"

"她在哪儿？"

"小伙子，你别激动，你得先告诉我们你和这个苏玫到底是什么关系！"

"警察叔叔，我知道你俩肯定误会我是她前男友什么的，但我可以对天发誓，这个苏玫只是我一个朋友而已。我俩之前因为一点事情闹僵了，这次正好来青岛玩，听说她在这儿拍婚纱照，所以想来道个歉！"

看赵忍一本正经的神情，两名警察松了一口气，"原来如此，吓我俩一跳，你要真是前男友，我俩说啥也不能让你见到她！"

"真不是！现在能告诉我她在哪儿了吧？"

"小伙子，你说的这个苏玫确实在这儿拍婚纱照，而且和她拍照的不是别人，是我们派出所的同事！"

"啥？"

"小伙子，耐心待一会儿。警察工作忙，他们是利用中午休息的时间拍婚纱照，拍照的地方不算远，完事儿会回来这里放东西，你就能看到苏玫了！"

赵忍没想到居然以这样的方式见到苏玫。他苦笑了几声，点点头不再说话。

过了一个多小时，警务室外面传来了一阵车声，正在桌子前坐着的警察立刻站了起来，赵忍知道，是她回来了。

门开了，身着礼服的男人先进来，一边拍着身上的沙子一边喊道："有水吗？渴死我了！"

他刚说完这句话就注意到了凳子上坐着的赵忍，可还没等他问什么情况，身后穿着乳白色婚纱的女人一把扒开他，开口叫道："赵忍？"

赵忍看到苏玫吃惊的样子，微微一笑说道："别来无恙啊，大姐！"

……

"是老赵告诉你我在这儿的吧？"苏玫开口的第一句就让赵忍回到了当年的重庆。

"大姐，为什么大家都是那个青旅出来的，你、娇姐还有老板娘就跟会超能力一样，而我傻了吧唧的！"

苏玫没有说话，转头看了一眼身边的警察老公。男人立刻明白了她的意思，指了指里屋说道："那里面没人，你俩可以进去慢慢聊，我们出去巡逻！"

苏玫站起身，放任婚纱在地上一下一下往前拖动，赵忍苦笑着指指地面，男人摆摆手示意没关系。

苏玫依然还是那个跷着二郎腿的姿势，赵忍突然感觉一切都像是回到了当年。他笑了笑刚想开口，苏玫先说话了。

"赵忍，我知道你来这儿是干什么，你的歉意我收下了。说实话，你我虽然断了联系，但我心里并不怪你，小泽——他是我生命里重要的男人，他让我相信我并不老，让我相信这世上依然还有爱情，所以当时你的所作所为我无法原谅。可后来遇到了现在的老公，他让我意识到轰轰烈烈的爱情终究要变成平平淡淡的生活。无论我在外面做什么，折腾多晚，有他在我就不用担心，有他在我就可以看到小区里那盏为我亮起的灯，我可以告诉自己那是家。推开门，他愿意上来拥抱我，搓搓我的手。所以，赵忍，我不怨你！"

赵忍看着面前说着温柔的话却依然跷着二郎腿的大姐，终于明白自己为什么宁愿很折腾也要来到这里。他等了这么多年，就是为了听到苏玫说，她不怨他！

"苏玫，我很开心你这么说，其实来之前我一直在想自己到底是因为什么才来到这儿，现在听到这些话，这一切都值了，我真心祝你幸福。苏玫，我也要谢谢你！"

两个人从里屋走出来的时候，苏玫的老公并没有去巡逻。赵忍嘿嘿一笑，轻声说道："我以为你老公真能做到放你我单独在一起呢！"

苏玫没好气地白了赵忍一眼，突然娇羞地说道："老公，人家租的婚纱脏了啦！"

苏玫老公紧张的神情听到这句话一下子松弛了，他嘿嘿一笑抱住冲过来的苏玫，满不在乎地说道："没事没事，只要你喜欢，我们花钱买一套！"

赵忍看着眼前的一幕，突然有点想哭。当年在重庆，他也幻想过小泽和苏玫的此番场景，但脑子里一闪而过四个字——怎么可能，现在这种不可能变成了现实。

赵忍与苏玫夫妇吃了一顿海鲜就此别离，两个人谁也没有提及重新联系的事情，等苏玫的车驶出了视野，赵忍开始莫名地大笑。

"苏玫，我们相识于江湖，相忘于江湖。这是自古以来江湖的规矩。只此一见，别来无恙，后会无期！"

别来无恙

苏州之行

第一章 初入苏州

十二月的苏州。

赵忍第一次迈进葛小仙的青旅时，她正在一楼的沙发上瘫卧着，一副半死不活的样子。

赵忍搞不清楚面前这位是老板还是客人，也不好意思叫醒她，可偏偏上楼的台阶被她伸出的腿堵了个严严实实。赵忍提着一个巨大的背包无处可去，想来想去只能先打个电话试探试探。

电话迟迟没有人接，倒是楼上隐隐传来了一阵细微的铃声，赵忍点点头——看样子老板还没下来。

可连续打了几个都没反应，楼梯又被女生堵住，赵忍四处观望了一下，巴掌大的客厅只有一个小板凳。

赵忍一边劝自己不要生气，一边摘背包想找个舒服的姿势坐下来……

啪！

沙发上的姑娘一下子被惊醒了，慌乱着用手拨弄开鼻尖上散落的秀发，等她看清眼前发生的一幕，立刻放声大笑起来。

赵忍抱着背包正坐在地上，旁边是一圈破碎的塑料片，看样子是小板凳撑不住散架了。

赵忍尴尬地笑了两声，把背包扔到一边，慢慢站起来拍拍屁股，看姑娘还在掩嘴偷笑，微微眯起了眼睛问道："您知道这家店的老板在哪儿吗？"

姑娘的笑声戛然而止，她赶紧站直了身子，摆弄了一下衣服说道："哦哦，我就是店长。"

赵忍没好气地上下打量了一番，"就是你啊！可以可以可以！"

女孩儿似乎被这三个可以吓到了，说话变得结结巴巴起来，"对……对不起，我……我真不是……那个……"

赵忍不耐烦地摆摆手，"店长！您家小店这样的接待方式和态度能上热搜第一，真是够讽刺的！不怕被投诉吗？"

女孩儿惶恐的面容突然冷静了下来，赵忍心里一惊，以为她要狗急跳墙。

"您姓赵对吧？我想您肯定不会投诉的！"

"为什么？"

"您投诉我什么？不接电话？还是我们的凳子质量太差？我承认，刚才笑您确实是我不对，但还不至于上升到投诉的地步吧！"

赵忍拍拍手，"厉害厉害，不愧是当店长的人，这气势搞得跟我做错了事情一样，不过仔细想想，你肯定处理过不少类似的投诉了，熟能生巧了！但是……"

赵忍看着女孩儿的眼睛说道："不好意思，我这个人有时候就是不按常理出牌。咱们旅游局见！"

说完，赵忍扭头快步出了大门。女孩儿先是愣了一下，赶紧上楼拿起手机冲了出去。

到了马路上，女孩儿四处寻找赵忍的身影，可平江路此时人来人往，哪里还能找得到。

"这人有病吗？就不能好好商量商量！"女孩一边嘟囔着一边晃晃悠悠往回走，"我可真是的，给点便宜不就没事了，非得多那几句嘴，这回好了，又要写检查了！"

快到店门口，女孩儿的手机响了起来。

"喂！郭哥哎，我跟你说，刚才有个傻……"女孩儿推开门突然看见一楼大厅沙发上坐着的赵忍，舌头猛地一打转，"杀……气腾腾的帅哥！哎，长得是真帅，好了好了我不说了，来客人了！"

女孩儿挂了电话，笑嘻嘻地凑到赵忍身边，"帅哥你怎么又回来了？"

赵忍慵懒地说道："打完投诉电话就回来了呗！外面实在有点冷，你这次的工作态度还真是挺热情，我很满意！"

"你！"

女孩儿气得半天说不出话，索性一屁股坐在沙发上，一脸低沉地咬着牙。

赵忍哈哈一笑，从怀里掏出身份证递到女孩儿面前，"喏，是不是该给我办入住了？"

"我说你这个人长得还算文质彬彬，怎么做事这么不讲究呢？你都投诉我了，还好意思在这儿住？"

赵忍耸耸肩，"你还真说对了，我这个人不要脸是出了名的，尤其擅长在别人开心的时候泼冷水。"

女孩儿看着赵忍笑得满面阳光实在想打人，可毕竟是顾客，无奈闭着眼睛深吸了几口气，开口说道："欢迎您来到'如·初'，我是店长葛小仙，希望您在这里住得开心。"

赵忍点点头，"那个葛什么店长，看你这么热情，原谅你了，我这个人没那么小心眼！"

葛小仙此刻已经濒临爆发的边缘，她站在电脑旁，努力不去看沙发上那个人丑陋的嘴脸，可即便如此，她还是忍不住想拿起手边的水杯扔过去。

强忍着恨意输入完信息，葛小仙带着赵忍上了楼。

"我这里只有四间屋子，其他三间都住着常客——两女一男，你这一间的大哥刚好搬走了。楼下有公共卫生间和洗漱室，小吧台里的东西有价格，直接扫就行。"

葛小仙看赵忍听得很仔细，心里总算好受了一点，"这里房间虽然少，但每一间都有自己独立的风格，你的屋子比较古典，黑白色调，就是墨和纸的感觉。"

赵忍站在门口，房间里的墙面非常白，像是没住过人。

被子、床单、拖鞋甚至是水杯，都是黑白相间的颜色，此时正是下午，阳光不太刺眼，整个屋子散发着一股暖意。

"这边……这边还有一道门，是店里最棒的地方。"

葛小仙推开走廊尽头的铁门，两个人出现在一个天台上。

平江路的屋子几乎都是二层小楼，房屋间隔很狭小，这个平台的边缘已经靠近了旁边的屋顶，稍微迈腿就能跨过去。

不算大的天台视野很开阔，可以隐约望见平江路上忙碌的人影，地上铺了一层草皮，桌椅之外的地方全摆满了鲜花。赵忍看着这个小巧的天台突然松弛了下来，它就像是隐匿于嘈杂纷乱之外的一片净土，安逸且舒适。

葛小仙发觉身边的男人仿佛变了一个人，完全没有了刚才的那股子痞劲，深沉、多虑、压抑……她不由自主地往后退了两步，生怕破坏了赵忍的气场。

赵忍坐到长椅上，猛然想起葛小仙，扭头冲她微微一笑说道："今天的事情很抱歉，我并没有打任何电话，放心好了。"

葛小仙刚准备开口，赵忍摆摆手打断了她，"我很喜欢这个露台，能不能让我自己待一会儿呢？谢谢了！"

赵忍突然转变的态度让葛小仙有些不知所措，她嘴里嗯了几声，又点点头，转身下了楼。

一层大厅突然响起了声音，葛小仙吓得差点从楼梯上滑下去，仔细一看是郭哥，她拍拍胸口，一副惊魂未定的样子。

"你吓死我了，郭哥！"

"我就来看看是何方神圣，头前带路！"

"算了算了！"葛小仙使劲摆摆手，"他说想自己一个人待会儿，咱们还是出去玩吧！"

"是那个杀气腾腾的帅哥吗？到底怎么回事？"

"说来话长，咱俩先离开这儿，别让他听见，我现在有点怕他！"

"啧啧……能让天不怕地不怕的葛小仙害怕的人我真想见识见识，他明天走吗？"

"放心好了，这个人住好几天呢！"

露台上的赵忍看着一前一后走出大门的两个背影，嘴角闪过一丝玩味的笑容。

第二章

讨债人

　　葛小仙这顿晚饭吃得格外慢，倒是平时最慢的郭哥早就嚼完了面前的食物，一边咬着满是牙印的木头筷子，一边歪着头不怀好意地盯着葛小仙。

　　"喂，吃饭呢，你老看我干吗？"

　　"喏！"郭哥努嘴示意了一下餐盘。

　　葛小仙低头一看，脸顿时红了起来。

　　"我……我就是没什么胃口！"

　　"别解释！你每次说不太饿的时候，基本上也要一盘子打底，今天连半盘子都没吃完，说明……"

　　"啊？说明什么？"

　　"说明你被那个杀气腾腾的男人把魂勾走了，你已经不是你了！快说，你是谁？"

　　葛小仙没好气地翻翻白眼说道："别闹了，郭哥！我总觉得这个赵忍看我的眼神很怪异，说有恶意吧，我俩根本不可能有交集，说没有吧，他每次笑都有种老谋深算的感觉。"

　　郭哥收起了笑脸，她和葛小仙在这里开青旅已经有三年多了，来来往往接触过不少住客，多难缠的客人到最后都解决了，不说是经验丰富，最起码不至于太过受惊，况且以葛小仙天不怕地不怕的性格，能听到她说害怕，这个男人可能真有问题。

"仙儿，你确定他提供的信息是准确的吗？别是盗用或者假的！"

葛小仙摇摇头，"不可能是假的，公安部的信息全国联网，他登记的名字照片都是后台认证过的！"

"即便他的信息是真的，那也不能保证这个人没有问题呀，很多信息身份证不显示。你一个女孩子，该防还是得防一下！这样吧，这几天我搬过来和你住，直到这个人离开，最好是能确认他离开苏州了，我再回去！"

葛小仙长出一口气，把勺子轻轻放到盘子上。

"又怎么了？"

"没事，今天真没有什么胃口，我们去拿你的东西吧！"

郭哥迟疑了一下，葛小仙已经站起身向外走了，她连忙追了出去。

此时外面天已经黑了，因为不是旅游旺季，所以平江路上的游人极其稀少。

透骨的风吹得郭哥一阵发抖，她抱紧自己的衣服，看着一旁似乎感受不到寒冷略有些出神的葛小仙。

郭哥四下张望一圈，今天这条路也有些怪异，原本透白的路灯不知为何全变成了赤黄色，风卷起地上的柳叶形成一个又一个怪圈，好像下一秒就会凝聚成一股龙卷风。

"喂！"再也忍受不了的郭哥大吼一声。

葛小仙回过神来，看着身边不知是因为寒冷还是害怕而发抖的郭哥。

"仙儿，你今天简直太奇怪了！"

"怎么怪了？我们不是去拿东西吗？"

"仔细看看咱俩现在的位置！多少年了，你敢这么走吗？哪次不得我来接你，还得一路上唱着歌才敢迈腿。今天倒好，成了你陪着我了！"

葛小仙环顾四周，"我的天！咱俩都走到这儿了？"

"废话，合着刚才不是你自己控制着脚吗？那个男人到底把你怎么了！"

葛小仙赶紧跳到郭哥旁边，一把扣住她的胳膊，"郭哥，你……还是给我唱歌吧！"

"嘿……我就不该叫醒你！"

郭哥嘟囔了一句，随即嘴里唱起了不知道是哪几首歌拼凑起来的曲子。

两个人到郭哥的店里匆匆收拾了一下，又一路小跑回到了"如·初"。

推开大铁门，葛小仙伸长脖子看了半天，确定大厅里没有赵忍的身影，才小心翼翼地拉着郭哥进来。

"我说你到底害怕什么呢？那个赵忍的屋子在哪儿，我就不信了！"

葛小仙犹豫了一下，指指二楼。

"墨白？"

得到肯定后，郭哥大步迈上了楼梯，葛小仙则趴在扶手上，把耳朵用力向上支着。

郭哥站在墨白门前，深吸了一口气，咚咚咚敲起了门。

屋子里半天没有人回应，郭哥又敲了一次，还是没反应，就在她准备敲第三次时，身后幽幽地传来了一个声音。

"屋里没人……"

郭哥只觉得身上的汗毛瞬间立了起来，这声音低沉清晰却又透着寒意，甚至比刚才平江路上的寒意更浓几分。

郭哥缓缓地转过身，赵忍就站在离她半步的位置，脸上露出若有若无的笑意。

"你这个人走路怎么没声音啊！"郭哥忍不住大吼一声。

葛小仙听见吼声赶紧跑了上来，郭哥喘着粗气睁大了眼睛和赵忍对峙。

"都说女人很奇怪，我今天算是领教了！"赵忍说。

"领教什么啊！"

此时的郭哥已经顾不得那么多了，气急败坏地朝赵忍喷着口水。

赵忍倒是没怎么生气，扭脸对葛小仙说道："我看还是让你的朋友下去平息一下吧，她……"

赵忍没往下说，只是略有些无奈地耸了耸肩。

郭哥又要准备张口骂人，葛小仙连忙捂住了她的嘴，微微点点头，拉着郭哥下了楼。

听见关门声，葛小仙这才长出了一口气，冲着沙发上的郭哥笑道："我说什么来着，这下知道为什么了吧，他这个人身上真有种令人窒息的气场。郭哥，我再问你一个问题，你看清楚他长什么样子了吗？"

郭哥眼球向上一翻，皱着的眉头逐渐变成了惊讶。

"你也感受到了吧，今天他跟我上天台的时候，按道理说咱这都是木质地板，可有那么一瞬间我根本感觉不到身后有人，但一回头他又是真实存在着的。从天台下来的时候，恍惚间我都不确定有没有人在天台上，这个人描述起来好不起眼，可又令人印象深刻。"

郭哥此时已经从愤怒中恢复了过来，她的性格再刚毅骨子里还是个女孩子，赵忍的悄无声息的确吓到了她。

"仙儿，要不明天说房子有问题，赔些钱让他走吧！"

葛小仙有些为难，她的小店三年来从未有过差评，按赵忍刚到时的脾气，如果明天给他退了单，十有八九会开差评的先河，而且还是肯定不会撤销的那种。

"我知道你开店不容易，但是这个人真不能留，我们见过那么多奇葩客人，他算得上是独一份儿了，就单说走路没声音这一条，我就怀疑他是猫妖！"

葛小仙被郭哥的话逗笑了，"行吧，说到底咱俩还是女孩子，有这样的客人的确不安全，明天早上我去买份早点，他吃完说不定不好意思再投诉了。"

"这个主意好！明天我陪你一起去，哎，你那屋有凳子吗？"

"干吗？放衣服？"

"放什么衣服，顶着门啊！谁知道他今天夜里会不会悄悄溜进来，这家伙可是猫妖！"

郭哥的话让紧张的气氛顿时缓解了不少，确定其他屋子的人都回来后，葛小仙锁好了大门。

这一夜，葛小仙睡得并不踏实。

第二天一早，葛小仙看着床上摆了个大字的郭哥，无奈地叹了口气。

……

"我告诉你葛小仙，今天不给我说清楚，我让你这店开不下去！"

郭哥一个激灵就从床上蹦了起来，她虽然没有早起，但还是知道小仙出去买早点了，睡梦中突然听到吵架声，还以为是那个"猫妖"，抓起手边的衣服就冲了出去。

还没探出楼梯口，郭哥就大吼一声："姓赵的，你给我放开她！"

楼下的两个人立刻停止了争吵，郭哥一步就跳了下来。

"姓赵的……你……白墨？"

看清楚眼前的男人后，郭哥不免有些惊讶。

"白墨！怎么是你？这地方是你能来的吗？"

白墨轻蔑地笑了笑回道："郭哥，这话说得就有些不讲道理了，这又不是你家，我为什么就不能来？"

"你！"

白墨继续说道："别告诉我这是葛小仙的店就相当于是你家了，没有用啊！"

郭哥跳到葛小仙身边说道："仙儿，让他走！这种人有什么好纠缠的？"

葛小仙叹口气，一副欲言又止的样子。

白墨笑了笑说道："郭哥，她张不开嘴，我替她说吧，这家店有我的钱在里面，你懂我什么意思了吧？"

郭哥吃了一惊，拉住葛小仙的手问道："他——他说的是真的？你怎么会和这种混蛋一起做生意啊？"

"哎，郭哥！你这话说得可太没素质了，我怎么成混蛋了？你也不想想，她一个外地来的女孩子，能开得起这么大的店吗？如果不是我掏了三分之二的钱，她现在还不知道在哪家餐馆端盘子呢！"

郭哥扭头大骂道："白墨，你摸摸自己的良心！葛小仙是陪你来的苏州，好歹你们俩曾经在一起过，分手就不当人了是吗？"

白墨揪了揪上衣说道："郭哥，好像是你一直在骂骂咧咧吧？我今天来又不是打扰你们做生意的，只是和她咨询点事情而已，至于这么大火气吗？"

"好，咨询什么事情，你跟我说！"

"行啊，反正我问了她半天都没有什么结果，你不是一直把这当成自己家吗？那我正好咨询咨询你这二当家。"

郭哥把葛小仙轻轻拉在身后，白墨微微扫了一眼又是轻蔑一笑。

"郭哥，这家店算是各个应用软件的头几名吧，今年一年的利润你知道是多少钱吗？"

"具体数字我不太清楚，差不多也得三十万元。"

郭哥感觉身后的葛小仙轻轻捏了一下自己的手，心中隐隐有些不安。

"这就是了。不瞒你说，我开始投资这家店的时候，虽然投入了三分之二，可在利润分配上，我只占两成，剩下八成都给了你身后这个女生。没办法，谁让我俩是情侣呢！现在分手了，我依然只要两成，直到回本就再不参与，而且当时定好了年底直接打钱到账户上。可是前两天我查了账户，只有两万块钱！电话里她告诉我今年的利润就十万！郭哥，你也算是开店多年的老手了，排行榜前几名的店十万块钱，糊弄谁呢？"

郭哥心中一惊，赶紧扭头盯着葛小仙。

"郭哥，看样子你也不知道详情，这二当家当得并不称职啊，丢了二十万元居然没发现？"

"仙儿，这究竟怎么回事啊？是不是出什么问题了？"

葛小仙低着头，任凭郭哥怎么说，她都不开口。

"行了行了，事情呢基本上已经清楚了，葛小仙私吞了二十万元，原因又说不出来，现在我有两条路供你们选择。"

"哪两条路？"

"第一，报警！怎么说这二十万元都不是小数目，既然她对着我对着你都不愿意坦白，那就只好让警察来处理了。"

"不行！"

"那就第二条路，从今天开始，所有的钱都由我收取，直到凑齐剩下的四万元。"

郭哥看着葛小仙憋红的脸，从牙缝里蹦出一句话："白墨，你有必要做得这么绝吗？"

"绝？郭哥又说笑了，我怎么绝了？这件事情到现在还觉得是我有问题吗？我可是投了八十万元啊，郭哥！从选址到装修到选材，哪一项不是我去跑的？难不成分手就应该放弃这笔钱吗？"

"不，我说的是感情，你们俩从大学时就在一起，毕业后小仙儿跟着你来到苏州，人生地不熟！现在你拍拍屁股走了，留下她一个女孩子在异地他乡，你的海誓山盟呢？"

白墨哼了一声回道："感情的事情分分合合不是常态吗？郭哥，我今天是来谈生意的，不是和你讨论人情冷暖，少用这些话博取同情，再说二八分已经够仁至义尽了。你去外面打听打听，合伙做生意有几个像我这样慷慨的！现在路我已经给了，怎么选就看你们的了。"

"好，那给我们点时间商量一下！"

"不可能！你知道我为什么要来这儿吗？因为这件事一个半月前就已经和她说过了，没想到自那以后连电话都不接。我能站在这儿不报警就不错了。怎么着，还想敷衍是吗？"

郭哥没想到平日里嘻皮笑脸的葛小仙居然隐瞒了这么大一件事。她摆摆手说道："好，我们今天一定把这事解决了。现在，能不能让我俩回屋好好商量一下。"

白墨把衣服拉开，又整理了一下头发。

"行吧，看起来你也需要点时间消化一下，正好我把桌子上这份早点吃了，不过咱们得提前说好了，最多半个小时！"

看着两个人关上门，白墨冷笑一声坐在沙发上，他已经有一年半没有回来过了，一切都还是老样子，甚至连开瓶器的位置都没有变。

"喂，楼上墨白间有人住吗？我进去躺一会儿，正好还能给你俩多一点商量时间！"

白墨冲着葛小仙的屋子吼了一声，没得到回应，索性自己上了楼。

墨白间的门居然没有锁，这让白墨有些诧异。他轻轻推开门，刚要探头，突然一只大手揪住了他。白墨还没反应过来，就被瞬间扔了出去。

咚！

狭窄的过道本就只有两人宽，白墨感觉自己被一股力量甩到了墙上，发出一声闷响。

"哎哟！"

白墨侧躺在地上，后背传来一阵疼痛，也不知道是磕到哪儿了。

在地上缓了半天，白墨才呻吟一声坐起来，他有些恍惚，自己怎么就被甩出来了？

白墨左右摇晃着脑袋，拼命回想着刚才的事情——好像是一推开门就被甩到了墙上。

白墨站起身拍拍屁股上的土，"我还就不信了！"

就在白墨推门的一刹那，面前的屋门居然自己开了，白墨重心不稳，又一次倒在了地上，只不过这次是向前。

白墨顾不上疼，挣扎着想看看究竟是谁在搞自己，没想到眼睛还没从模糊中恢复过来，就被扔了出去。

这时，白墨终于听到了一句低沉却很有穿透力的声音。

"滚！"屋门重重关上。

第四章 尴尬的白墨

再次躺地的白墨不敢贸然一探究竟了，他知道屋子里那个人不好惹，可白白受一肚子气也太亏了，白墨站起身恶狠狠地瞪了一眼屋门，一瘸一拐地下了楼。

桌子上的早餐对白墨已经没有了吸引力，他在来之前计划好了一切，甚至连葛小仙报警的情况都预想到了，就是没想到吃了个剧痛无比的闭门羹。白墨心中突然有些后悔来这里了。

就在他发呆的时候，葛小仙和郭哥从屋子里走了出来，看见白墨身上一片污渍，两个人还愣了一下。

"喂！你刚才干吗了？为什么成这样了？"

白墨没好气地哼了一声，闭口不谈楼上发生的小插曲。

看白墨不搭理自己，郭哥冷笑着说道："姓白的，小仙为什么动那二十万元我已经清楚了，不过原因不能说。至于你提的那两个选择，报警是不可能的，我俩商量了一下，接下来的收入都转到你账户里。咱们说清楚了，够四万你就走，对不对？"

白墨点点头回道："没错，我也不是不讲理。让你们一下子拿出几十万元那是天方夜谭，我只需要先把今年的结算清了就行。"

"好，从现在开始，这些支付码全换成你的，网上的订单有一笔转一笔，我那家店也一样！"郭哥说。

话一说出来，白墨和葛小仙都有些吃惊。白墨没想到郭哥这么慷慨，葛小仙则没想到郭哥没有完全按照刚才商量的说，反而把自己的店也搭上了。

"郭哥，你……"

郭哥用劲拽了一下葛小仙，又挑了一下眉毛。意思是待会儿再解释。

白墨懒得管她们之间的小动作。只要钱够了，谁出都一样。

"还有一个问题！"白墨突然冒出一句话。

"你这个人怎么这么磨叽，不行！"

"哎，郭哥！你一个女孩子怎么这么容易激动，就不能听我说完吗？"

"不能！"

"你！"白墨被郭哥说得哑口无言，转向葛小仙说道："你也不愿意听我说完吗？"

郭哥刚要反驳，葛小仙拦住了她，"郭哥，我们听他说说吧！"

郭哥重重地哼了一声，算是放过了白墨。

"有一件事是我来之前没有想到的。以现在的时间算，凑齐四万块钱并不容易，少说也要半个月，那这期间我来来回回跑也不值得。这样吧，给我开间房，费用就从四万块里扣，该多少钱就多少钱，不占你们便宜，怎么样？"

葛小仙还没说话，郭哥大吼一声："姓白的，你趁早给我断了这个念头！你以为我不知道你在想什么吗？还不占我们便宜，你怎么好意思说得出口！我们是欠钱，但人情可不是我们欠的！想在这儿住，门都没有！"

白墨知道郭哥对自己有很大的怨念，所以不跟她多计较。反正只要葛小仙同意了，这事就能行。

没想到葛小仙也摇摇头说道："不行！"

"啊，为什么不行？"

"因为四间房都住满客人了，难道你要去郭哥的店里住吗？"

白墨偷瞄了一眼杀气腾腾的郭哥，一边摇头一边追问道："那可以合住吗？有没有男生独自来的？不用你们出面，我去找他商量，费用还按正常扣就行。"

葛小仙犹豫了一下，似乎并不想告诉他。可白墨站起身走到楼梯口说道："你说是哪间房！我现在就去找他，大不了算他白住嘛！"

葛小仙有些为难，扭头征求郭哥的意见。没想到她的眼神里充满了幸灾乐祸的笑意，葛小仙立刻明白了她的意思。

"是有一个男人单独住，不过我担心你和他谈不来！"

"不可能！只要不是孤僻症，我……"

白墨的话还没说完，葛小仙指了指二楼楼梯口，"他就在墨白间，你可以去试试！"

白墨刚要迈出的腿停在了半空，"在哪儿？"

"墨白间啊！有什么问题吗？"

白墨后退了两步。葛小仙和郭哥并不知道楼上刚才发生了什么事情。如果他现在再去打扰那个"怪物"，有可能一言不合又被扔出来，那可真是太丢人了！

就在白墨愣神的工夫，郭哥嘲笑道："某人不是要去谈判吗？怎么迈不动腿了呀！难不成未见其人就要认怂了？"

白墨干笑了两声说道："没有没有，我是怕打扰人家休息，毕竟是我有求于人嘛，留个好印象也好说话！"

郭哥白了他一眼，"说得真好听，这里就咱仨，装什么装！我今天就把话放这儿，只要墨白间的客人同意你合住，我俩就不反对！"

白墨心中积攒的怒火终于爆发，他扭身冲着郭哥嚷道："看你是个女人一直不和你计较，还没完没了了！我今天还就告诉你，这墨白间我住定了！"

白墨的话音刚落，二楼传来一个声音："你找我？"

楼下的三个人被这突然响起的声音吓得一激灵。

赵忍也是烦躁得很，南方的湿冷天气让他一个北方汉子适应不了，被窝里就像是超市冷库一样，开了电热毯呢，又像是被架在了烤炉上，想伸出胳膊或者腿晾一晾，冰冷会一下子钻到脑子里，让他瞬间清醒。

整整一晚，他都在惊醒和昏睡中游离。本来坐飞机就够疲惫了，睡眠质量还降低，赵忍好不容易熬到天亮，想着室内温度提升一点再补觉，朦胧中屋门突然被人推开个缝。

一肚子气的赵忍直接从床上弹射到了门口，揪住那个人一把就给推了出去。没想到他刚准备回到床上，就听见门口有人骂他，拉开门一道身影就倒在了自己面前。赵忍懒得废话，提起衣服又给甩了出去。

这一番折腾再加上挨冻，赵忍的睡意全都被打散了。他坐在床上发了会儿呆，穿好衣服准备出去吃个早点。

拉开门就听见一楼有人吵架，还提到了自己，赵忍心中莫名地涌起一股火，眯着眼睛下了楼。

白墨身材不是很高，又略显瘦弱，和赵忍这样健壮的汉子真不是一个级别。

站在楼梯口看着赵忍，白墨下意识感觉对方鼻子里呼出的粗气似乎都能把自己喷一个跟头。

"就是你到我屋子里偷东西的？"

赵忍的话让白墨顿时有点慌张，他赶紧对着郭哥和葛小仙摆手，"不是不是不是，这完全是个误会！"

郭哥恍然大悟道："原来如此，我说你怎么一听墨白间就怂了呢！原来是跑到这个大哥屋子里偷东西被抓到了！白墨啊白墨，你不是一直嚷嚷要报警吗？好啊，咱们就让警察来评评理！"

白墨紧张得有些语无伦次了，他不知道该和谁解释，只能来回摆动脑袋，意图让这三个人都听懂他的意思。

"不是不是，不是你们想的那样。刚才我是想去墨白间打个盹，谁知道里面有人，我怎么会去偷东西呢！大哥大哥，你一定要相信我！"

赵忍听郭哥叫面前男生为白墨，和自己所住的墨白很像，心中立刻断定他们三个人之间应该是互相认识。

"行了行了，你们三个应该认识吧！这件事到此为止，你被我扔出去两次也算得到惩罚了！"

白墨一听赵忍的话，脸立刻红了，原本郭哥和葛小仙不知道自己这么丢人，现在——知道了！

赵忍可不管白墨怎么想，指了指门口，意思是让他躲开。

白墨后背紧紧贴住吧台，感觉赵忍的左肩膀还是挤到了自己的胸口。

看到赵忍准备出门，白墨突然吼道："哎，大哥，你是不是要去吃早点？"

赵忍没回头，只是嗯了一声。

"我……我请您，就当是赔罪了！"

赵忍犹豫了一下，转念一想有本地人请客不至于踩雷，摆摆手示意他跟上。

白墨看了一眼面前的两个女生，叹了口气说道："你们俩也没吃吧？行了，一起吧，我都请了！"

郭哥皱皱眉，白墨继续说道："这顿钱我出，满意了吧！"

郭哥就等着这句话呢，拉起葛小仙追了出去。

　　早餐店的人非常多，不过有了赵忍这种彪形大汉在前面顶着，很快就挤出了一条半人宽的通道。虽然周围人的目光中多了几分厌恶，对于他们四个来说，完全可以忽略不计。

　　"有了赵大哥果然不一样，像我俩这种瘦小的女生，平时要想这个点进来吃饭，几乎不可能。就是拼命挤进来，出去的时候也得把胃里的东西一股脑全挤出来！"

　　"我说郭哥，别描述得这么恶心，行吗？你瞅瞅其他桌的人怎么看咱们呢？"

　　郭哥左右晃晃脑袋，重重地哼了一声说道："我这么说怎么了？赵大哥都没介意，你哪儿来那么多毛病？"

　　白墨讨了个没趣，索性不再说话，弓着身子自顾自玩起了手机。

　　他们俩停止了争吵，葛小仙和赵忍又没什么话说，虽然店里人声鼎沸，他们这桌却出奇安静。

　　等待上菜的工夫，葛小仙终于有机会近距离观察一下这个让她惊疑不定的男人。

　　"你在研究我？"

葛小仙正托着下巴发呆，耳朵里突然响起了一个声音。

"啊！"

葛小仙猛地站了起来，把一旁的郭哥吓了一跳。

"抽什么疯呢？"

清醒过来的葛小仙环顾四周，发现除了赵忍外其他两个人都在茫然地看着自己。

"啊，不好意思，不好意思，刚才想别的事情来着！"

白墨嘴里嘟囔一句又低下了头，郭哥眼睛一转悄悄问道："想什么呢，突然站起来？"

葛小仙盯着一脸疑惑的郭哥看了半天，小心翼翼地回道："你没听到什么声音吗？"

"什么声音？这屋子里吵成这样！你指望我听到什么？"

葛小仙再三判定郭哥没有说谎，不由得望向赵忍。她确信声音是从面前这个男人嘴里传出来的，可郭哥和白墨居然没听到，这就有些说不通了！

赵忍对她刚才的行为无动于衷，甚至在葛小仙站起来的时候头都没转一下。

赵忍越是这样，葛小仙就越发有兴趣。开店这么多年，她还从未遇到一个像赵忍这般神秘，又让人感觉与这个世界格格不入的人。

早餐种类不算多，但色香味俱全。如果不是有他们仨带着，这么好的店还真不一定能找到。

赵忍喝了一碗浓汤，浑身上下有了一丝暖意，这南方年尾的天气真是变态！

四个人低头吃饭，互相之间没有什么交流。白墨早先在"如·初"吃了一份早点，所以这会儿没有什么食欲，心里只想着该怎么打破僵局。

看赵忍拿起纸巾擦了擦嘴，笑嘻嘻地问道："大哥，吃饱了吗？这家店的味道还不错吧?"

赵忍点点头说道:"确实很好,怪不得生意如此火爆。老板开了很多年吧?"

"没错没错,小时候父母天天带我来他家吃早点,记得那个时候就已经有些名气了。当时店面小,我拿个小板凳在外面吃,这一晃二十多年,现在没点力气想吃都吃不上呢!"

说完白墨笑了起来,发现赵忍并没有理他的茬儿,又赶紧干咳了两声。

"你找我是有什么事吧?"赵忍突然问道。

"啊,那个……是有一件小事!"白墨正愁没办法开口,被赵忍直接问到了,略显尴尬地点点头。

"说吧,什么事?你这忙乎一早上了!"

"那个……"白墨对赵忍似乎还有些忌惮。

"赶紧的,只要不是和我合住,其他的都好说!"

听到这话,葛小仙和郭哥哈哈大笑起来。

"怎么?你还真是要和我住在一起吗?"

白墨紧张得心跳都加速了。他没想到自己的计划被猜了出来,更没想到赵忍居然就反对这一条。

"啊,那个……你不愿意就算了!我只是……"

赵忍看着一旁乐得前仰后合的两个女生,又看看脸红的白墨,虽然不清楚具体情况,但用脚指头想想都知道,他们三个一定是达成了某种协议,内容之一就是白墨和自己住一个房间。

"不是我不愿意,而是我的作息时间非常规律,晚十早八,你能接受吗?"

白墨本来都已经放弃了,一听赵忍这么说,赶紧点头。

"没问题没问题!我这个人其实很好相处的,再说你是房间的主人,一切都听你的，还有什么别的要求吗？"

赵忍摇摇头。白墨暗自窃喜了一番，又忽然想起房费的问题，他赶紧问道："大哥，这个房费？"

赵忍瞥了他一眼说道："对半！"

"不行！"郭哥一听急了，冲着白墨说道："之前怎么说的来着？赵大哥不清楚，你自己有点良心好吗！凭什么对半分，都算你的！"

白墨还想辩解一下，郭哥对赵忍说道："赵大哥，对这个人不需要那么大善心，听我的，房费都让他出！一会儿回店里咱们就算清楚！"

赵忍没心情参与他们的纠纷，可以白住，何乐而不为呢！

四个人吃完了饭，还是由赵忍前面开道，在众人的哀怨声中挤出了小店。

"赵大哥，你还回店里吗？"

"不了，我准备出去转转，等下午回来你再搬吧！"

白墨不敢反驳。他一想自己没什么事，就和赵忍一同去了公交车站。

赵忍不开口，白墨看他一副拒人于千里之外的表情，也不好多说什么。两个人站在空荡荡的公交车站，别提多尴尬了。

过了好一会儿，白墨终于忍不住了，主动说道："大哥，你要去……"

白墨的话还没说完，迎面来了一辆公交车。赵忍摆摆手，丢下他上了车。

白墨目送着公交车远去，心中顿时有些后悔了。赵忍话不多，根本不把他放在眼里，鬼知道晚上两个人在一个屋子里会发生什么事情！

想到这里，白墨冷不丁打了个喷嚏，一边裹紧自己的衣服，一边祈祷晚上可以平平安安睡觉。

十二月的苏州其实并没有什么可玩的，天寒地冻万物萧条，完全看不到"上有天堂下有苏杭"的美景。赵忍来这里也是无奈之举，毕竟对于这种旅游城市，这会儿的机票价格低到不能不让人心动。

赵忍四处转了转，此时节大大小小的园林都没有什么趣味。池中无水树上无叶，怎么看都让人提不起兴致来。

　　好在景区的建筑风格很有特色，赵忍漫无目的地闲逛，又在隐匿于园子深处的特色小店吃了些东西。下午三点，准备坐车返程。

　　赵忍晃晃悠悠到了公交车站，看到一个女生拿了三个包一个箱子，不由得露出了不解的表情——出来玩还带这么多东西！

　　公交车来了，女生和赵忍坐同一趟车。为了等她司机足足浪费了一分钟，导致车上的乘客发出了不满的声音。

　　女孩一边道歉一边掏钱包。司机看她扔了一块钱，就说车票是两元。女孩掏了掏兜，一脸歉意地问司机能不能给她找零钱。

　　赵忍就坐在她旁边的位置上，实在看不过去，拿出一块钱替她扔到了钱箱里。

　　女孩千恩万谢，执意要留赵忍的电话。赵忍回绝了两次，女孩便不再坚持，找了个后排的座位坐下。

　　没想到，两人居然是在同一个站点下车。赵忍躲开了女孩再一次提出的感谢，找个理由绕回了店里。

　　还没进门，赵忍隐约听到了一个熟悉的声音。他心想不会这么巧吧，推开大门，那个带了一堆行李的女孩正站在大厅里。

第六章

偷听

听见推门的声音，大厅里的两个人同时回过头，看见是赵忍，葛小仙还没说话，女孩儿先尖叫了一声。

"啊，是你呀大哥！你也在这里住吗？"

葛小仙略有些好奇地盯着赵忍，她倒是没想到这两人居然还认识。

果然是她！

赵忍心中很是无奈。从公交车站开始，他就恨不得离这样的人远远的。就经验而谈，带一堆行李出来旅游的女人，麻烦事肯定少不了。

赵忍微微点点头，算是回应了女孩儿的热情。就在他准备绕过面前两个人直接回屋子时，葛小仙伸手拦住了他。

"那个……赵大哥，有件事需要您帮个忙！"

赵忍没说话，他知道看见女孩儿的那一刻，搬行李就和自己脱不开关系了！

看见赵忍皱眉，葛小仙连忙冲着行李摆摆手，"赵大哥，不是这个事！"

赵忍一愣，话还没出口，女孩儿先鞠了一躬。

"你们……你这是干什么？"

突然受礼的赵忍有些不好意思，连忙问道。

"赵大哥，这个事都怪我，她预订房间那天我忘了打电话核实信息，结果把她和另一个男生登记到了一楼的双人房，现在……"

旁边的女孩一边摆手一边说道："大哥大哥，不怪小仙姐姐，是我把性别那栏选成了男生，才导致没办法安排房间了！"

赵忍若有所思地点点头，"那你们的意思是？"

"男女混住肯定不行，但是我们这边已经没有空房间给另一个男生了，您看能不能和您……"

葛小仙话没说完，小心翼翼地瞥了一眼赵忍。

赵忍明白了她的意思，不由得皱起了眉头。

葛小仙心里顿时咯噔一下，"赵大哥，您要不愿意我们就再想办法，本来安排白墨入住就已经够麻烦了，现在再加一个男生，这是我工作的失误。这样吧，不管您同不同意，在这期间的房费我都给您免了，行吗？"

赵忍叹了口气问道："我们三个人住大床房太挤了吧？"

葛小仙一听这话有戏，赶紧回道："不不不，您要同意，让白墨在地上铺个垫子就行！"

赵忍点点头，"那我现在上去收拾东西？"

"今天不用！今天不用！那个男生明天才到，而且给咱们换床单被罩的保洁人员也是明天早上来，您和白墨可以好好睡一觉！"

赵忍轻轻哼了一声，吓得两个姑娘同时打了一个激灵。

"哇！这个大哥也太冷了吧！"看见赵忍消失在楼梯口，女孩儿不由得吐槽道。

"嘘！"葛小仙在嘴边比了个手势，"可别背后说他，这大哥相当厉害，说不准哪句话就能听见，咱们小胳膊细腿的，都不够人家一只手捏的！"

女孩儿吐了吐舌头说道："应该没啥大问题了吧？"

葛小仙叹了口气说道："现在看应该是没问题了，这大哥同意，剩下两个人没理由反对。不过话又说回来，小黄同学真是给我出了个大难题啊！"

女孩儿嘿嘿一笑，提起自己的一个背包，艰难地向房间走去。葛小仙有些诧异，一边伸手一边问道："你这箱子里装了些什么东西啊？"

没等女孩儿回答，身后的葛小仙惊呼了一声，"我去，这也太沉了！还是你和我一起搬吧！"

两个女孩儿收拾完了所有的行李，气喘吁吁地坐在沙发上聊天。

"哎，你是怎么认识赵忍的？"

"原来他叫赵忍啊，我昨天住在园林旁边的酒店，今天下午坐公交车的时候正巧他也准备回来。哼，看见我拿这么多东西也没说帮一下，搞得司机和乘客抱怨了半天。上车我没有零钱，是他替我投的币，没想到我俩这么有缘，居然在这里又遇到了！"

"他能给你投币已经很不错了！这个赵忍自打昨天来到店里，我就没少受到惊吓。本来我和另一个女生都准备让他离开了，谁知道半路杀出个白墨，现在正好让他们互相克制，等明天再来一个男生，应该差不多能平衡赵忍的气场了！"

"哇，我都忍不住想接触他了！要不明天我们一起出去玩吧？"

葛小仙摇摇头说道："明天不出什么事就不错了，还和这种人一起玩？"

······

白墨回来的时候已经快九点了，他几乎是一阵风般冲进了大厅，看见三个女生坐在沙发上抱着 iPad 看剧，赶紧问道："他回来了吗？"

在面对赵忍的问题上，几个人似乎站在了同一阵营。

郭哥看着大汗淋漓的白墨没有再冷嘲热讽，反而轻轻点点头，示意他赶紧上去。

白墨舒缓了一下后几步跨上了台阶，还没等他敲门，屋子里传出了赵忍的声音："进来吧，门没锁！"

听见关门声，三个女孩儿不约而同地相视一笑。下午听完葛小仙和郭哥添油加醋的描述后，女孩儿觉得这个赵忍真像是"大魔王"。

"其实……我挺想知道他们俩在一张床上会发生什么事情！"女孩儿偷偷说道。

"要不咱们去听听？"郭哥有些蠢蠢欲动。

"别了吧，这要被发现可太尴尬了！"葛小仙反驳道。

"就听五分钟，如果没动静马上回来！"女孩儿提出了一个方案。

"那——就五分钟！假如被发现了就说准备去天台坐坐！"葛小仙还是有些不放心。

于是，三人悄悄向二楼挪动。

就在这时，白墨突然从屋子里走了出来，一眼看见了楼梯上蹑手蹑脚的三人。

三人吓了一跳，可又不敢喊出来，只能同时捂住自己的嘴巴！

白墨又好气又好笑，缓缓走到她们面前说道："是不是好奇为什么我突然出来了？"

三人一起点头，白墨略显无奈地笑着说道："我刚进去赵大哥就说，你们三个一定会按捺不住跑上来偷听，让我告诉你们，别动歪心思，不然他亲自出来！"

白墨停顿了一下，用戏谑的语气继续说道："刚才我还不信，现在信了，奉劝一句：你们几个最好老实一点，不然他可真敢出来！"

白墨说完就扭头回屋了，三个女生你看看我、我看看你，并没有后退的意思。

过了十几秒，郭哥示意大家继续上楼，白墨突然从墙角伸出了脑袋，脸上的笑意更浓了。

"我现在不单单信了，简直就是佩服得五体投地啊。赵大哥在我出来前还叮嘱了一句，你们三个不一定会听劝，所以他刚刚把店里的 Wi-Fi 密码改了，只有老老实实回到屋子里，他才会把密码发给你们！"

葛小仙拿出手机一看，果然连不上了，赶紧拉着郭哥和女孩儿跑回了屋子。

听见关门声，白墨不由得哆嗦了一下——那个人简直太恐怖了！

白墨不知道自己是什么时候睡着的。

从进门到上床再到盖好被子，白墨一直不敢正眼瞧赵忍一下。他一度认为只要不对上赵忍的眼睛，就不会被猜到内心最真实的想法。

赵忍似乎也不太想说话，洗漱、钻被窝、把手机放到床头柜，一套动作行云流水，完全看不出丝毫拖延，只是在睡觉前叮嘱了一句：空调不能开一晚上。

白墨背对着赵忍，把手机垂到床下，生怕微弱的光亮打扰到这头"猛兽"的休息。

过了好一会儿白墨才发现，赵忍睡觉实在太安静了，不但没有小动作，就连呼吸都很微弱。如果不是巨大的心理阴影，有那么一瞬间，白墨都想凑过去试试这个人还活着不！

也不知道过了多久，白墨左手一松，手机掉落到了地毯上，屋子里彻底陷入了寂静。

……

正在熟睡中的赵忍突然听到了急促的敲门声，他拿起手机看了一眼时间——八点半，自从到这儿就没睡过一个安稳觉，赵忍心中顿时燃起了怒火，他扭头看了一眼呼呼大睡的白墨，摇摇晃晃起身开门。

门一开，赵忍眼前突然伸来一只戴着戒指的肉手，他本能地出手拦了一下，谁知道立刻传来了一声撕心裂肺的尖叫。

这一声直接炸醒了还在犯困的赵忍。他终于看清了眼前的人——一个穿着墨绿色羽绒服的大妈，看样子四十多岁，头发四散开来，嘴里喘着粗气，也不知道是冻得还是吓得，脸上泛着通红。

赵忍脑海中快速回忆了一下，并没有和这个人有过接触，不由得低声问道："你是谁？"

大妈倒退两步靠在墙上，强忍着疼痛骂道："臭小子，还想打我是吗？"

赵忍翻转着手掌也不回答，大妈来了劲，跺着脚吼道："好啊你，骗我姑娘不说，现在还要对我动手，难道就不怕遭天谴吗？我——我要报警！"

赵忍没说话，心中大概已经明白了，这个气急败坏的大妈很有可能是要抓白墨，只不过把自己错认了。

赵忍看葛妈张牙舞爪的样子实在头疼，一边轻轻转动门把手一边说道："您可能认错人了，我不是白墨！"

"哼哼，都知道我是来找白墨的，你还说自己不是白墨！真当我傻吗？今天把你堵在店里，就是要好好收拾收拾你！别以为我家葛小仙那么好欺负！"

赵忍知道葛妈现在听不进去自己的解释。他把门推开条缝，身子一闪钻了进去，随即上了锁。

等葛妈反应过来，门已经关上了。她不由得更加恼怒了，用拳头咚咚咚砸着。

屋子里白墨一脸茫然地看着赵忍，他不知道屋外发生了什么事情，只觉得连赵忍都无比慌张一定是天快要塌了。

"大……大哥，天要塌了吗？"

赵忍没好气地哼了一声，眼睛瞥了一眼门口，冷笑着说道："我的天塌没塌不太清楚，但你的天快塌了！"

"啊？"

白墨噌一下就从床上蹦了起来，他看出赵忍并没有开玩笑。

"门外那个明显是冲你来的，我能关一时的门，不能关一天的门，赶紧想办法吧！"

白墨叹了口气。当初葛小仙跟随他来到苏州，葛妈并没有反对，只是在电话里叮嘱他一定要照顾好自己的闺女。现在两个人分手了，无论是什么原因，在家长看来都是女儿受了欺负。

白墨用手指指门口，外面葛妈的吼声还没有停歇，"那……我现在出去解释一下？"

赵忍没好气地回了一句："你也不笨，怎么这会儿冒傻气？现在出去不是找死吗！你以为她会听你解释，还是说你准备牺牲自己让她打一顿？"

白墨又是摆手又是摇头，赵忍继续说道："赶紧给葛小仙打电话！她们可能睡得死根本没听到楼上的动静！"

"对对对对！打电话打电话！先让葛小仙把她妈领走，然后我们再出去！"

第四个电话终于通了，白墨说了一句你妈在二楼，电话就被挂断了。

几分钟后，屋外葛小仙的声音响了起来："妈，你怎么来了！你在这干吗呀？怎么不提前和我说一声呢？走走走，先和我回屋！"

"臭丫头！你都这样了，妈还不来！别怕啊，今天妈给你做主！你把备用钥匙拿来，白墨就在屋子里，他要不给我个说法，我撕了他！"

"妈，你这是干什么呀！我们先回屋好不好，还有其他客人在睡觉呢！这个事情没你想的那么简单，先消消气！"

"不行，我看他动作那么灵活，一会儿跑了怎么办！你说说你，他都把你欺负成这样了，还让他在店里住！今天我要不和他拼个你死我活，我就不姓葛！"

屋子里的赵忍听完这句话看了一眼白墨，白墨点点头，"是的，他们一家子都姓葛，而且葛爸和葛妈的生日只差五天！"

"这还真是挺有意思的。既然葛小仙来了，那就等她把妈妈劝下楼，再找机会出去吧！"

白墨叹了口气，苦笑一声说道："赵大哥，把你卷进来真是不好意思。不怕你笑话，我和小仙分手也是因为这个妈，她实在太强势了！我家在苏州只是个普通家庭，反倒是小仙家在他们老家很厉害。这么多年，她妈妈一直希望我倒插门，争吵了几次也没什么结果。我的意思是，小仙如果改变不了父母意愿就回去吧，我自己经营这个店，可她偏偏不走。分手前最后一次争吵，我俩定好了店归她，我拿分红直到回本，前几天我一看账户，少了很多钱，于是过来问问情况，谁知道遇上这么多事！"

"这种事情确实够闹心的，情侣搭伙做生意，一旦分手麻烦事可多了。话说回来，这个葛小仙也挺有意思，她干吗不回老家呢！这儿有那么难舍难分吗？"

"店里发生过挺多有趣的故事，我俩都喜欢这样的工作，分手时也说分开不分店，按照约定我是不该出现的，这次的确是特殊情况。"

看着白墨无奈地挠头，赵忍不知道该怎么接话，其实他就是一个朋友推荐来的。当年这个朋友在这里经历了一场"匪夷所思"的迹遇。

赵忍听完后出于好奇踏足寻踪而来，没想到老天爷真是很刻意的，刚来两天，麻烦事不断。

两个大男人被困在屋子里出不去，只能各自抱着手机玩。

突然，白墨跳了起来："赵大哥，快走！葛小仙拉着她妈妈出去吃早点了！"

第八章
早餐店偶遇

　　赵忍其实不太想出去，换句话说，是不太想和白墨出去。来这里还不到三天就被拖进了一段纠缠不清的关系中，赵忍想起来就有些头大。

　　白墨似乎并没有觉察到赵忍的情绪变化，收到葛小仙的信息后，如同惊弓之鸟一般冲出了屋子，乍一看倒像是被赵忍吓跑了。

　　两个人一前一后出了院子，一个鬼鬼祟祟一个慢慢悠悠，真是有点搞笑组合的意思。

　　到了平江路的主街，白墨紧绷的神经才放松了一些，只不过两只眼睛还是小心翼翼地观察着周围。

　　"大哥，你说她们母女俩会不会正在某个角落里监视着咱们呢？"

　　赵忍没好气地回了一句："不是咱们，是你！我一个旅客有什么好监视的？"

　　"不是，大哥！刚才她妈都那样对你了，你不准备……"

　　"我准备什么？认错人而已，最后道个歉就完了，反正抛弃她姑娘的不是我！"

　　"拜托，我没有抛弃她好不好！我俩是和平分手！"

　　赵忍有些幸灾乐祸地说道："跟我解释再多都没有用！你的这套说

辞得让她妈信服才行。不过话又说回来，如果是我的女儿被分手，别的不多说，那小子最起码要在医院躺半年！"

白墨艰难地咽口唾沫，小声嘟囔了一句："这么一比还是她妈善良。"

两个人晃晃悠悠又走到了昨天吃早点的小店门口。赵忍刚要迈步进去，白墨一把拉住了他："大哥，这里面进不得啊！"

"为什么进不得？昨天咱们不是还在这儿吃的。"

"大哥，你想想啊，这附近除了这家其他都属于二流店铺。葛小仙带着她妈怎么着不得吃顿特色早餐，咱们进去迎面碰上了怎么办？"

赵忍歪着头看了看牌匾说道："也许她们没有来这儿呢？俗话说'最危险的地方也是最安全的'，以葛小仙的聪明劲儿，肯定能想到我们要来这家店吧！以此推断，带着妈妈去旁边正好可以避开！"

"不不不！"白墨头摇得跟拨浪鼓似的，"你想得太简单了。装修一看就不是一个级别，她妈又不傻，肯定知道这家店最火爆，怎么可能让她拐到旁边去！"

"我觉得你才想多了，再说真遇见了就把事情解释清楚。现代社会年轻人分分合合很正常，不要搞得分手就成仇人一样，要不你在这里藏着，我先探探路，没人你再进去。"

"不行，不行，不行！你不能扔下我不管啊！如果你被发现了，那不是连带着葛小仙都要被怀疑通敌！"

赵忍一脸疑惑地看着白墨："你动起脑子来不是挺灵活的吗？怎么还能干出分手这种没脑子的事来！"

白墨尴尬地挠挠头，赵忍有些生气地说道："那你说咱们去哪儿？我就是来这儿旅个游，让你们搞得吃个早点跟做贼似的！"

"这边这边！"白墨其实想去再远一点的地方，但看到赵忍脸上挂满了怒气，赶紧拉着他走进了一家不起眼的小店。

"这家店我来过，味道虽然不如旁边的正宗，也有自己的特色，当个'备胎'足够了。赵大哥今天就委屈一下，晚上一定请你吃好的！"

两个人一边说着一边进了店中。店铺面积很小，分成上下两层，一楼只有一个老头，满脸都是没有生意的落寞，看见有人进来，也不起身，不知道是不是因为耗光了热情。他随意摇晃了一下脑袋，完全没有招呼客人的意思。

赵忍一看这老板的德行气就不打一处来，他才不相信白墨口中这家店能够当旁边的"备胎"。

"白墨，你确定这家店好吃？别是忽悠我的幌子吧！"

"大哥，别看这儿人少，味道真不差，一会儿咱们直接上二楼，上可以看见平江路的风景，葛小仙和她妈如果在旁边吃早点，一定会走这条路，两全其美！"

"合着算计好了啊！哎，我问你，如果葛小仙也是抱着这个想法呢？那此刻她们俩不就在二楼吗？"

"葛小仙要在楼上，我当场……"

白墨的话还没说完，葛妈出现在了楼梯口。

"小仙，妈这么做还能害你不成！当年我不让你来，你非要跟他……"

葛妈的话同样没有说完，因为她一抬头看见了站在狭窄过道中的赵忍。

"白墨！好小子！"

葛妈的一声尖叫吓得旁边昏昏欲睡的老板一个激灵，他不知道发生了什么事，只觉得眼前突然闪过去一个黑影，紧接着凳子便倒了一大片。

白墨看到黑影冲过来的时候已经吓得不敢动了，可没想到葛妈从自己身边一闪而过，直奔着赵忍去了。

被错当成白墨的赵忍倒是不慌张，身体往桌子里微微一挪，葛妈顺着惯性到了门口。

她停下脚步，转了个身，在门口摆了个大字，嘴里喊道："刚才没堵住你，现在我看你还往哪儿跑！"

屋子里所有人都愣住了，空气一下子变得异常凝重，只剩下葛妈沉重的喘气声。

赵忍没说话，倒是白墨先反应过来，凑到葛妈身边说道："阿姨您好，这是……"

葛妈的眼睛没离开赵忍，"他伤害了我姑娘，跟你没关系，赶紧走！"

白墨如获大赦，心里不由得暗自庆幸这些年没有直面葛妈。

就在白墨准备钻过葛妈的胳膊时，郭哥出现在了门口，"哎，白墨！你怎么在这儿？"

场面一下子又陷入了尴尬，这回有郭哥在门口把持着，白墨更不敢溜了。

"是小郭啊，你来得正好！我把白墨堵在了店里，你和阿姨一起抓住这个混蛋，给小仙好好出口恶气！"

郭哥看看弯着腰的白墨，又看看葛妈，一脸疑惑地问道："葛阿姨，您不是正准备放白墨离开吗？还怎么抓他啊！"

"离开？白墨不是在那儿吗？"葛妈妈朝赵忍的位置努努嘴。

"赵大哥？阿姨，您是不是认错人了？那是赵忍，一个旅客。"

"赵忍？那我旁边这个？"

"这个才是白墨啊！您刚准备放他离开呢！"

葛妈妈又是一声尖叫，戴着戒指的肉手一把薅住了白墨的衣领子。

"好你个臭小子，骗我姑娘不说，还骗了我这么久！今天我要不把你撕了，我就不姓葛！"

第九章　方桌谈判

平江路 88 号的早餐店开了有五六年了，因为旁边店铺的关系，这些年的生意不温不火，每天也只有早晨隔壁人满为患的时候，不想排队的当地人才会溜进这家店。如果是远道而来的旅客，基本上都会握紧自己手里的票号，进来的可能性微乎其微。

淡季的时候，老板早已习惯了在桌子前打盹，即便真有客人进来，他也懒得动。如果客人感到怠慢走了，他心里反而轻松许多，毕竟只为一两个人动灶火简直浪费时间。

偏偏这一日的大清早，老板都趴在桌子上睡着了，门外进来两个女的，看起来像是母女。女儿拖着一脸不高兴的母亲，嘴里还一遍遍重复着"那家不好吃，那家不好吃"。

两个人走到桌子前，女儿用手指轻轻戳了戳老板，老板张着大嘴闭着眼睛，完全没有要醒过来的意思。

母亲很是不耐烦，拉起女儿的手就要离开，女儿赶紧推了一把老板的肩膀，他才迷迷糊糊地睁开了眼睛，嘟嘟囔囔地问道："吃什么？"

"两碗红汤馄饨一根油条，谢谢！"

老板艰难地点点头，女儿拉着母亲的胳膊，拽着她上了二楼。

老板挣扎着想站起来，没想到头一歪，又睡着了！

……

葛妈被女儿连哄带拽来到了二楼，她在来苏州前已经查到了那家特色早餐店的介绍，本来准备进去，谁知道葛小仙就跟中邪了似的，疯狂说那家店不好吃，然后就把妈妈拽到了看着就很凄凉且老板还像是个"瞌睡虫"的店中。

两个人坐下以后，葛小仙看妈妈一脸怒气，不由得嘿嘿一笑说道："妈，您别生气了！咱们母女俩要说一些话，旁边店里乱哄哄的，什么都听不清，多影响心情。这家店安安静静，您一边吃还能一边欣赏平江路的风景，一举三得，一会儿吃饱了我带着您好好转转！"

葛妈哼了一声说道："别给我来这出！老娘我为什么来这儿，你不知道？为什么要把我拽走！那小子明明都被堵在门口了。你要不捣乱，我当场扇他两个耳光！现在跑出这么远吃饭，回去他肯定早溜了！"

"别这么说嘛！您看您动不动就用暴力解决问题，我们俩之间的事情不像您想象的那么简单，这中间有很多因素导致没办法再继续下去了。不是我出轨，也不是他劈腿，干吗要打呀闹呀！再说了，这家店本来就是他出了大头，作为股东住在店里不是理所应当吗？您凡事别想得那么复杂好吗！"

"我复杂？合着来帮你出气是我不对了，你个小没良心的，就跟你爹一个德行！让他陪我一起来，他只会说'年轻人的事让他们年轻人自己处理就好'。我呸，收拾完你回去再跟他算账！"

葛小仙吐了吐舌头，一脸俏皮地说道："妈，我知道您是为我好，可白墨真没有做对不起我的事情，您让我们自己处理就好。这次来别着急回了，我带您好好逛逛！上有天堂下有苏杭，这苏州城可好玩呢！"

"不行，白墨这小子一看就不是什么好玩意！这次要么你跟我回去，要么他保证这辈子再也不来骚扰你！"

葛小仙看妈妈态度异常坚决，知道这会儿不能再反驳了，无奈地叹了口气。

葛妈扭头看了一眼楼梯口，疑惑地问道："那个老板有没有给咱们做饭？别是又睡着了。你究竟来过这儿吗？不是说这家店的实力不亚于旁边的吗？"

葛小仙面对妈妈一连串提问尴尬地挠了挠头，站起身说道："当然来过啊，味道真可以！只是老板一个人做饭太慢了，我下去催一催他！"

葛妈同样站了起来，两步趔到女儿身前，嘴里嘟嚷着："一看你就没来过！这破地方连个人都没有，还实力相当，鬼扯呢！仙儿，你就和妈妈回去吧，老家要啥有啥何必在这儿委屈自己，妈还能害你不成？当年我不让你来，你非要跟他……"

……

早餐店的老板确实睡着了，但他没想到今天早晨打个盹是如此艰难。第一次被叫醒了要求做饭，第二次直接被尖叫声吓得栽个跟头。就在他还没搞懂发生了什么事情的时候，屋子里的桌椅板凳已经四散开来，紧接着身边站了个幽灵一般的人，说话语气比冰窖的冰还冰，然后老板就被强制要求今天上午关门歇业。

……

苏州城平江路，一家原本无人问津的早餐店，小小的桌子前却挤着六个人：一脸蒙且委屈的老板、若有所思的赵忍、如临大敌的白墨、义愤填膺的郭哥、气急败坏的葛妈以及无可奈何的葛小仙。

六个人就这么静坐了十分钟，谁也没有先开口。屋子里的气氛变得越来越凝重，老板看看左手边一个人有两个人宽的赵忍，又看看右手边战战兢兢连头都不敢抬的白墨，嘴里嘀咕：这都是什么事啊！

"我说……"

赵忍坐着坐着肚子就开始咕咕叫了，他出来的目的是吃早点，可现在却被一股无形的力量捆绑在了凳子上，连可以做饭的老板也不能动。更为关键的是，旁边店铺的饭香若有若无地传了过来，赵忍实在忍不住，打破了平静。

"我想知道咱们在这儿干坐着有什么意义吗？既然大家坐在一张桌子上，就把事情摊开了说明白了，省得留下这些破事不舒服。至于我和老板，一个游客一个做生意的，压根就不想掺和这种事。老板，能给我迅速下碗面条吗？饿死我了！"

得到指令的老板长出了一口气，一边点头一边滑进了厨房。

赵忍起身上了二楼，他并不想知道这伙儿人会怎么解决家庭矛盾，对他来说，苏州之行算是比较失败的，因为并没有发生朋友所讲述的美好的故事，接下来的日子，赵忍只想单纯游览一下这座城市。

过了没多久，老板端着一个巨大无比的冒着香气的碗走了上来。老板放下碗并没有下去，而是点了支烟坐在了赵忍对面，可能也不太愿意听磨嘴皮子吧。

"小伙子，觉得这面怎么样？"

老板冷不丁冒出的问题让赵忍一愣，他不知道该怎么评价，嘴里借着食物含含糊糊地说了句挺好。

老板吐了个烟圈笑道："挺好其实就是不好，尤其是跟旁边的店比！"

赵忍没接话，老板继续说道："我这家店开了有五六年了，知道为什么在明知道生意抢不过旁边的情况下还要坚持吗？"

老板的这个问题赵忍确实想过，一个店排长龙、一个店无人来，正常的生意人早选择离开了，能留下的，老板要么不会经商，要么就是老顽固。

"哈哈，说出来你可能不信，因为旁边这家店是我开的！"

"啥？"

第十章
聪明的老板

听到老板的话，赵忍恍然大悟。他之前想了很多老板不愿意放弃这家店的原因，最有可能的就是作为"土著"对祖产的执着，可即便是祖产，在明知不敌的情况下还要坚持，那就不是一个生意人该有的思维了。

万万没想到，两家店居然属于一个人，老板用这样的方式来捧火旁边的网红店。

"如果你说的是真的，那一家这样的店不够吧？按照正常游客的思路，一般走到第三家甚至是第四家觉得失望，才会返回来，难不成……"

赵忍的话还没说完，老板从嘴里吐出一个烟圈说道："我就知道你比楼下那群人聪明，就是如此，隔壁和隔壁的隔壁也都是我的，这四家店足够外来游客做出正确的选择了！"

"厉害！"赵忍在心里不由得感叹了一句，谁能想到生意惨淡的老板竟然是一位经商高手呢？

"那你怎么同时收四家店的钱啊？"

老板眨眨眼睛说道："你再猜一猜啊，首先声明我可不会分身术！"

赵忍盯着面碗想了想说道："你不会有三个孩子吧？"

"哈哈，你猜错了！"

"那是雇的收银员？"

"不不不，我的意思是你猜错了孩子的数量！我有——四个儿子三个女儿！"

噗！赵忍刚喝进去的面汤瞬间喷了出来。

"哈哈哈哈，是不是觉得很不可思议啊！"

"七个孩子——大爷你真行！可四家餐馆也不够他们分啊！"

"旁边还有两家客栈和一个超市！"

赵忍瞬间感觉面前这个慵懒的老大爷变得有些伟岸了，在平江路这个寸土寸金的地方有七家产业，其中一家还是火爆的网红店，真是难以想象这笔财富！

"那您……"赵忍口中的"你"也换成了"您"。

"那您也算千万级富豪了，怎么每天还待在这样的小店里？还亲自下厨给别人做饭吃！"

老板无奈地叹口气说道："家家有本难念的经啊，我这生孩子的时候没想那么多，现在分家当的时候愁死人了，给谁好的谁高兴，给谁差的谁翻脸。我实在没办法了，就找了个机构把所有的账户交给他们管理，等我死后大家再平分。所以，别看我手里有这么多店，想支出一笔大额费用，还得提前向机构申请，不说别的，我来这儿当厨师，跟其他人打工没什么区别，也是拿工资！"

赵忍一时有些语塞，没想到这千万资产的老板竟然有如此可笑的境遇，难怪一开始没能将他和富豪画上等号。

"那您的这些孩子就没有一个站出来说我不需要这笔钱？"

"没有，七个孩子啊！两个上了专科，两个去了技术学校，一个在家当什么主播！剩下两个瞎混，一会儿去这个哥那里跑业务，一会儿又去那个姐那里卖东西，反正没一个让我省心。苏州这地方压力不小，我握着这些产业，以前真没怎么在意过他们的下半辈子。去年婆娘得病走了，这帮孩子越发依赖家里，三天两头要钱。说真的，如果不是靠第一家店撑着，这个家早就被吃垮啦！"

赵忍看着老板重重吐出一个烟圈，怪不得握着千万家产还抽二十几块钱的烟，不知道的还以为就好这一口呢！

老板嗑完了最后一截烟之后又掏出了一根，一旁的赵忍看着就觉得嗓子疼，不由得干咳了几声。老板似乎有些不好意思，把手里已经点着的烟头用力在鞋底蹭了蹭，笑道："不好意思不好意思，习惯了！这烟劲太小，一根不过瘾！"

听着老板的话，赵忍顿时觉得他有些可怜，本该颐养天年的岁数却还要出来忙碌，这样的晚年太过悲凉。

赵忍一时不知道该怎么安慰老板，只能连汤带面吃了个精光，以示对他手艺的尊敬。

楼下吵闹的声音一直没断，赵忍和老板也就没准备下楼，只不过两个人突然之间没了话题，突兀地各自望向一个角落。

"小伙子你跟楼下这伙人是什么关系？"老板突然问道。

"没关系，我就是来散心的游客，他们之间的家庭伦理剧我根本不感兴趣！"

老板哈哈一笑说道："平时我这家店没什么人，今天一下子变得这么热闹，还真是有点不习惯！"

"您没见过楼下这些人吗"

老板摇摇头，"没有，一开始以为你们都是游客呢！"

赵忍哼了一声心想：果然！

"他们在这儿开了个客栈叫'如·初'，您有空可以过去看看。"

还没等老板答应，楼下传来了葛小仙的叫声："赵大哥，您能下来一趟吗？"

老板看赵忍一脸苦大仇深的样子哈哈一笑，"看样子他们还是需要你这个聪明人帮忙解决问题！"

赵忍没有起身的意思，葛小仙又喊了一次。老板把手里的烟重新点上，努努嘴示意他真该下楼了，赵忍这才极其不情愿地往楼梯口挪动。

"哎，对了，那个……"

"不用给了！今天的饭钱就当交个朋友吧，反正你离这儿不远，没事过来啊！"

赵忍不知道老板有没有听懂自己只是一个游客，不管怎么样，白吃一顿饭还是值得开心的。

看见赵忍下来了，葛小仙赶紧跑上前说道："赵大哥，有件事情需要您帮帮忙！"

看赵忍皱起了眉头，葛小仙补充道："您看见了我这儿一时半会儿走不开，昨天提到的那个男生来了，但是他找不到地方，您能帮我找到他然后带去店里吗？谢谢了！"

赵忍想着自己本来也要回去一趟，就点了点头。

"实在太感谢了，那个男生叫郭胜，您可以和他做个伴一起玩，还有，店里的小黄同学也可以约。如果不是怕我妈把白墨撕了，联络大家的活儿应该由我来，今天就麻烦赵大哥了，晚上请您吃饭！"

赵忍径直穿过大堂，走出小店后才长出了一口气。他着实没想到自己来一趟苏州旅游，麻烦事层出不穷。

"我这回啥事都不掺和了！"赵忍对自己恶狠狠地说。

郭胜的位置倒是不难找，而且这个小伙子看起来就比白墨要接地气得多，浓眉大眼，梳着一个朝天辫，看见赵忍直接跳在空中摆了个大字，吓得身边经过的人纷纷躲开。

"你就是赵忍吧，我是郭胜，听小仙说接下来几天咱们一起玩啊！"

郭胜的热情反倒让赵忍有些难以适应，本来他就没把葛小仙的建议放在心上，什么一起玩！单说那个提溜着一堆包的小黄就不是什么省油的灯。

　　赵忍不置可否地干笑了两声，和郭胜一起往店里走。

　　两个人刚进大厅，小黄同学便兴高采烈地从屋子里跑了出来，搞得像是跟老友久别重逢一般。

　　赵忍无可奈何地耸耸肩，虽然小黄的行为幼稚且夸张，但对于经历了一个早上麻烦事的赵忍来说，还是轻松了许多。

　　"我们出发啦!"

　　小黄站在门口大吼一声，紧接着郭胜也附和了一嗓子。赵忍看着两人望向自己时渴望的眼神，无奈地晃悠了一下手腕，嘟囔了一句："出发!"

三个人回到店里已经下午五点了，赵忍和郭胜一进门就瘫倒在沙发上。小黄倒像个没事人一样，手里提溜着一袋子水果，轻轻迈过四条大粗腿，径直回了房间。

听到大厅有动静，白墨从二楼探出脑袋，发现是赵忍，赶紧蹦下来说道："哎呀，你们可算回来了！我一个人快无聊死了！"

赵忍累得连眼睛都不想睁开，用最小的声音问道："你们什么时候谈完的？"

"其实也没拖多久啦！葛妈只是不了解情况所以比较激动，你走以后，我仔细把事情原委讲了一遍，一点儿都不带说谎的，然后葛妈就把我放了！"

赵忍用脚指头想都知道事情一定不会这么简单，但他实在懒得八卦细节，缓缓点点头，意思没事就好。

一旁的郭胜猜出来面前的男生应该就是舍友，勉强抬起胳膊说道："你好你好，我是郭胜，未来几天就是咱们仨在一起住了！"

白墨有些好奇沙发上的两个人究竟经历了什么，能累得如此不堪一击，跟郭胜握了握手之后问道："我能问一下你们俩这半天干啥去了吗？怎么像是刚从工地搬完砖的样子！"

郭胜无力地摆摆手说道："兄弟，别想太多，我俩除了走路真就啥都没干！"

"没干你俩累成这样，难不成绕着苏州城走了一圈？"

听到白墨的话，郭胜和赵忍对视了一眼。

"给他看看吧！"赵忍苦笑了一声。

郭胜缓缓抬起屁股，从裤兜里掏出手机，打开了一个画面，递到白墨眼前。

"我天！你俩走了五万步，这不得二十多公里？"

"二十公里？兄弟你还是嫩了一点啊，按我俩这腿长，五万步少说也得三十公里了！"

"你俩不是要待好几天吗？干吗啊这是？"

白墨的话音刚落，小黄叼着一颗苹果哼着歌来到了大厅里，看见沙发上烂泥一般的两个人，扑哧一乐，说道："不是吧两位大哥，咱们才走了多一会儿啊，怎么就跟没骨头了似的。赶紧收拾收拾去吃饭啊，晚上还要逛夜市呢！"

白墨瞬间就明白了，朝小黄努努嘴，沙发上的两个人不约而同地重重点点头。

"那个……小黄同学，晚饭呢我就不吃了！疯跑了一天什么都没收拾呢，你们去吧，多吃点啊！"郭胜一听还要逛夜市，抢先一步说道。

"不行不行，小黄同学，你郭大哥早饭午饭都没吃好，怎么着陪你溜达一大圈也饿了，我呢来了好几天了，夜市什么的该逛的该买的都齐活了，你一会儿的任务就是陪好郭大哥，实在不行把白墨也拉上，我就在这儿等你们回来好不好？"

白墨往沙发后面一跳说道："别了吧赵哥，我还得等葛妈呢，她临走前可是说得清清楚楚留我看家，这要是回来看不见人，指不定怎么发脾气呢!"

小黄一听面前三人都在推脱,委屈地嘟起了嘴,眼泪顿时就要流出来了。

郭胜作为四个人里年龄最大的,一看小黄要哭鼻子,心中过意不去连忙说道:"别哭别哭,我陪你去好不好?这么一说我肚子确实饿了,至于他们两个……"

郭胜的话还没说完,赵忍和白墨同时往楼梯口一蹿,瞬间就蹦到了二楼,根本不给郭胜机会。

嘭!一声门响!

"他们两个……估计也不去!"郭胜尴尬地续上了后面半句话。

听到大门关闭的声音,赵忍和白墨才从屋子里走出来。

"赵哥,为什么不和他们一起去吃饭啊?"

"有个成语叫成人之美懂吗?"

"懂懂懂!你的意思是他们俩?"

"哼,你是不知道今天我有多尴尬。郭胜那眼珠子就差粘在小黄身上了,后半段我寻思撤了给俩人留点空间,郭胜硬是不放,自己蹲在路边都开始捶腿了,只要小黄说走,立刻抬腿跟着,真是自古英雄难过美人关啊!"

白墨哦了一声,坏笑道:"没想到郭胜刚来半天就瞄上了小黄,他不知道旅行偶遇最不靠谱嘛!只要一分别,全都是陌生人!"

赵忍慢慢悠悠走下楼,对着还在二楼发呆的白墨说道:"行了行了,别搁这儿装情圣了!你那点破事都没处理完呢,还有心情点评别人谈恋爱,反正他们是萍水相逢,爱怎么着怎么着吧!"

白墨嘿嘿一笑说道:"赵大哥你肯定饿了吧,五万步呢,真是铁打的腿!我请你吃个晚饭,毕竟早点……咱们也没吃成。"

赵忍舔舔嘴唇说道:"我怎么感觉和你在一起很没安全感呢!仔

细想想这两天的破事全都跟你有关，这顿晚饭不会再出什么幺蛾子吧？"

"不会了，不会了！你放一百二十个心，葛妈那边我都安顿好了，就是大马路上遇见，她也不会冲我发疯了！除此之外，我又没有什么仇家，就是简单吃个晚饭表达歉意而已！"

赵忍决定再信他一次，和白墨一前一后出了大厅。

此时天已经黑了，平江路亮起了一排排路灯，年末的淡季，游人不多，赵忍不是很着急所以走得略慢。他来到这里好几天了，还没有真正感受过夜幕下的江南呢。

南方的冬天虽然不是很冷，但那股子湿气在厚厚的大衣里来回穿梭，赵忍抖了几下身体，只觉得寒意从脚底板一直涌到了天灵盖。

两个人一前一后穿过了几条街道都没有交流，赵忍猛地惊醒过来，问道："咱俩吃什么？"

白墨其实早就想拉住赵忍了，可又怕惊扰到了这只"野兽"，所以迟迟不敢说话。听到他问，才指指来时的路说道："咱们……咱们走过的路边有家店不错！"

"那你怎么不叫住我？想什么呢一天天的！"

白墨想解释一下，可一看到赵忍的眼神又怂了，只能默默地低下头，委屈得像个做错了事情的宝宝。

"行了，行了，一个大男人怎么还委屈上了，反正我今天都走了几万步了，也不在乎这点路！"

两个人随即又转身往回走，远远地便看见一家店铺门口排起了队，赵忍刚要问，白墨抢先说道："没错，没错，就是这家，这条路唯一需要排队的店！"

"那我们岂不是还要等？眼瞅着好几拨人在门口，鬼知道需要多久！"

白墨嘿嘿一笑说道："作为一个本地人，怎么可能允许排队等号这种事情发生，跟我来，不要惹人注意！"

说罢，白墨在店铺前的一个巷子突然拐了进去，赵忍犹豫了一下紧随其后。

这条巷子又深又黑，一眼望不到头，如果不认真看，前面的人很容易便隐匿在黑暗中。

白墨走了没几步，对着右手边一扇破烂不堪的木门轻轻敲了几下，木门那边透出了一丝微微光亮，若有若无的香味飘了出来。赵忍一闻肚子便咕咕叫了起来，所幸在黑暗中，白墨看不到他泛红的脸。

不多时，木门里传来了声音："谁啊？"

"是我，田叔！"

木门随即发出了咯吱咯吱的奇怪声音，就好像绳索在拉动滚轴。

突然，黑暗中亮起了光芒，一个戴着厨师帽的老头探出脑袋，确认是白墨后，略带怒气地骂道："不是不让你从这儿走吗！要被其他人抓到了怎么办？"

白墨贱贱一笑说道："哎呀，不会啦，前门那么多人排队，谁能注意到我！这不是带个好朋友吃饭，实在不想排队了，快让我们进去！"

老厨师拍了一巴掌白墨，让出一个身位，白墨挥手让赵忍跟在他身后。

两个人进去后，赵忍环顾了一圈，这间屋子没有灯，空气里除了饭香外，还有一股子很浓的腐烂味道。赵忍小心翼翼地问道："这是哪儿？"

白墨嘘了一声，用手指指前面的门，轻声说道："一会儿出去告诉你！"

两个人跟在老厨师身后，来到了一条回形长廊，长廊两侧是一个挨着一个的单独包间。老厨房没说话，指指其中一间，白墨点点头，拉着赵忍走了进去。

坐好后，白墨笑嘻嘻地说道："这家店原本只是一个小房子，做大后就把旁边几间房全都买下来打通了，刚才进来的地方原本是一间房子的厕所，现在改成了泔水间。平时除了倒泔水的大爷没人会来，每次懒得排队时，我就从这个木门溜进来，这可是终极秘密通道，不是特殊的关系我都不敢担这个风险！"

赵忍点点头，"那我们直接进来这个包间，不会被人发现吗？"

"不会！正常情况下大家是按照号码依次进来，但这里的服务员特别呆，他们才不管号码，看到这屋子有人就换其他包间了，所以我们安心等人来点菜就好啦！"

赵忍虽然觉得这种做法不太道德，但又说不出什么，况且只是没有按照规矩排队而已，也就没放在心上。

两个人吃吃喝喝聊了一个多小时，赵忍准备去前厅结账，白墨一把拉住他的手说道："干什么去？"

"结账啊！这顿饭不用你请了！"

白墨赶紧说道："结什么账，咱俩哪儿来的哪儿走，反正又没人知道！"

赵忍总算想清楚这件事情哪里怪了。如果能从这个不为人知的通道进来，那岂不是吃完再从那里出去就行。

"不行，人家做生意不容易，我们不排队已经违规了！你还要吃霸王餐，我不同意！"

"哎呀，赵大哥！我从小在这里长大，这种事情干了不知道多少次，一直没人发现，没关系的！"

"那也不行，吃霸王餐是道德问题！这顿饭本该你请，所以你去结账！"

白墨看赵忍眼神笃定，心中不免有些害怕。他以为赵忍会和其他人一样，笑嘻嘻地从秘密通道溜走，谁知道这人如此刚正不阿。白墨不由得有些后悔带他来了。

　　就在两人纠缠的工夫，从包间外走进来一个人，一眼看见白墨说道："哎，白墨，怎么是你！这包间不是我定好的吗?"

第十二章 与白染的较量

看着迎面走进来的这个人，赵忍明显感觉白墨的身体一震，脸色一下子阴暗了不少。

"白染！"

这两个字几乎是从白墨牙齿缝里硬生生磨出来的。

一听名字，再上下打量一番进来的中年男人，赵忍顿时觉得自己可能卷入了一场家庭纠纷之中。

"白墨，用不着用这样的眼神看我，我只是好奇你为什么会出现在我预定好的包间里！"

一旁的服务员看了看恶狠狠的白墨，刚要张口解释，白染摆摆手说道："不用你解释，我在问他！"

白墨仿佛没有听到男人的话，凶狠的眼神好像下一秒就要把他撕碎一般。

看场面有些尴尬，赵忍无奈地叹口气说道："白先生是吧，白墨……"

没想到白染一挥手阻止了赵忍继续说下去，"没听到我在说什么吗？我在问他，你闭嘴！"

本来还想躲远的赵忍一听这话，火噌一下就冒上来了。他一步走到只到自己下巴的白染身前，用极其低沉的音调回道："把你刚才的话再说一遍！"

屋子里的气氛一下子变得紧张起来，服务员不由得打了个哆嗦，望向赵忍的眼神也从傲慢变成了畏惧。

白染虽然面色未改，但他已然感觉到自己胳膊上泛起鸡皮疙瘩。

"你……你……你是谁？"白染有些结巴。

赵忍突然向白染伸出了右手，白染下意识地伸手握住，谁知赵忍手上用力一捏。

呼！赵忍对着白染因为疼痛皱起的脸吹了一口气。

"我是谁重要吗？"

这一切电光石火般发生得太快，一旁的白墨和服务员根本来不及反应，谁都没想到赵忍来这么一手。

看到白染扭曲痛苦的脸，一旁的白墨有些着急。

"赵大哥！你别……"

赵忍完全不在意白墨颤抖的语调，死死盯着白染的眼睛，嘴角若隐若现一丝坏笑。

"我……我是白墨的父亲！"

赵忍又一次手上使力，白染痛得叫出声。

"我让你说这个了吗？"赵忍依旧没有选择放过白染。

这个时候白墨终于反应过来了，他赶紧抱住赵忍的左手，带着哭腔说道："赵大哥，赵大哥，我求求你，让我自己来处理好吗？"

赵忍歪头冷漠地看了一眼白墨，手缓缓地松开了，服务员一把撑住白染，嘴里小声问道："白总您怎么样？"

白染不知道是因为疼还是紧张，胸口一起一伏，嘴里不断喘着粗气。

"你这个小……"

白墨一看不妙赶紧抱住赵忍，强行将他拉出了包间，脚一勾关上了房门。

"赵大哥，这里交给我好吗？您先回去，我父……白染他不是有意的，他只是……习惯了，您千万别跟他一般见识。还有，今天的事情与您没有一丁点关系，您不用担心会承担什么后果！"

赵忍冷哼一声，扭头朝着大门走去。

白墨看着赵忍的身影彻底消失了，才深吸一口气，推开了身后的屋门。

不多时，服务员踉跄着冲了出来，屋子里的灯随即关闭了。这片区域瞬间黑下来，谁也不知道里面究竟发生了什么事情。

回到青旅的赵忍并没有在大厅停留，径直回了屋子。葛小仙和郭胜两组人都没有回来，可能是去欣赏平江路的夜景了吧。

赵忍洗了个澡，到一楼的前台拿了瓶可乐，本来想直接上楼，迈到台阶上时又鬼使神差地转了个身，往电脑键盘上扔了五块钱。

来到二楼的天台，赵忍长出一口气，把两只脚搭在边沿的栅栏上，仰头看着星空。

来到苏州城已经三天了，吃不好睡不好玩不好心情不好。朋友曾说他来这里时经历了令人非常感动的爱情故事，可赵忍却只有源源不断的纠纷。

也许是走一天太累了，赵忍还没来得及仔细回忆这些天的点点滴滴，就靠在长椅上睡着了。

不知道过了多久，赵忍隐约感觉有人在身边走动，他猛然惊醒，一把抓住伸向自己的手。

"哎哟，疼疼疼疼！"

白墨被赵忍扣住了手腕，不禁疼得直跺脚。

看见是自己人，赵忍这才缓缓松开手。

白墨看着被捏出红手印的手腕，龇着牙说道："赵大哥，你这警惕性也太强了，我是怕你睡着了着凉，正准备盖件衣服呢，好家伙这一下子差点给我捏坏了！"

赵忍用一只胳膊盖着自己的眼睛，嘴里回道："你不是和你爹解决问题吗？怎么这么快就回来了？"

"快？已经过去两个小时了啊！"

赵忍心中一紧，没想到他只是迷糊了一下，竟然过去了这么久。

"你们父子二人问题解决了吗？用不用我和你爹再聊聊啊？"

"不用不用不用！"白墨使劲摆手，白染今天已经被赵忍的蛮横吓坏了，自己随口一句话竟然惹了一个怪物，和儿子分别前他还觉得自己的掌骨在隐隐作痛。

"赵大哥！"

"嗯？"

"谢谢你！"

"为了什么？"

"这是我和白染第一次面对面坐下来谈话，多少年了，我一直打心底里不认他。我觉得他为了生意不择手段，可今天晚上，我又觉得他好可怜。"

"可怜什么？"

"可怜他如今事业有成，唯一的儿子和他还是仇人。"

"白墨，你有没有想过一件事？"

"什么事情？"

"你和葛小仙开店投了八十万元，应该是你母亲拿出来的吧，有没有想过这钱是白染给的？"

"不可……！"

赵忍摆摆手打断了白墨的话，"别一下子否定我，可以打电话问问！"

白墨似乎也觉得这件事情有点诡异，他掏出手机，找了一个角落，低声和母亲说着话。

过了一会儿，白墨垂头丧气地回来了，赵忍扑哧一乐说道："没错吧？"

白墨重重点点头，他不知道父亲这么做究竟图什么，如果是为了弥补，为什么不告诉自己？特别是在今天晚上的谈话中，白染依然展现出了令人作呕的霸道与蛮横。

赵忍盯着白墨，这个男孩都快要把自己的嘴唇咬破了。

"喂，白墨！回来的路上我一直在思考，那个田叔所做的事情太胆大妄为了。他放你进来一次，店里就要损失几百元钱，按你说的话，这些年已经偷偷进去过很多次了，账目上少说亏空了几千元。这服务员不清楚，算账的不可能不清楚，你父亲更不可能不清楚，所以我推断，这个田叔敢这么干，一定是管理层默许的。再加上今天那个服务员意图为你解围，你有见过服务员看见吃霸王餐的还和老板争辩的吗？"

白墨又掏出了手机，拨通电话，"田叔，我想问您个事情，您一定要说实话，我每次能从后门进来吃霸王餐，是不是白染同意的？"

白墨又是一声叹息。赵忍说道："行了，行了！我说了这么多，其实就是想告诉你，白染作为生意人很成功，作为父亲可能不是那么成功，但是现在看来，他已经醒悟了，最起码这两件事情能够证明，他是把自己当成了父亲，而不是一个老板。"

白墨点点头，"赵大哥，我真是对你佩服得五体投地，这么多年我从未见过像你这样的人，特别是面对我父亲那一幕，你知道吗？我一直幻想自己有一天能够像你一样对待白染，可以把这些年所有的不甘和委屈通通发泄出来！"

赵忍慢慢站起身，喝完了最后一口可乐，长长地打了一个嗝说道："你不是那样的人，小白墨！像你这样的最多叫愣头青！"

看着赵忍缓缓移向门口，白墨喊道："赵大哥，我一直做得挺隐蔽的，怎么就能扯上这么多人一起陪我演戏呢?"

赵忍回过头，脸上露出了怪异的表情。

"你连这都想不明白?"

"想不明白，我还好奇那个服务员是怎么认出我的?"

赵忍无奈地叹口气，临消失前回了一句："自己照照镜子吧!"

第十三章

赌约

赵忍刚从天台下来便听到了一楼大厅里的嬉笑声，应该是小黄和郭胜回来了，听声音两个人相处得不错。

"萍水相逢，露水姻缘？"赵忍突然被自己脑海里冒出来的词逗笑了。

"赵大哥，你笑什么？"跟着下来的白墨一脸好奇地问道。

"没什么，我问你啊，你不觉得郭胜和小黄同学很有缘吗？"

"有缘？不觉得！一见钟情最不靠谱了！我和小仙那么多年的感情都失败了，他们俩天南海北的，刚见面就好成这样，真要发展成情侣，旅行结束之后怎么办！"

"也许人家想过呢？或者说人家根本就不是为了谈恋爱，只是图这几天玩的时候有个伴呢！"

"赵大哥，你糊涂啊！小黄同学是个女的咱没办法判断，郭胜可是个男的，男人最懂男人了不是吗？"

"好端端的话怎么配上你这副嘴脸就变味了呢？不知道为啥，我总觉得他们俩会有后续！"

"不可能，我开店这么多年，什么人没见过，他们俩要说做朋友还行，要说成为情侣，我就……"

赵忍听到这话突然来了兴致，转过身一本正经地说道："你也别发誓了，这样吧，咱俩打个小赌，就以一年为期。如果一年后的今天，他们俩是情侣关系，我下一次来玩你报销；如果他们俩不是，我带你去草原玩一次。"

白墨歪着头思考了一下，感觉这个打赌似乎还挺有意思的，"行，跟你赌了，草原我去定了！"

两个人说罢在空中对拍一掌，就算打赌开始了。

谁都没有想到，这段走廊里短暂的对话，竟然在未来……

回到屋子，经过晚上的风波，白墨已经不再那么畏惧赵忍了。在他看来，眼前这个男人能给大家留下如此深刻的印象，归根结底还是因为他——太倒霉了！

想想也是，自从赵忍来到这家青旅后麻烦事接连不断：开个门被葛妈认成渣男，吃个饭能碰上父子对决。鬼知道明天一觉醒来会不会又卷入一场豪门恩怨。

想到这里，白墨突然有些可怜赵忍了，这得是什么样的人品才能触发这样的隐藏关卡啊！

"赵大哥，咱们三个人只有一张大床，你看……"

"看什么看，赶紧找葛小仙要铺盖去，这个屋子里最不该出现的人是你。我和郭胜好歹算贵宾，你一个混子就别想着上床了！"

白墨委屈巴巴地瞄了一眼赵忍，想博取一丝同情。赵忍冷笑一声说道："别给我来这套，一个大男人装什么委屈，说不定明天还有人陪你睡地板呢！"

"怎么可能嘛！网上的订单早就关了，要不咱们仨轮流睡床怎么样？"

看赵忍不再搭理自己，白墨晃晃悠悠来到一楼大厅，对着还在沙发上逗小黄开心的郭胜悄悄说道："郭哥，咱们三个人一张床怎么安排啊？"

郭胜笑道："听你这话的意思赵忍已经安排好了吧？"

看白墨不说话，小黄在旁边搭茬道："白哥，你是不是要睡地板了呀？我可以给你提供枕头呀！"

"怎么你们一个个那么开心呢？现在可是十二月份，整个苏州城最冷的日子，我要是感冒了怎么办！"

小黄笑嘻嘻地回道："这个我倒是没想过，反正小仙姐姐昨天就说，白墨必会睡地板，所以她已经帮你整理好床垫了哟！"

白墨苦笑一声，还想继续逗逗小黄，院子里大门一响，葛小仙和妈妈回来了。

白墨像是被针扎了一样，瞬间从沙发边蹦到了楼梯口。葛妈仿佛没看见白墨一般，径直回了屋子。葛小仙悄悄比画了个先进去的手势，乖巧得像个大家闺秀。

听到关门声，白墨蹑手蹑脚地回到沙发边，装模作样地拍了拍胸口。

"吓死我了，刚才有没有感觉到空气里弥漫着一股令人窒息的味道，就是那种闻一下就四肢无力的毒气，电影里常用的！"

看郭胜和小黄一边笑一边摇头，白墨没好气地白了二人一眼，刚要继续调侃，屋门又一次打开了。

白墨瞬间退回楼梯口，小黄吃惊地说道："白大哥，你这速度可不像是闻了毒气四肢无力呀！"

看白墨在角落里蜷缩成一团冲自己龇牙咧嘴，小黄的笑意更浓了。

这次出来的是葛小仙，她抱着一套被褥，吃力地往沙发上一扔，一声不吭回了屋子。

白墨指着葛小仙的背影冲沙发上的二人说道："哎，你们瞅瞅这什么态度嘛！她怎么能允许两个陌生人睡床，让一个好朋友睡地板！"

"白大哥，你好像不算好朋友啊，我觉得是不是朋友都值得商榷，反正小仙姐姐的嘴里提及你的全是坏话！"

"闭嘴，你个小丫头片子懂什么！爱之深责之切，你小仙姐姐就是太爱我了，看看这被褥都是加厚的，摆明了就是心疼我！"

"可是你刚刚才说她一点不心疼你睡地板啊！"

白墨被小黄一句话说得哑口无言，只能弹了她一个脑瓜嘣解恨。

"行了行了，别逗他了，白墨说得也没错，好歹现在是冬天，大家还是要尊重一下的。"

"要向你的郭大哥学习学习，别一天到晚只知道欺负人！"

白墨特意把"你的"两个字咬得特别重，小黄一听便羞红了脸。

"但是我可怜你没有用，那个屋子的主人是赵忍，他可怜你才行！"

哈哈哈……

小黄实在忍不住了，捂着肚子大笑起来。

…………

郭胜和白墨一前一后回屋，赵忍看着白墨一脸阴沉地在地上铺被褥，悄悄问道："这家伙怎么了？"

赵忍听完楼下的经过，也不禁笑出了声。

"笑吧笑吧笑吧，你们的开心凭啥要建立在我一个人身上？"

"唯小人与女子难养也！你堂堂一个大男人，非要惹这个空间里仅存的几名女性，怪谁？"

"好好好，从明天开始，我闭门思过，就是天王老子来也与我无关，我就不信这样还能惹到别人！"

三个人各自收拾了一会儿便睡觉了，赵忍心想着所有的麻烦事都有了结局，从明天起终于能好好玩了，没想到……

第十四章 麻烦找上门

睡梦中的赵忍隐约听到了一阵轻微的敲门声，起初他以为是自己幻听了，可耳边持续不断同一频率的咚咚声，终于让他忍无可忍坐了起来。

与此同时郭胜也睁开了眼睛，看样子这个声音的确不是在梦里。

"谁啊这是？"郭胜小声问道。

赵忍拿起手机看了一眼时间，没好气地自嘲了一句："这个点儿还能有谁，麻烦呗！"

从呼呼大睡的白墨身上迈过，赵忍一边打着哈欠一边拉开了房门。

门外站着的人瞬间就让赵忍清醒了，没想到刚才只是随口说了一句，门外就真的来了一个大麻烦。

白墨迷迷糊糊感觉屋子里的脚步变得频繁了起来，揉揉眼睛茫然地看着床上坐着的三个人。

"赵大哥，这老头谁啊？"

"谁？葛小仙她爸！"

白墨从地上一下子跳起来，又因为地板实在太凉，像踩到钉子一般在地上蹦跶着寻找自己的拖鞋。

"对……对……对不起！葛爸，我没想到您来了！您……您稍等我找到拖鞋，小仙的事情我……我已经和葛妈解释过了，我……我没有欺负葛小仙，您听我好好给您解释！"

床上的三个人看着说话结巴的白墨，忍不住哈哈大笑起来。

听到笑声，白墨这才反应过来，仔细一看面前的老头，哪里是葛爸。

"你们……你们为什么要吓我！我真以为捅兔子窝了，这老头谁啊？"

"你真不认识他？"

"赵大哥，你可别吓我啊，这老头我应该认识吗？"

"不是你那天早上说的'这家店我天天来'，天天去的店——老板不认识？"

白墨立刻明白了眼前的人是谁，他假装拍了一下脑门，恍然大悟道："认识认识认识，我说这么眼熟呢！这不就是网红店旁边那家店的老板嘛，刚才睡蒙了没看清！"

赵忍对白墨一本正经胡说八道的功底已经见怪不怪了，冷哼一声，转头问道："大爷，您怎么找到我这儿来了？"

"那天你说住在'如·初'，我打听了一下，位置很好找，而且楼下的大门也没锁，他们几个谈判的时候我记得这个小孩叫白墨，楼下挂着的指示牌上标注了这间屋子叫墨白，所以我估摸着你就在这儿！"

"大爷您可真牛，当代福尔摩斯啊！"

赵忍轻轻踹了一脚白墨的屁股，继续问道："那您来我这儿是——玩？"

大爷摇摇头，重重地叹口气说道："我有个不情之请，不知道你们能不能同意？"

赵忍一听下意识就想拒绝，其他两个人不知道这老头的身份，他可是一清二楚，但凡能找到这儿来寻求帮助，这麻烦大不大不知道，一定很恶心。

还没等赵忍开口，白墨把大拇指一翘说道："行啊大爷，您说说遇到什么难事了，别的不吹，我这大哥专门解决麻烦事！"

赵忍想掐死白墨的心都有了，昨天晚上他还在祈祷不要惹麻烦、不要惹麻烦！没想到睁开眼睛就来了不速之客。关键是这猪队友根本不知道自己面对的是怎样一个人。

大爷感激地握了握白墨的手，根本不给赵忍插嘴的机会，自顾自说道："昨天和孩子闹了点矛盾，现在一时半会儿没办法回家，所以准备找个住的地方，不知道咱们这儿还有没有空余的房间了？"

白墨挠挠头说道："大爷，这个事情还真不好办，您看我们仨都在一个屋子挤着呢，其余的房间全都是女生，要不您再找找其他的青旅？"

"我也是进门才看到你们的现状，哎！主要我年纪大了，其他青旅不一定敢接啊。我知道你们几个都是善良的孩子，肯定不是故意找理由推脱，不过还是要谢谢你们！那我就不打扰了。"

老头的一番言辞状态全被赵忍看在眼里，他觉得这其中一定少了很多情节，绝对不仅仅是找个地方落脚这么简单，搞不好是一场家族纠纷。看到老头起身要走心中窃喜，虽然白吃了他一顿饭还欠着人情，但人心难测，少管闲事为好。

白墨不知所以然，一看老头可怜巴巴的样子顿时来了劲儿，伸手拦着他说道："大爷，您别着急，这个事情我再想想办法！"

赵忍心中暗道一声不好，老头的话看似平平淡淡，实则是激将法，对白墨这种年轻人最适用，而他虽然知道一些内情，此时此刻又没办法讲出来。

老头脸上露出了感激的神情，抓着白墨的手颤巍巍地说道："好孩子，我就知道你不会不管我的，给你添麻烦了！"

郭胜在一旁应和道："这有什么麻烦的，您这么大岁数了，还被孩子赶出来，换成任何一个路人都不会无动于衷的。您放心，在这儿有我们照顾您，想住多久住多久！"

老头转身握着郭胜的手连连道谢，白墨用手肘轻轻撞撞赵忍，眉毛一扬说道："赵大哥，这次我表现得怎么样？"

赵忍看着老头眼中一闪而过的狡黠，不由长叹一声："可以可以可以，你做得很好，你怎么不问问大爷有几个孩子！"

"对哦，大爷您有几个孩子啊，怎么说得好像他们人多势众似的！"

"七个。"

"七……七个？！"白墨顿时提高了嗓门。

"你吼什么吼！"赵忍抬腿就是一脚。

"大爷，您身体可真厉害！养活七个孩子可不容易啊，话又说回来，那他们找你闹什么？分家产吗？"

大爷点点头，想从兜里掏根烟，可一想到这屋子干干净净的，又忍住了。

赵忍看白墨和郭胜丝毫没能领会"七个孩子"是在提醒他们别掺和，灵机一动说道："大爷，吃您一顿饭这个情我领！但住宿这个事得问老板，她说行才行，要不咱们下去问问？"

四个人下了楼，白墨硬是用敲门声将葛小仙从床上拉了出来。

听完大爷的请求，赵忍本以为葛小仙会说没房间了，谁知道她揉揉眼睛说道："您来得真是太巧了！我母亲今天准备回去，郭哥也要回店里，一会儿让小黄同学搬来和我住，正好可以空出一个房间来！"

看着所有人脸上露出助人为乐的笑容，赵忍心里别提多烦躁了，他大概猜出来这老头隐瞒的是一个怎样的矛盾了，可偏偏这种事情还没办法和大家解释。赵忍心中暗自决定，绝对不会掺和这事。

"那我是不是就不用睡地板了？"白墨欣喜地问道。

"可以，我看你们三个小伙子挤在一起也不方便，不过我睡觉的时候会打呼噜，人老了全都是毛病！"

白墨一脸不在乎地说道："没事没事，睡着了什么都听不到，我一会儿就去收拾东西。"

赵忍没好气地回道:"我看你也甭收拾了,不过还不一定是什么情况呢。"

"赵大哥别那么丧嘛,即便他的孩子真来店里闹,大不了报警呗,都是一家人还不能心平气和坐下来谈嘛!这可是他们的亲爹!"

大爷自始至终没说话。赵忍心里总有一种不祥的预感,他一直不认为这老头是个善主。可一个游客又不能要求葛小仙让谁住不让谁住,啰唆多了还容易惹人猜忌。

"管他呢,反正不在我房间里。到时候把门一关,什么豪门恩怨,与我无关。"赵忍心里想着。

又没有睡成懒觉的大家决定出去吃个早点,葛妈、葛小仙、郭哥、小黄、郭胜、白墨、赵忍还有新加入的大爷,这次算是全员出动,声势浩大的一群人。

"我说赵大哥,好像这几天每次吃饭都会遇到点事情,你猜今天会不会有例外?"

赵忍倒吸一口凉气,使劲踹了一脚白墨,"你把嘴闭上没人把你当哑巴!"

一群人找了家并不热闹的小店,老板可能没见过一下子来这么多人,激动得一个劲搓手。

这顿早餐总算没出任何意外,葛小仙送妈妈去火车站,郭胜和小黄分别众人上了公交车,郭哥回店里,就剩下赵忍三人。

"我今天准备去拙政园,白墨你陪大爷四处走走,咱们晚上见!"

说罢,赵忍完全不给二人反应时间,大步走向了一个方向。反正只要离开他们,无非就是打车多花点钱而已。

没有别人干扰,赵忍轻松自在地逛了一天,吃完晚饭又绕着平江路外环走了一大圈才回到青旅。

没想到一进屋……

第十五章
神秘消失的众人

　　白墨连同他的铺盖卷还是回到了原来的地方。

　　看见进来的是赵忍，白墨立刻哭丧着脸说道："赵大哥，小弟我也没怎么惹过你啊，能不能不要给我下诅咒了呀！"

　　赵忍对于白墨回来并没有表现出震惊，他迈过铺盖坐在床上。

　　"你倒是说说我下什么诅咒了？"

　　"你可不能赖账啊！我记得清清楚楚，是你早晨说我搬去大爷那屋还会回来的！"

　　"那我也是随口一说啊，鬼知道你为什么又回来了！"

　　"我刚才和郭大哥确认了，你上午说这话的时候可认真了，表情特别严肃，一看就知道内幕，赵大哥啊，能不能放过我啊！"

　　一旁的郭胜终于忍不住了，哈哈大笑起来。

　　这一笑反倒让赵忍有些摸不着头脑了，转头问道："到底是怎么回事？"

　　郭胜笑得一边摆手一边指着白墨，白墨仰天长叹一口气说道："赵大哥，我就怕叙述起来你不相信，所以特地叫郭大哥陪我一起录了视频，你先看看吧！"

说罢，白墨打开了手机，可还没等赵忍接过来，里面就传出一阵像是有人争吵的声音。

　　听到这个声音，郭胜笑得更厉害了。赵忍赶紧凑过去，疑惑地问道："大爷的儿子们中午来过了？他们在说啥？"

　　"儿子，还们！你慢慢看就知道了！"

　　视频里，白墨端着手机，对着身旁的郭胜说道："郭大哥，你也听到了，不是我撒谎吧，屋子里确实吵吵闹闹的。另外，赵大哥，你现在听到的不是我后期加进去的，这事郭大哥可以作证，至于这间屋子里发生了什么，跟随我的视频一探究竟！"

　　镜头慢慢贴近了屋门，争吵声越来越大，可不知道是不是手机的缘故，听不清具体内容。

　　两个人蹑手蹑脚推开门，屋子里竟然只有大爷一个人躺在床上，那个所谓的吵闹声就是从大爷嘴里发出的，更令人惊奇的是，大爷居然模拟了好几种人声。

　　郭胜此刻已经笑得上气不接下气了，白墨关掉视频哀怨地说道："赵大哥，你就跟我俩说个实话，你是怎么知道大爷有这毛病的？"

　　"屁！我又没和他待过，怎么能知道他说梦话？"

　　"唉，如果不是一起住过好几天了，我一个拼音都不会信。你知道吗，这段视频仅仅是用来证明我没有说谎的，接下来……"

　　郭胜连忙摆手说道："接下来我说，白墨中午上来的时候我还不信，直到看见现场。哎，我活二十多年，没见过说梦话这么厉害的人。他能模拟那么多人声是不是挺厉害了？不，这大爷还能和我俩互动，你敢信？"

　　看见赵忍脸上不可思议的表情，郭胜也掏出手机，"仔细看，这里面大爷全程都是闭着眼睛，而且绝对不是装睡！"

　　郭胜的视频是从两个人凑近了床边开始的，就在镜头刚要对上大爷的脸时，大爷突然开口问道："谁啊？"

画面一阵抖动，郭胜在旁边解释道："这句话差点没把我吓死，还以为他醒了呢，这要被抓住可太丢人了！"

没想到大爷问完这句话，嘴里又开始嘟囔起来。白墨让郭胜镜头对着自己，捏着鼻子回道："是我！"

空气凝固了几秒钟，大爷居然回话了，"你怎么又回来了！钱不够吗？"

白墨继续捏着鼻子嗯了一声，又是短暂的停顿，大爷说道："这次还要多少？"

还没等白墨回答，郭胜已经按捺不住了，拉起他迅速蹿出了房间。

"赵大哥，能理解我的恐惧吗？明明只是睡个午觉，枕头边的人突然开始和我聊天，还是闭着眼睛打着鼾，你以为他只是说梦话，结果还能接上下句。哇，这还是在中午，要是在半夜里，活活吓死人！"

知道了事情的来龙去脉，赵忍不由得露出了笑容。大爷的怪异行为确实刷新了他的认知，转念想想梦话和梦游都挺可怕的。

"行了行了，既然知道了就继续打地铺吧，往好了想得亏是中午，不过我可提前告诉你俩，这大爷的背景不一般，别什么事都揽，助人并不一定能乐，别到时候自己陷进去出不来了。大家都是来这儿暂住的，开开心心回家最重要！"

白墨知道赵忍这是在点自己，连忙点头。

经历完这个小插曲，三个人再没有什么过多交流，匆匆洗漱完就睡觉了。祈祷好几天可以睡个懒觉的赵忍终于实现了他的愿望，第二天再睁眼已经是中午十一点半了。

屋子里其他人都不见了，赵忍一边诧异自己睡得太死一边又非常满足这一觉带来的充沛精力。来苏州这么多天，每个清晨无一例外总有不速之客，就像挥之不去的阴霾一般，今天总算有了难得的清静，赵忍的心情顿时好了起来。

没想到整个青旅空空荡荡，除去不知名的游客，连老板葛小仙都消失了。赵忍虽然有些疑惑，但也没有仔细追究，毕竟他们又不用向自己汇报行程。

在平江路吃了顿午餐，赵忍坐上公交车四处逛了逛，回到青旅已经晚上六点了。这个时候还是空无一人，大厅也没有来过人的痕迹，这下赵忍有些不自在了，事出反常必有妖。越想越不对劲的赵忍拨打了葛小仙的电话——关机！

这是他与他们之间唯一的联系方式，按道理说做生意的店长是不可能关机的。赵忍有些后怕，他担心那个大爷带来了危险，而这群人被迫卷了进去又无法脱身。

再三思考之后，赵忍给前台留了张纸条，又特意把电脑的屏幕保护换成了文字，自己则朝着大爷的店铺跑去。

网红店的店员都没有见到过大爷，其他四家店铺也都挂上了暂停营业的牌子，赵忍突然不知道该怎么办了。他意识到自己与这群人看似每天混在一起，其实想找到某个人还真是无从下手，他根本不了解他们。

网红店的店员坚决不肯透露老板的电话，赵忍不知道该不该报警，又或者报警该怎么说——"警察叔叔，我们一群人这几天总遇到麻烦事，现在除了我他们都不见了，我觉得这跟一个看似很危险的大爷有关系！"这段话光听着就感觉无比荒谬，更别说让警察产生警戒心了。

赵忍不知道自己为什么会如此在意这群人，回去的路上，他一边安慰自己只是个过客，一边又咬住嘴唇，想用疼痛冷静下来，可直到看见青旅的大门，他也没什么好的办法。

整座青旅灯火通明，平江路上亦是人潮涌动，可谁又能感受到这栋建筑物里此刻的诡异呢？

赵忍来到天台，他很少会无端猜忌某人，可现在这一切让他不得不浮想联翩。

晚上十点，其他人还是没有踪影，就连游客都有些疑惑地向赵忍询问葛小仙的去向。赵忍只能苦笑着解释他们有事，除此之外再无他法。

凌晨一点，虽然声音很小，大厅沙发上的赵忍还是听到了院子大铁门被推开的摩擦声，他一个激灵就从沙发上坐了起来。

第一个出现的竟然是她……

看见进来的是小黄，赵忍变得更紧张了。这个姑娘虽然存在感不强，好歹也是团队中的一员，这么晚只有她偷偷摸摸溜回来，十有八九是对方挑了个最弱的回来报信。

小黄小心翼翼地推开大厅的玻璃门，像只猫咪一般蹑手蹑脚地朝屋子移动着。

突然，黑暗中响起了一个声音："小黄，你干什么呢？"

就在小黄想尖叫的一刹那，赵忍用手捂住了她的嘴，"是我，是我，是我！别害怕！"

感觉手里的人身体明显一颤，赵忍以为自己用的劲太大了，连忙放开手，又打开大厅的灯。

小黄同学佝偻着站在沙发旁，出于恐惧后的放松心理，忍不住哭了起来。

"哎，你这……你这别哭啊，我没想吓你啊！"

小黄同学可不管这些，往地上一坐抱住小腿，任赵忍在一旁怎么劝，就是不肯说话。

赵忍本来已经够着急了，好不容易看到点希望，现在还变成了这样，气得直挠头。

过了好一会儿，哭声渐弱的小黄终于想起了自己回来的任务，她站起来迅速冲进屋子里，几分钟后又提着个袋子准备冲出大门。

"你给我站住！"赵忍对她这种无视自己存在的行为非常生气。

被喝止的小黄不敢转身，赵忍冷笑一声绕到她面前问道："你干什么呢，当我不存在吗？"

小黄咬着自己的嘴唇，头都不敢抬一下，两只小手死死抓着袋子，似乎很害怕赵忍的检查。

"不说话是吧！我担心一整天了，连睡觉都是在沙发上，你这半夜回来就算了，还弄得跟小偷进家似的，走的时候连句解释都没有。怎么着，真当我不会生气吗？"

没想到赵忍的语气如此强烈，小黄还是一言不发，她的注意力好像全都在手中的袋子上。

赵忍连说了三声好，一把抢过袋子。这下小黄着急了，想伸手夺回来，可她哪是赵忍的对手。

"赵大哥，你……你……你能不能还给我？"

"想要啊，先给我解释清楚究竟发生了什么事情，袋子自然会还你！"

小黄张了张口想说话，可似乎碍于什么限制，又把嘴闭上了。

"都这样了还不说！真看不出来啊小黄同学。那可别怪我了，我倒要看看这袋子里究竟有什么！"

"别！"

就在小黄同学伸手要拦截的时候，兜子里响起了手机铃声，赵忍一愣，挑着眉毛说道："接吧，看看是谁！"

小黄掏出手机，黑暗中屏幕上的字异常清晰——小仙姐姐。

"呦，看样子你们几个都好得很啊！接起来我听听说什么。"

"喂！"

葛小仙在电话那一头压着嗓子问道:"拿到了吗?就在床头柜里!"

小黄看看赵忍,赵忍没说话只是用头示意了一下。

"嗯,拿到了,只是……"

"别只是了,拿到袋子就赶紧出来,咱们一天没回去,以那个人的性格说不定就在哪儿等着呢!千万别被发现了!"

挂了电话,赵忍笑眯眯地说道:"不错啊小黄,这才几天就有样学样啊,干坏事不敢承认吗?"

小黄刚要开口,赵忍一摆手继续说道:"别,用不着跟我说你们做的不是坏事,是不是自己心里清楚就好。袋子还给你,赶紧走,路上注意安全!"

说罢,赵忍慢慢悠悠上了二楼,留下院子中不知所措的小黄。

等了一晚上就是这个结果,赵忍心中很是不爽,他能感觉到这一切一定和那个老头有关,可大家一致选择把他蒙在鼓里,说明整件事情,他知道了反而不好办,往好了想可能是种保护,往坏了想可能有着更深层次的计划。

"算了,反正再待两天就该走了。"赵忍躺在床上自言自语道。

第二天一早,虽然没有人来敲门,赵忍还是很早就醒了。他这一晚上睡得并不踏实,梦里翻来覆去都是各种争执场景,临了还出现了老头可恶的笑脸。

"真晦气!"

赵忍想起梦里的场景忍不住嘟囔了一句。

收拾完打开房门,一楼大厅沙发上整齐地坐着一群人,听见动静一个个坐直了身子,似乎是在等赵忍。

赵忍迈步下楼梯,故意踩得地板嘎吱嘎吱响,沙发上的几个人不约而同地抖了抖,一个个如临大敌一般。

赵忍故意贴着沙发边慢慢走——既然所有人都平安无事,那就不愁真相大白。

白墨最先忍不住了，他感觉赵忍每次经过，自己后脖子上的汗毛都会竖立起来，再加上大厅里的气氛，他实在不想憋着了，站起来刚要说话，赵忍双手一拍肩膀，硬是给他按在了沙发上。

"别着急，时间还长着呢！"

"不是，赵大哥，我们约了别人！"

这下轮到赵忍吃惊了。他还以为这群人是在等自己，原来一会儿还有其他人物出场。

"这样啊，看样子你们并不准备解释为什么失踪一整天了呗，那我倒要看看一会儿来的究竟是何方神圣。如果不想出什么意外，你们最好给我提前打个预防针！"

几个人面面相觑，搞得赵忍越发好奇究竟发生了什么事情，就在这时，院子里的大铁门被人推开了。

进来的两男一女，领头的男人个子不高，戴着金边框的眼镜，梳着背头，左耳朵还挂着一个小耳环，最引人注目的就是他脖子上一大片文身，看不清什么图案，不过挺唬人。

沙发上的人一看他们仨进来了，坐得比赵忍下楼时还笔直，这一幕让赵忍非常不爽！

文身男人一看沙发上多了一个人，不由得皱皱眉头问道："昨天医院不是你们五个吗？他是干吗的？"

"医院？"赵忍心中暗想，"莫非是老头住院了？"

文身男人看没人理自己，一指赵忍说道："喂，这儿没你什么事，是游客就赶紧出去玩！"

被打断思考的赵忍有些生气，打了个哈欠回道："我要是不出去玩呢？"

"那就别怪……"

文身男的话还没说完，就被突然站起来的赵忍一把抓住了衣领子。

这种一言不合就动手的行为对沙发上的人来说已经习以为常了。文身男哪儿知道这个啊，只觉得一只铁手掐得自己快喘不上气了，而他身后的一男一女张牙舞爪连连喊停，却没有上前的意思。

眼瞅文身男气脸色越来越红，白墨赶紧上前拉开了赵忍。

"哎……要不大爷说你笨呢，他明明都告诉你了，我们这伙人一共是六个，最狠的那个没去，你见到他千万小心，不然免不了受伤，这话你以为闹着玩呢？"

文身男被这么一提醒似乎想起来了，不由得上下打量了一番面前的男人，又估量了一下自己的战斗力，从裤兜里掏出一盒中华，递到赵忍面前说道："兄弟不好意思啊，来根烟，来根烟！"

赵忍哼了一声重新坐下，文身男有些尴尬地准备点烟，偷偷瞄了一眼赵忍，又把烟插回到盒里。

"既然在医院里已经说开了，我们来就只想知道一件事，老爷子的遗嘱你们几个给藏哪儿了？"

"遗嘱！老头死了？"

听到文身男的话，赵忍顿时瞪大了眼睛。

他这一瞪不要紧，所有人都被吓得屏住了呼吸，尤其是文身男，感觉自己像是被人勒住了咽喉，明明大脑下了指令解释，可嘴里却发不出任何声音。

赵忍慢慢把头转向了沙发，另一边文身男如释重负，赶紧深呼吸。

"不是那样，不是那样！"

白墨最先缓过劲来，生怕自己解释慢了会受到伤害。

"说！"

"老头……不是，大爷没死，他只是受了伤，遗嘱是他很早就计划好的。"

余光看见文身男也在点头，赵忍这才放松了身子。屋子里压抑的气氛一下子缓和不少，赵忍用中指揉揉太阳穴，听到消息的那一刻，他心里也很惊慌，倒不全是因为老头出了意外，而是担心自己会不会受到什么牵连，隔夜就死了，怎么说都像是电视剧中算计好的剧情。

"那你说遗嘱是怎么回事？"赵忍又一次把目光对向了文身男。

文身男用舌头舔舔嘴唇，可能是迫于压力吧，嘴里连说了几个"就"

字，身后的女子不耐烦地补了一句："就是我爹写好的遗嘱，被你的朋友们偷走了！"

葛小仙刚想起身反驳，赵忍一挥手示意她不要说话，歪着脖子问道："既然是遗嘱，老头还没死，你们着急要它干吗？"

还没等女子继续说，沙发上的郭哥一拍大腿说道："对哦！我才反应过来，咱们几个为什么要躲着他们，老头在医院里还出气呢，干什么就跟咱们做了什么见不得人的事似的！"

女子自知理亏，伸长脖子吼道："你放尊重点，别老头老头地叫，那可是我爸！"

郭哥用手一指赵忍说道："吼什么吼！他张口闭口也叫老头，你怎么不管他！"

文身男扭头眨眼，示意女子不要再说话了，冲着沙发上的人说道："我不管你们几个和我家老爷子什么关系，现在的情况是遗嘱已经立好了，如果只有律师和老爷子知道，那我什么办法都没有。可他既然敢告诉你们几个，那事情就简单多了，你们今天不说，我就明天来，明天不说，我以后天天来，直到我知道内容为止。你们也别说什么有能耐找老头去，他信一群外人也不信自己的孩子，那就别怪做儿女的不讲情面！"

听到文身男这么强势，白墨反驳道："来啊！以为我们怕你不成？"

文身男用眼睛迅速扫了一眼沙发这边的赵忍，冷笑道："我知道你们几个为什么有恃无恐，别忘了，这大哥可是要回家的，我来这儿一不骂二不砸三不打，有能耐就一直耗着，只要没得到我想要的答案，这事就不会完！"

文身男说罢转身就走，根本不给其他人辩解的余地。

听到院门关闭的声音，郭哥站起身冲着门的方向大骂道："就你这样还想要家产，我呸！"

郭哥骂完气呼呼坐下，屋子里瞬间安静下来，赵忍一反常态没再说话，甚至面对文身男的挑衅都没有反应，也不知道在想什么。

沙发这边的几个人互相对视了一眼，最后示意由小黄开口打破僵局。

"那个……赵……"

小黄的话还没说完，赵忍起身穿好了衣服，看都不看沙发上的一群人，说道："走吧，去医院！"

其他五个人不敢反对，打了两个车直奔医院，一路上赵忍都没有说话，众人实在猜不透他的想法，只能在旁边默默地坐着。

到了病房，老头身体上插着一堆管子，乍一看还有些恐怖，赵忍挥手让其他人出去，一屁股坐在了病床上。

"你找他们几个人作证不是多此一举吗！难不成律师不可信？"

躺着的老头连眼睛都没睁，嘴里却发出了嘶哑的笑声，"律师当然可信，只不过我更信钱。我的孩子虽然多，可没有一个接受过高等教育，他们这么年轻就在社会上混，谁知道会不会被污染？更何况这么大一笔钱，即便是慢慢给到他们手上，也不会带来任何好的影响。我想，未来的日子虽然苦一点，也比富了之后再变穷强吧！"

赵忍突然有些可怜面前这个老头，自己身上刚插满管，儿女们就已经开始谋划家产了，反倒是这群陌生的路人，一个个还知道心疼他几分。

"那你告诉这么多人，就不怕内容提前泄露出去？"

"本来也没指望能保守秘密，说起来这也是我临时起意，那天你们在小店里谈判，我活了一辈子从未见过。不过，这让我意识到如果把遗嘱告诉你们，未来真出现什么变故，天南地北的他们总不能全都收买了吧！而且，我相信我的判断，你们一定可以坚持正义。"

"好一个老狐狸！"赵忍心中感叹道。

"你计划得挺好，门外那群孩子可有些受罪啊！那个文身男刚刚去耍了一通无赖，扬言只要没得到遗嘱内容，就天天去店里静坐。我在他不敢来，但我要走了，这几个真不是他的对手啊！"

"文身那个是家里老大，我估摸着闹事也是他，因为网红店挣钱最多，他总觉得自己是大哥，应该拿最好的，可我偏偏要捐的就是网红店。"

"捐？"

赵忍听到老头的话，不由得笑出了声，"你确定？那可是千万的生意，一家店养你们一大家子都够了。"

"遗嘱写好了，还能逗你开心不成？不管它是千万还是百万，这家店留给一个混混一定不是好事！"

"老爷子，你这招可真够狠的！哎……你们这种有钱人还真是和正常人想法不一样啊！不过话说回来，就按你大儿子的架势，我离开那天就是遗嘱曝光的日子，看你这身体应该还可以，就不担心他知道之后发疯？"

"他不一定会知道！"

"不是吧，你居然真的相信门外……"

赵忍话说到一半突然停住了，他看着病床上虚弱的老头，突然觉得哪里不对劲，可一时半会儿又想不起来，按道理说，这么明显的漏洞老头不应该想不到，可它偏偏明晃晃地立在那里，难道老头真活不到自己走那天吗？不对！他一定有什么保障，才敢把遗嘱告知门外那群孩子！

想到这老狐狸的手段并没有因为病重减弱，赵忍不由得哈哈大笑起来，病床上的老头随即发出了一阵沙哑的笑声。

门外的其他人听见动静冲了进来，发现屋子里两个人笑得停不下来。他们想询问发生了什么，却被这笑吓住了。

过了好一会儿，赵忍才凑到老头耳边问道："我特别想知道你哪儿来的自信?"

老头睁眼看看其他人,又看看赵忍,用扎着针管的右手指指脑袋又指指心口。

赵忍没有说话,把被子重新给老头盖好,示意大家该走了。就在即将关上病房门的时候,赵忍突然回头说道:"老头,这次可是真的再见了!"

门关上了,屋里的老头在笑,屋外的赵忍也在笑。

第十八章
泄密

回青旅的路上，出租车里的气氛明显比来时舒缓不少，这让大家的心情也放松了许多，虽然互相交流时还是会时不时偷偷瞄一眼，最起码敢开口说话了。赵忍则依然没有任何动静。

下了车，白墨一路小跑推开铁门，让低头沉思的赵忍先进去，其他人不约而同停在了门外，似乎是准备等赵忍进去之后就赶紧溜走。

就在白墨想要拉上大门的时候，赵忍突然回过头说道："你们几个都别走，进屋来我问点事情。"

已经要转身离开的众人你看看我、我看看你，只能乖乖听话，一个个像做错事的孩子一般低头从赵忍面前走过。

回到大厅，和上午一样，所有人都拒绝跟赵忍坐在一起，几个人挤在了一个沙发上。

赵忍皱着眉指责道："你们几个要干吗？这边这么宽敞非得挤一块儿。我能吃了你们吗？过来！"

看着赵忍坚定的眼神，沙发上的几个人互相推搡着让其他人过去，这情形把一旁的赵忍气笑了，指着葛小仙说道："葛店长，别推来推去了，就你了，赶紧坐过来！"

没被点名的人居然发出了欢呼声，葛小仙则一脸委屈地坐在沙发另一头，看样子如果不是有扶手卡着，她还能再往那边挤一挤。

赵忍懒得再和他们扯皮，开口问道："老头的遗嘱你们都知道了?"

几个人互相对视了一眼，有的摇头有的点头，然后又觉得不对，摇头的换成了点头，点头的换成了摇头。

"哎，我说，你们几个到底在干吗? 知道就是知道，不知道就是不知道，点头摇头一起来是什么意思! 就你们这样还能保守住秘密?"

葛小仙有些为难地说道："主要大爷昨天说的时候你不在，上午病房里他有没有告诉你我们也不知道，所以……"

"这个不用担心，很明显我是你们这边的，你告诉我遗嘱的全部内容就行!"

葛小仙摇摇头说道："哥，告诉你内容没问题，问题是……大爷分别和每个人说了遗嘱的一部分!"

"啥?"

赵忍扭头看向其他人，"合着老头是把每个人单独叫进去的?"

看大家都是一个反应，赵忍使劲抻了一把头发，"真是只老狐狸，到这一步还多留了一手!"

"即便只说了一部分，你也应该全都知道了吧?"

葛小仙有些尴尬地看了一眼身边的小伙伴，赵忍笑道："别看他们了，我用脚指头都能猜出来你们肯定互相通气了!"

得知遗嘱的全部内容后，赵忍默默地点点头，老头不愧是生意场上的赢家，生前死后安排得井井有条，只要儿女们能按照计划去做，基本上一辈子也不会过得太差。

怕就怕……

"赵哥!"

白墨的话拉回了赵忍的思绪，"我们知道的遗嘱就只有这些了，老大爷虽然没有明确说这些内容不能外传，但我们不傻，只不过上午那个文身男说得没错，你在这几天他来不来都无所谓，只要你走了，这个店肯定经不起他闹腾啊！"

赵忍耸耸肩说道："那你们想怎么办？"

白墨左右看了看回道："除了我们仨，你们都可以拍拍屁股离开，未来的话要么闭店要么报警，反正想从我们嘴里知道遗嘱绝对不可能！"

赵忍看着白墨一本正经的样子哈哈大笑起来，白墨有些不高兴地问道："你笑什么？"

"笑你傻啊！你自己刚刚都说了，老头没让你们死守秘密，那为啥还要跟他对着干呢？"

"大爷是没明说，但他能把遗嘱告诉我们，就是变相承认了我们是值得信任的。而且，他把内容分开也是为了不让那群不孝儿女知道全部，我们岂能辜负他！"

赵忍看着白墨，心中不免对老头的选人多了几分钦佩。他收起笑容，转向郭哥和葛小仙，询问她们俩是不是也是这个意思。

"你们几个啊！"

赵忍感叹道："别的我也不多说了，如果信我呢，这儿有两条路可选，不信呢，你们就和他们硬刚！"

"什么路？"

"第一，你们明天去店里把老头的儿女们一次性都叫来，然后……"

"不行！"沙发上的几个人异口同声说道。

被打断的赵忍似乎猜到了他们会这么说，略微停顿一下说道："然后把你们知道的内容告之即可！"

看着所有人都摇头，赵忍继续说道："第二，等我走后，那群人来闹事的时候，你们把知道的内容全盘托出！这两条路呢，第一条可以省去很多不必要的冲突，相比第二条要安全得多！"

"赵大哥，你为什么非要我们泄密呢？这两条路都是违背了老大爷的本意啊！"

"泄密？违背本意？别说得好像我被买通了似的！是你们几个把事情想复杂了好吗？我都说得这么露骨了，老头压根儿就没准备隐瞒，况且你们有认真研究过遗嘱内容吗？"

沙发角落里许久没说过话的小黄发出了颤颤巍巍的声音："我……我之前提到过，好像大爷的网红店没在遗嘱里。"

"对啊！"赵忍一拍大腿说道，"看看小黄同学多细心，你们几个知道的店加起来还不如一个网红店值钱，那叫秘密吗？所以听我的话明天乖乖去把那群玩意儿叫过来，大家把事情说开了。你们知道的就这么多，一个字都不藏着，至于其他安排，老头谁都没告诉，这不就得了。既不用担惊受怕，又不用报警求救，即便他们天天过来闹，内容就只有这些！"

看众人还是云里雾里的样子，赵忍实在是懒得再解释，用手一指小黄说道："小黄同学，你信不信我？"

"你帮过我，我信！"

"那明天早上去把他们叫过来，剩下的我来处理！"

小黄同学还没答应，郭胜在一旁说道："我俩一起去吧，我有点不放心！"

包括赵忍，所有人的目光一下汇聚到了二人身上，郭胜像个没事人一样一脸平静，小黄同学害羞地捂住了脸，还顺手轻轻捶了他一拳。

赵忍不怀好意地咳嗽一声，给白墨使了个眼神，二人架着郭胜回了二楼。

"什么情况啊兄弟？"白墨关上门急不可耐地问道。

"什么什么情况？我担心她一个女孩子去会有危险嘛！"

"少来，有没有危险赵大哥会考虑不到吗？说，是不是动心了？"

郭胜面对赵忍和白墨的逼问，用拇指和食指比画了一条缝说道："就这么一点点吧！"

赵忍一掰郭胜的食指嘲讽道："我看是这么大的一点点吧！"

三人大笑完，郭胜叹口气说道："我也没想到这次旅行如此奇妙，不但结识了一群朋友，还认识了一个年轻可爱细腻温柔的小黄同学。我的确喜欢上她了，可我不知道她是怎么想的，更何况时间一到，我俩就要分开，这种摆在眼前的现实问题，光有喜欢是不够的！"

赵忍点点头说道："兄弟，能这么想说明你是个爷们儿！但换个角度想想，能在这样的地方遇到这样的人，也是缘分啊。再说你只是把自己的感情表达出来，又不是一定要和小黄有个结果，怕什么？马上就该跨年夜了，如果小黄同学也有此意，能和喜欢的人一起倒计时，兄弟，值了！"

听到赵忍这么一说，郭胜的表情顿时喜悦了不少，他双手一拍说道："好兄弟，说得太有道理了！不管了，等把这个事解决我就表白，老子幻想了二十多年能和喜欢的人一起迎接新年，这次绝对不能错过了！"

赵忍看着郭胜和白墨嘿嘿坏笑，心中突然涌起了一股暖流，大家原本生活在世界的某个小角落里，机缘巧合相聚在这里，阴差阳错产生了情感，可以说很草率，也可以说太过奇妙，但每个人都相信这份感情是真实的，它的出现不是让屋子里的人厌恶彼此，而是为了给每个人留下深刻的回忆，是那种无论何时都会笑的回忆。

第十九章
真相大白

赵忍特意叮嘱了小黄不要太早过去，免得影响自己睡懒觉，所以等他朦朦胧胧睁开眼睛的时候已经 11 点了，这应该算赵忍此趟旅程里睡得最无忧无虑的一觉了，没有敲门声，没有担心，更没有意外！

郭胜和白墨不知道什么时候离开的，赵忍慢慢悠悠洗漱完，一步三摇朝楼下走去。

没想到，大厅里居然全是人，文身男正坐在昨天赵忍的位置上，有些搞笑的是，因为两边的人数都大于了沙发的承载量，而且双方似乎都没有让出空当的意思，所以赵忍的位置就变得有些微妙了。

听见有动静，几乎所有人都转向了楼梯方向，同时被这么多双眼睛看着，赵忍突然有些后悔没有洗个头再出来了。

"我说，你们这是干吗呢？"赵忍短暂停留了几秒后，快速下了楼，

文身男一看是赵忍，率先站了起来，还顺手拉起了身边满脸疑惑的男生，沙发这边的五个人看到赵忍面露喜色，纷纷站了起来，场面一下子变成了职工欢迎领导入场一般，刚准备开口再调侃几句的赵忍愣住了。

"不是，你们这是要干吗啊？怎么搞得这么压抑！小黄，我不是让

你晚一点再去通知他们吗？"

小黄没好气地白了一眼赵忍，小声嘟囔道："都已经 11 点了，谁知道你说的晚是多晚！"

赵忍尴尬地笑了几声，小黄指着文身男继续说道："而且不是我去找的他们，是他们一大早就来了，坐在沙发上还不给我让座，要不是我把其他人叫起来，我一个人怎么打得过！"

文身男一听伸长脖子吼道："说什么呢！我们什么时候打你了？你这个小姑娘别胡说八道好吗？"

赵忍微微瞥了一眼文身男，后者立刻不说话了。赵忍笑着问道："那你怎么光叫了其他人，唯独没叫我呢？"

"是白大哥说，如果睡梦中把你叫起来特别可怕，容易'伤人'！"

赵忍哼了一声，白墨笑嘻嘻地补充道："哥，我这是实话实说，你就说今天这觉睡好了没？是不是睡好了就不容易发脾气？"

听到白墨的讨好，还没等赵忍开口，一个黄色短发的女生不耐烦地说道："喂，你就是赵忍？知不知道我们等了你一上午，赶紧把老头的遗嘱内容告诉我们！"

女生的话一说完，全场瞬间安静了，女生似乎没想到自己能有这样的威慑力，心中更是增添了几分底气，对着文身男说道："哥，这就是你说的人吗？他看着也……"

女生不敢再说话了，因为赵忍正笑眯眯地搂着文身男的肩膀，而文身男似乎受到了巨大的伤害，一副咬牙切齿的样子。

赵忍挥挥手说道："我知道你等了那么久一肚子怨气，别管我俩，你说你的。"

也许是鉴于文身男脸上的表情，短发女生立刻换了种口吻说道："你……你能不能把遗嘱内容告诉我们？"

"没问题啊！今天把大家叫到一起就是解决问题，还有，别老遗嘱遗嘱的，你爹还没死呢，他只是让我们传个话而已，对不对兄弟？"

赵忍说罢冲着文身男示意了一下。

"那你能不能把我哥放开？"

"可以可以！"赵忍马上松开了手，"我就是和你哥亲近亲近。"

看了一眼自己瘦小的哥哥，又看了看像山一样的赵忍，短发女生赶紧拽过了文身男，一脸关切地低声问询着。

赵忍一屁股坐到了自己原本的位置上，文身男则后退几步坐在了另一个沙发上，葛小仙他们赶紧挪到了赵忍身后，双方的位置正好换了个顺序。

"赵忍，听你的意思是准备告诉我们内容了？"文身男一边揉着肩膀一边问道。

"没错，老头交代的内容对你们来说是命根子，对我们可没什么用，白墨你来说。"

……

"没了？"

"没了！"

"就这么多？"

"就这么多！"

"不可能！"

"怎么不可能？大爷就告诉了我们这些，一个字不带差都在这儿了！"

赵忍从白墨开始说的时候就在观察老头儿女们的表情，在遗嘱里听到自己名字的人脸上都会带着难以掩饰的笑意，但是当白墨说完之后，所有人立刻觉察到了一点——遗嘱里没有文身男和网红店！

无论大家是否默认大哥继承最值钱的店铺，现在的选项就只剩下了两个，可偏偏老头没有明确说明，这种模糊不清的态度才是最折磨人的。

"大哥，老爹这……"看到文身男有些激动，一旁的人也不知道该安慰什么了。

"这下明白为什么说这些内容毫无价值了吧，现在你们得到的加一块还不值半个网红店，老爷子想得很清楚，把最值钱的握在手里。这就叫别高兴得太早了！"

文身男神色慌乱了好一会儿才镇定下来，几个弟弟妹妹围在旁边小声议论着什么，赵忍突然很想知道他们其中会不会有人幸灾乐祸！

"我还有一个问题！"文身男突然发问道。

"你说！"

"关于我的那部分有人知道吗？"

"有！"

"谁？"

"你不是只问一个问题吗？这都两个了！"赵忍脸上露出了不耐烦的表情。

"是不是你！老爷子没告诉他们告诉你了，对不对？"

"我答应回答你一个问题，别不知满足！"

文身男一下子扑到赵忍身边，把在场的人都吓了一跳，白墨作势就要拉开他，赵忍摆摆手说道："你到底要干什么？"

"把我的那部分告诉我我就离开，不然我明天还来！"

"你爹不愧是你爹，真是算得一清二楚。首先，白墨说的那部分就是我知道的；其次，我说有人知道可没说那个人是我；最后，你要愿意天天来也行，早晨别影响我睡觉！"

看着赵忍一本正经的样子，文身男犹豫了，他缓缓站起身，扫了一眼屋子里的其他人，转身就要离开。

赵忍叫住了他，"喂，还有句话送给你，对老头好一点没坏处！"

看着儿女们消失在大门口，白墨急不可耐地转头问道："赵大哥，我算是听明白了，老爷子那天早上把最后一部分内容告诉你了吧，怪不得要把他们叫来，最关键的只要在你手里，我们就是说了也无妨，对不对？"

赵忍没出声，但屋子里的人应该都听明白了，葛小仙接着问道："他们都走了，能不能告诉我们最后一部分内容呀？"

赵忍摇摇头，"我说了有人知道，但没说那个人是我！"

原本激烈的大厅突然变得有些尴尬，其他几个人互相对视了一眼，一时不知道该怎么接话。

"这件事从现在起已经彻底结束了，他们得到了该得到的，你们也免去了危险，其余的别乱猜！"

众人木讷地点点头，赵忍机械地露了个笑脸，"后天就是跨年夜，大家能在一起的日子也没几天了，一会儿咱们出去买点东西，好好迎接新年吧！"

这话怎么听也不舒服，但赵忍管不了那么多，他不知道文身男会不会放弃，毕竟一句话就能决定几辈子的吃喝，在利益面前，人心难测，不让这群朋友参与其中，也算是一种变相的保护吧。

在青旅的这些日子，虽然每一天都充满着惊喜，每一天都在处理各种各样的意外，但赵忍已经不知不觉和这个小队融为了一体。从开始的漠不关心到现在的嬉戏打闹，他不像是一个远道而来的游客，更像是一个接地气的生活者，有谁规定旅行就一定是看风景呢？

好在屋子里的人都不是傻子，能够明白赵忍这么做的苦心，所以很快就扯开了话题，商量着该怎么过一个有意义的跨年夜。

对于葛小仙来说，其实每一年的最后一天都差不多，她们会邀请那些落单的旅客一起到天台上聚餐，一起倒计时，一起看平江路上拥吻的情侣，跨年夜更像是她们用来吸引游人的广告。

但这一次不同了。

或许这便是旅行的意义，这个世界上有太多的人生活在自己的小圈子里，没有变数亦没有惊喜，只有走到外面的世界，冲破那层桎梏，才会见到生活的另一面。

赵忍没有想到自己的一趟旅行变成了这样，好端端的"人间天堂"游，除了草草逛了一圈拙政园，其余时间似乎都在不停地遇到问题和解决问题。他甚至都没有很认真地拍过照片，可这些天的经历，在赵忍心中远比景色要有趣得多。

因为今年没有无关紧要的客人，葛小仙提议闭店去一段古城墙上看烟花，大家肯定都没有问题，只不过赵忍和白墨不太清楚郭胜有什么计划，外出购物的时候一直没找到机会问，所以一群人刚踏入院子，两人便架起郭胜借口上厕所回了屋子。

"喂，你什么计划？"白墨迫不及待地问道。

"什么计划？"郭胜脸上露出了不解的表情。

"大哥，你是失忆了吗？昨天咱们怎么说的来着？我和赵大哥激动一上午了，你怎么还能这么淡定？"

"我应该很紧张吗？"

看到赵忍撸起了袖子，郭胜笑道："别别别，我想起来了，我想起来了！不就是小黄同学嘛！我昨天晚上想了很久，被你们问到的时候的确有那么一股子冲动，但冷静下来之后我觉得这件事还是要缓一缓！"

"为什么啊？"

郭胜并没有急于回答白墨的追问，而是扭头看了看赵忍。

"哎，兄弟啊，购物的时候我看你的状态猜出来一点点，我还觉得自己肯定猜错了，你有没有想过小黄可能很期待呢？"

"我想过，可我同样看到了自己的现状，给年轻女孩一个美妙的夜晚不难，然后呢，再让她哭着离开吗？"

"郭大哥，这都临门一脚了，你不能怂啊！要是我……"

"说得轻巧，你多大我多大？你能天天守着葛小仙，我能吗？"

"我才没有守着……"白墨被郭胜一句话驳斥得无话可说。

赵忍插嘴说："兄弟，白墨说话是有些不经大脑，但也不无道理啊，现在所有人都能看出来你俩之间就差临门一脚，我是这么认为的，异地的确是个很大的问题，也不是完全没有解决的办法，小黄还在上大学，你的工作不是不能动。等她毕业之后，你俩可以商量着来嘛。在我的观念里，如果两个人彼此相爱，面对问题不要逃避，事情总会有转机，退一万步说，你这次退缩了，小黄兴许一生气以后不给机会了！"

郭胜听完依然面沉如水，赵忍拦住了还想说话的白墨，示意他跟自己出来，留下郭胜一个人待会儿。

"赵大哥，郭大哥还在考虑什么啊？"

"白墨，其实郭胜这么犹豫我是能理解的，甚至不表白我都可以接受，知道为什么吗？"

"我知道，你肯定会说年龄越大顾虑越多，男人应该有责任心，这些道理我都懂，但我觉得这么多天相处下来，这两个人能够产生感情挺不容易的，毕竟……"

"那你还想和葛小仙在一起吗？"

赵忍一句话让还在苦恼的白墨愣住了，他开始不自觉地抖动着嘴唇，可到最后一个音都没有发出来。

"你看，其实你更生气的原因并不是郭胜的胆怯，你是在生气自己，相比于我，你应该更能理解他为什么不愿意踏出那一步，因为你也做不到，你也害怕自己会辜负一个女生的爱。白墨，你以为大家能看出来小黄和郭胜，就看不出来你和葛小仙吗？"

白墨向后退了两步，靠在了墙壁上。

"所以啊……"

赵忍长叹了一口气，"我觉得郭胜需要一点空间和时间，你也需要。"

说完拍拍白墨的肩膀，一步三摇地下了楼。

走出院子，赵忍突然笑了起来，他忽然觉得这一趟"旅行"比任何一段"旅行"都要有趣，身在其中的时候浑然不知，真正走出来时，才恍然大悟！

一身轻松的赵忍本想在平江路逛逛，可还没走出巷子，身后就传来了葛小仙的喊声。

看着面前欲言又止的姑娘，赵忍猜想她一定是听到了刚才楼梯间的谈话，所以追上来问问该怎么办。

"赵大哥……"

"啥都不用说了，我都懂！不过，葛店长，要知道这件事情关键还是在你！"

"啊！为什么是我？"

"怎么你们今天一个赛一个笨啊？这种事情不看你的态度，难不成看我吗？我肯定同意啊！"

葛小仙的脸一下子就红了，赵忍哈哈大笑起来，摸摸她的头调侃道："呦！葛店长怎么脸红了！是不是被我说中了？别不好意思啦，你情我愿有什么可犹豫的！"

葛小仙低着头，感觉整个人像是一颗红透的苹果。赵忍非常满意自己的一番点拨之谈，像是老父亲疼爱孩子似的使劲揉了揉葛小仙的头。

"行了行了，话都说到这份儿上了，跨年夜还会有别的惊喜等着你呢！"

葛小仙一脸期待地看着赵忍，赵忍心中暗道：回去一定得让白墨准备礼物，不然自己可就打脸了！

摆平葛小仙，赵忍心情更愉悦了，有情人终成眷属，白墨和葛小仙这对苦命鸳鸯经历了这些天的风波能再复合也算是一种缘分。两个人以后好好经营小店，淡季还可以出去转转，未尝不是一种神仙生活。

赵忍临近找了一家小酒馆，上了二楼一边吃东西一边看着路上来往的人流，直到此刻，他才真正感受到了江南文化的那种韵律。

"等老了来这儿定居也是个不错的选择啊！远离世间凡尘，没有人打扰……"

赵忍的自言自语还没说完，手机铃声便响了起来，他掏出来一看是郭胜的号码。

"喂，你终于开窍了是不是？你……"

赵忍的话音未落，整个人突然紧绷了起来，接着一脚踢开凳子，三步并作两步冲下了楼，嘴里还不忘对着手机喊道："等我！马上回来！"

第二十章 谁才是被表白的人

"我喜欢你!"

"不是,你等会儿!让我捋一捋!"赵忍一脸诧异地说道:"葛店长,这种事情可不能开玩笑!"

葛小仙立刻说:"你看我现在的样子像是在开玩笑吗?而且不是你说的,这种事情要看女孩儿的态度吗?"

"不是,我当时以为……"

"不是什么?你是不是觉得我是听到了你俩在二楼的谈话才追出去的?你是不是觉得我心里也想着复合只不过不好意思提?你是不是……"

"停停停停!"

"难道我说得不对吗?"

"葛店长!这件事情没有这么简单,我一个马上就要离开的人,你这样赤裸裸地表白,我……"

"我不需要你的回答!我又不是小孩子,我很清楚自己在做什么,可能这个屋子里所有人都认为经过此事我应该和白墨复合。错了!如果没有你,这个店发生的事情,白墨能处理好吗?我和他之所以能安安稳稳地站在这里，完全是因为你的到来。说真的，这家青旅每年来来往往无数人，以前白墨在的时候，我觉得他就是最好的那个人，后来白墨走了，我再没遇到过什么像样的男生。还记得你刚来的时候，咱俩之间闹了一点不愉快，我一度认为你就是个冷漠严肃心机重的男人。可是后来发生的事情，让我重新认识了你——平时总是一副不愿意惹麻烦的样子，可心底里还是温暖的，那天我们失踪，你的担心足以证明。赵大哥，我虽然不是童话故事里的公主，但遇到了仰慕的骑士，表达一下爱意不是一件非常正常的事情吗？"

"可是我们……"

"我说了我是个成年人，你脑子里顾虑的那些问题稍微有点智商的人都能想到，但这并不影响我表达自己的情感啊！"

"葛小仙同学，能在你心中有如此高的评价我谢谢你，但你这……完全可以私底下跟我说嘛，何必要当着所有人的面呢？我要拒绝了你，我还怎么好意思在这儿继续住下去！"

"有什么不好意思的！这是我的店，我让你住谁敢说个不字，我知道你是怕白墨心里承受不了，可如果咱俩偷偷说这些，被他知道了才是大问题，不是吗？"

……

看赵忍气鼓鼓的样子，葛小仙突然扑哧一声乐了。

"你笑什么笑！"

"赵大哥，我发现你其实还挺可爱的！"

"可爱？我都快三十岁了，亏你能想出来这种词！"

听到赵忍和葛小仙的语气松弛下来，屋子里的压抑也随即减轻了。

事情还得往前倒几句。

白墨认真思考了赵忍所说的话，其实他内心深处是舍不得与葛小仙的感情的，只不过两个人从校园到了社会之后，很多现实问题摆在眼前，再加上经营青旅很累，矛盾越积越多，最后彻底爆发了。

分开之后，葛小仙和白墨其实都挺后悔，但谁都磨不开面子先道歉，以至于阴差阳错、越离越远。

这次白墨来查账，也是受了好兄弟的怂恿，想再努力一把，如果能尽释前嫌破镜重圆当然再好不过了。

没想到葛小仙和郭哥的态度那么强硬，明明藏着秘密就是不说，这让白墨很失望也很生气，如果不是后来发生的一连串意外，他已经要离开了。

白墨在二楼楼梯口心不在焉地来回溜达，一眼瞥到葛小仙跟着赵忍跑了出去，心中莫名涌上了一股欣喜。他笃定葛小仙一定是去问感情之事，这让他下定决心再试试。

万万没想到，满脸笑容的葛小仙一看到大厅站着的白墨，一下子变得严肃起来，甚至还有些许防备之意。白墨虽然心里很不舒服，但还是硬着头皮说想和她聊聊。

葛小仙一口拒绝，理由是她要去准备跨年夜的衣服，白墨知道这是个借口，硬生生拦着不让她回屋，这才惊动了其他人。

看到大家都来了，白墨反而不紧张了，对葛小仙说了自己的心意，一旁的小伙伴都知道两人的感情，纷纷起哄，嚷嚷着在一起。

只有葛小仙，依然还是那副冷酷的表情，她深吸口气，缓缓说了一句话——对不起，我喜欢上了赵忍。

这句话让空气瞬间凝固了，郭哥露出了不可思议的表情。

也不知道这份呆滞停留了多久，最先反应过来的小黄同学拉起葛小仙和郭哥匆匆回了屋子。

郭胜在听白墨告白时就隐约发现了不对，葛小仙太冷静了，从她身上完全感受不到爱情的温度。这让郭胜有了一丝猜测，他在心里默默开玩笑说，葛小仙要是喜欢赵忍可就太精彩了，没想到，这个念头刚冒出来就得到了印证。

看着身边迟迟没有动静的白墨，郭胜有些害怕，他担心白墨会冲到葛小仙的屋子里去，赶紧拨通了赵忍的电话，又怕赵忍懒得管，只能说两人已经打了起来，拉都拉不住。

听到郭胜描述的那一刻，赵忍心里其实就明白了，葛小仙追出来并不是为了解开与白墨的心结，而是与自己的情结。

赵忍一边往青旅赶一边叹气，他以为最后这两天可以消停一点了，谁能想到最后的麻烦竟然源于自己。

赵忍使劲抽了自己一巴掌！

到了青旅大门口，赵忍没听到里面有什么大动静，于是便小心翼翼地推开一条门缝，结果迎面撞上准备拉开门的葛小仙。

看到所有人都看着自己，赵忍从门后尴尬地闪出身来，一脸无知地问道："大家都在呢啊！这是准备去哪儿？"

"赵忍，我有句话想和你说！"

"葛店长有什么话想说就说呗，怎么突然这么严肃，难不成是想管我要房费啊！"

"我喜欢你！"

接下来便有了开始那一幕。

第二十一章　最后的跨年夜

　　白墨自始至终没有说话，就像是一个旁观者，听着葛小仙对着一个还算陌生的男人告白，即便这个女孩儿是自己曾经的恋人，即便这段话里数次提及了自己，白墨的脸上什么表情都没有。这或许是他自出现以来第一次表现得如此冷漠，虽然大家的眼神还在葛小仙身上，但所有人都在关注着白墨的举动。

　　白墨只是仰天长出了一口气，转身回了房间，留下院子里众人面面相觑。

　　"葛店长，你这一套操作不但打蒙了我，也打碎了他的心啊！"

　　"没办法，我在决定表白之前已经想到了这一幕。这几天下来，说不知道他的心意那是骗人，可让我再接受他更是骗人。我们俩之间的感情已经有了很深的裂痕，并不是在一起相处一段日子就可以修复的，如果有缘分，未来还很长呢，不是吗？"

　　赵忍挠挠头笑道："葛店长，你刚刚表白完一个男生，就当面说未来还会给另一个男生机会，是不是有点渣啊？"

　　"我只是把想说的话说了，又不是已经和你在一起了，凭啥说我渣！他白墨当年说走就走，今天我也让他尝尝刀割的感觉不行吗？"

"行行行！"

赵忍连忙向后退了两步说道："您做什么都行，白墨活该受此一难！"

看着葛小仙越说情绪越激动，赵忍哪里还敢站边白墨，先稳住局势再说吧。

"其实我觉得白墨回去早了一点！"郭胜看着葛小仙离开的背影在赵忍身后悄悄说道。

"没错，最后这些话乍一听还是有点机会的，可就是这么阴差阳错几分钟。唉，葛小仙一闹，我可惨了！咱仨还能安安稳稳住一间房吗？"

"白墨又不是小孩子，最起码的规矩应该懂吧？"

"这人别看平时嬉皮笑脸，其实小心思可多了，一会儿回去你在旁边帮衬着点，最后两天了，我可不想再出什么乱子！"

"放心，男人总比女人好对付吧！"

赵忍意味深长地看了一眼郭胜，后者像个没事人一样溜回了小黄同学身后。

回到屋子里，赵忍小心翼翼地把门关上，生怕惊动在地上躺着的白墨。

"赵忍！"

"啊？哦哦，叫我呢！怎么了？"

"你不用这样，我没有生气，也没有怪你。"

"全程都是葛小仙在说，你能怪得着我才行啊！"赵忍心里想着，可他嘴上不敢说出来，只是嘿嘿一笑。

"其实这次回来我也知道复合的概率很低，只是突然从她口中说出来，我的心里还是会……"

赵忍点点头，"我懂我懂！葛小仙这次的操作属实有些吓人了！"

"说真的，她喜欢上你我一点不意外，经历了这些天发生的事情，哪个女生不会对你这样的男人动心呢？"

"别别别，这话可太官方了！我这个人做事向来怕麻烦，所以无论干什么，越简单越纯洁越好，旅行就是旅行，恋爱就是恋爱！"

"我知道！所以我一直不说话并不是在生气，而是在思考。"

"思考是对的。白墨，我说几句自己的看法，你呢，人不坏，只是刚入社会，还差那么一点火候。葛小仙不一样，她成熟的速度很明显要快于你，我这次来对于你们来说就是个小插曲，后天就完结了，所以你接下来要思考的是怎么挽回葛小仙的心。"

"我俩还有希望吗？"

"怎么没有！后天一早我就走了，未来还有没有机会再来苏州都是个未知数，你不一样啊，你和葛小仙还要继续经营这家店，还要继续面对数不清的困难，只要你快一点成长起来，让一个女生看到是可以依赖的男人，重归于好只是时间问题！"

"后天就要走了吗？为什么这么早？"

"有事呗，我一个游客，早走晚走不都一样！"

"那你和他们说了吗？"

"我没说具体时间，明天过完跨年夜，再聊会儿天，差不多就该走了，一大早7点的飞机。"

白墨坐了起来，赵忍能看出来他情绪上的低落，心里不由得也是多了一丝欣慰。

"感情的事不要急，以后遇到麻烦也是一样，多去想想还有没有其他更好的解决办法。这次来虽然没有怎么玩，能和你们几个生活这么多天，也是绝无仅有的体验了，等你俩和好了，可以去草原找我嘛！"

"一定一定，到时候我们来个设计好的意外邂逅怎么样？"

"只要你俩能好好的，婚礼我来给你们当主持人！"

"赵大哥，谢谢你！"

"谢什么谢！留着你的温柔给葛小仙吧！"

和白墨聊完好一会儿，郭胜才摇头晃脑地回来，看样子应该是有了新的进展。

"呦，哥俩聊完了？没打一架吗？"

"打架？你是觉得我能打得过赵大哥，还是觉得我应该躺下来挨打！"

"两个男人同时喜欢上一个女人，这剧情不应该发生点争斗和流泪的事件吗？"

赵忍翻动翻动手腕说道："首先，喜欢葛小仙的只有地上那个，没有我；其次，即便动手，你作为舍友回来这么晚，摆明了是没准备劝和；最后，你自己那点事儿还弄不明白，说什么风凉话呢？"

"拜托，我回来这么晚就是去处理小黄同学的事情好嘛！现在都已经完美解决了，明天晚上就只是纯洁的跨年夜！"

"合着还是没准备跨年夜表白呗？小黄同学太草率了，这么没有仪式感的人居然也能喜欢？"

郭胜轻轻踹了一脚白墨说道："谁说我没有仪式感了！刚才只是和她商量一件事情罢了！"

看着赵忍和白墨兴致勃勃地瞪大了眼睛，郭胜没好气地说道："行行行，反正也没什么可隐瞒的，我计划这次回公司就着手辞职，争取年前拿到所有工资，然后陪父母过一个好年，就去北京找小黄！"

"有魄力啊兄弟！"赵忍使劲拍了拍郭胜肩膀，差点给他拍倒了。

"大哥，你那个力道控制着点行吗！要发泄完全可以找白墨，他可比我抗揍！"

"对不起对不起，小黄同学居然是北京的？那可太好了！过完年咱仨北京见呗，白墨和葛小仙没事也可以来，这下又能相聚了！"

"所以说，不要总觉得我什么事都没干，我也是有城府和算计的人好吗？"

三兄弟相视一笑，没想到临别前看似麻烦的事情有了缓解的办法，这无疑是最好的结局了。

　　12月31日，这是赵忍在苏州的最后一天，也是这一年的最后一天，平江路一大早人头攒动，也不知道是从哪儿冒出来这么多人。老头的网红店排队排到了一百米开外，几乎所有的小店都迎来了一波前所未有的客流潮，就连已经关闭网上预订的"如·初"，前来问询有没有空房的人都络绎不绝，赵忍不出意料地又被早早从睡梦中吵醒了。

　　看着从楼梯上昏昏沉沉走下来的赵忍，葛小仙略带歉意地说道："实在对不起啊，每年一到今天想来住宿的游客就特别多，我都已经关网闭店了，还是有人想碰碰运气，要不我给你找个耳塞？"

　　赵忍摆摆手，"算了算了，能有一天早晨睡个好觉就满足了，不是还有空床吗？为什么不接人了呢？"

　　葛小仙眨了眨眼睛说道："因为今年比较特别呀，我想关了门和你好好过个跨年夜，往年人太多，根本没办法脱身。"

　　赵忍明白她话中的意思，可又不知道该说什么，转身回了楼上。

　　……

　　夜幕降临，平江路上亮起了彩色的灯光，人流明显比白天还要多，郭胜和白墨在"如·初"的大门口两边各挂了一只红灯笼，几个人一起照了张合影，然后商量着先去吃火锅。

　　狭窄的胡同只能勉强容纳两个人并排走，赵忍本来想让白墨和葛小仙在前面带队，谁知道白墨说要打电话拜年，郭哥又害怕自己一个人在后面，郭胜和小黄你侬我侬放队尾再丢了，于是葛小仙和白墨被分割在了队伍的两头。

　　和葛小仙并排走，赵忍并不好受，主要是因为他身体太宽了，两个人的胳膊总是能挤在一起，这种若有若无的肢体接触让赵忍的罪恶感暴增，他本来想后退一步，结果被一把抓住了胳膊。

尴尬地走完了这一段路，葛小仙像什么事都没发生一样，赵忍则憋了个老脸通红。

一伙人吃完火锅，又找了家奶茶店稍微休息了一会儿，便朝着古城墙走去。

苏州作为历史名城，每年都会有无数人慕名而来，尤其是年尾的最后一天，听寒山寺敲钟是一项已经流传千年的仪式，特别是对于一些生意人来说，敲响新年第一声钟意义非凡。所以，时至今日，花巨资敲第一声钟、烧头一股香已经成了苏州城的一个特色。

不过赵忍一伙人并不准备去寒山寺，按葛小仙的话说，钟鸣声可以传遍大半个苏州城，只要心诚，在哪儿听都是一样的。

所以，他们来到了一处并不起眼的古城墙，它也有几百年了，只是战火后仅剩下了大概二十米左右，相比于那些保存完整的古建筑，偌大个城门楼子上只有赵忍一伙人。

不过这样也好，没有人打扰，大家可以安安静静地等待着新年的到来。

郭胜和小黄找了个角落说悄悄话，郭哥戴着耳机守着一个角落，白墨不知道是故意还是真有事，居然也占着一个角落，场地里只剩下了葛小仙和赵忍两个人。

赵忍想装作接电话的样子逃走，葛小仙一把拉着他去了最后那个角落里。

"葛店长，你就不能轻一点嘛？我看着再高大，肉还是会感觉到疼的！"

"赵忍，我问你，你到底有没有喜欢过我？"

赵忍一下子愣住了，他看着葛小仙微微点了点头。

葛小仙迟迟没有说话，只是眼睛慢慢变红了。赵忍连忙从身上翻出纸巾，嘴里结结巴巴地说道："你……你……你别哭啊！我说什么了你就哭，那……那我摇头可以吗？"

葛小仙扑哧一乐，从耳朵里摘下一枚耳机递给赵忍，"我没事，高兴罢了，你陪我听会儿歌吧。"

戴上耳机，里面正放着莫文蔚的《慢慢喜欢你》，听着它的歌词，赵忍心中突然涌起了一股莫名的冲动，葛小仙感觉到了，她的身体微微颤了一下，扭头对上了赵忍的眼睛。

一刹那，整个城墙甚至是整座城市都安静了下来。赵忍感觉葛小仙眼神中流露出的东西正顺着耳朵里的旋律缓缓流进自己的身体，有一丝冰凉，又有一丝温暖，赵忍不知道这是什么，但它真的好舒服。

或许这就是爱吧，赵忍的脑子里冷不丁出现了一句话，这让他立刻清醒过来——葛小仙的脸近在咫尺。

"为什么停下来了？"葛小仙闭着眼睛在他耳边轻轻问道。

"我不应该这么做！"

葛小仙的眼睛没有睁开，赵忍感受到她轻柔的呼吸正穿过自己的另一只耳朵。

"没关系，我能听到你的心，他已经给了我回应！"

两个人相视一笑，这时白墨终于打完了电话，高喊着马上到点了，大家快过来照相。

赵忍把耳机摘下来，在葛小仙耳边轻轻说道："这首歌我很喜欢，非常喜欢！"

十二点的钟声响起，这真是一股能够穿透人心的声音，悠远、夯实、神圣、古老，它就像是一个沉睡许久的人醒来发出的第一声呻吟，像是云海里巨龙翻滚时发出的嘶鸣，它一下子划破了旧年的穹顶，让新年的气息喷涌进来。

"新年快乐，赵忍！"葛小仙看着赵忍的眼睛第一次叫了他的名字。

"新年快乐，葛小仙！"

郭胜不出意料地没有准备告白，白墨也没有做什么过分的举动，大家互相道了祝福，又在城墙上对着遥远钟声的方向许了新年愿望，就此结束。

回去的路上，所有人都保持了静默，可能是因为即将到来的分别吧，这一夜过后，大家都要陆续离开，能够在世界上这样一个渺小的角落里一起生活数天，对于彼此来说，都是一段难以忘记的回忆。

回到青旅，大家围坐在沙发上，赵忍第一次感觉大厅里如此冷。

"喂，一个个都怎么了？新的一年要开心一点啊！"

"赵大哥，你什么时候走？"小黄同学问道。

"我？这个时候你应该关心郭胜的行程吧！"

"不是，我是替……"小黄同学微微瞥了一眼葛小仙，低下头不再说话。

"我一会儿就走了，最早的航班，正好大家都在，我稍微说几句总结吧。这次来到这儿源于一个朋友的推荐，没想到一连几天的意外，彻底打乱了我的计划。不过因祸得福，和大家有了更深的交流，互相之间成为朋友，这一趟旅行值了！古人说，天下无不散之筵席，这一段能有大家陪伴挺好，我先走一步，如果有机会去北京或者去草原，一定联系我，我要去各位的城市玩，也会第一时间告诉你们！"

大厅里又陷入了沉寂，赵忍只能借着收拾行李先行回屋，他觉得继续待在下面，自己的离别情绪会越来越恶化。

过了一会儿，屋门被轻轻推开，赵忍正专注叠衣服，没听到声音，突然就被一个人抱住了。

"我会想你的！"

赵忍没转身，长叹一口气说道："我也是，不过你我之间缘分只有这几天，能够得到你的喜欢，是我的荣幸，有机会去北京，我好好招待你！"

葛小仙慢慢松开了手，赵忍心中也有诸多不舍，可理智告诉他什么都不能做，什么都不应该做。

"我走以后，要照顾好自己，你虽然讨厌白墨，但他毕竟是男人，有些事情是可以依靠的，如果碰到实在难以判断的，随时给我打电话！"

葛小仙强忍着委屈不让自己哭出来，这越发激起了赵忍的悲痛，他轻轻抱着葛小仙，摸着她的头，小声安慰着。

楼下的人没有什么动静，看样子是默认留给二人一些空间，即便如此，时间还是到了。

"一会儿你就不要去送我了，这样的话悲伤或许会少一点！"

葛小仙脸上露出了不悦，赵忍还是坚持如此，他背起那个巨大无比的背包，拉着葛小仙的手慢慢下了楼。

大厅里的小伙伴还在，他们都等着送赵忍离开，赵忍却只让大家送到了大院门口，他不希望在机场那种冰冷的地方结束这段友谊。

院子里的大铁门关上的时候还是会发出刺耳的声音，可这声音是赵忍最后一次听到了。他强行拉上了大门，又在门口停留了许久，才咬咬牙向平江路走去。

对于赵忍来说，苏州之行结束了，几天之前，他从下飞机的时候本以为来的是"人间天堂"苏州，没想到，这"天堂"却犹如凡尘一般诸多琐事，甚至还让他陷入了一段红尘之中。

值得吗？

苏州之行续章

再续前缘

内蒙古。

"赵大哥！"

赵忍原本正用下巴和肩膀夹着手机，听到熟悉的声音赶紧停下了打字的手，可屏幕上显示的号码并不在他的通信录里，不过能直接开口叫赵大哥的，多半也不会是陌生人。

"是你啊，好久没联系了！"

赵忍觉得声音无比熟悉，实在和名字对不上号，只能先客套客套，慢慢猜是谁了。

"赵大哥，你还真是老油条，明明没有听出来我是谁，干吗答应得那么快！"

被戳穿的赵忍又一次看了看屏幕上的号码——脑海里对这串数字完全没有印象。

"哈哈哈哈，这人一老啊记忆力就下降了，但是我能听出来这声音非常熟悉，一定是我多年的好友！再说你还怪我老油条，分明是你换了号码，不然我怎么可能没有印象！"

"不愧是我的赵大哥，倒打一耙的实力简直无人能敌！我是葛小仙啊！"

赵忍一下子就清醒了,这声音还真是她,只不过听起来情绪有些低沉。

"出什么事了突然打电话?"

"瞧你说的,没有事就不能给你打电话了吗?"

"你的不高兴都顺着手机流进我耳朵里了,到底发生什么事了?"

"老爷子走了!"

"老爷子?哪个老……"赵忍突然想起来了,"是吗,什么时候的事?"

"昨天凌晨,刚才白墨给我打电话了,他……早晨去了一趟,说老爷子走得很安详,家里的事情也安排妥当了,看样子这些年那群人变好了,他担心的争吵都没有发生。"

"老头担心了一辈子,终了能轻轻松松走,也算是积德吧,我说你怎么语气怪怪的,原来是这样。"

"赵大哥还是一如既往心思细腻,我一开口你就听出来不对劲了,白墨早上打电话的时候我还没反应过来,仔细一想上次一别居然过去这么久了!"

赵忍盯着面前的日历长叹了口气,"是啊,都已经这么久了,我以为后来咱们还能有机会再见呢,谁知道忙忙碌碌好几年过去了。"

葛小仙在电话那边沉默了一会儿,应该是被赵忍的话戳中了心思吧。

"赵大哥最近在忙什么呢?我看你有一段时间没出去玩了呀!"

赵忍无奈地笑了笑回道:"有大半年了,有时候自己还有些诧异呢,只要一计划出去,就会涌过来一堆事情,然后就懒得动弹了,只想瘫在床上睡觉!"

葛小仙在电话那边咯咯笑个不停,赵忍实在想不通自己的话有什么笑点,转而问道:"你怎么样啊?和小白墨是不是准备结婚了?"

赵忍的话音刚落,就察觉到自己可能说错了话,连忙发出一阵呃的声音。

"赵大哥,别闹了!我喜欢的可是你,他白墨只配去门口当迎宾!"

赵忍听出来这话里带着刺呢,赶紧嘿嘿一笑说道:"葛店长,你别闹了,都已经这么多年了,那点小情绪还没消化完呢?"

"是你先开我玩笑的,赵大哥,我现在在盐城!"

"盐……城，在哪儿？离苏州远吗？那你的店呢？放假了吗？"

葛小仙的语气更低落了一些，"赵大哥，看起来我们真的有很长时间没有联系了，郭胜和小黄同学你应该也没有消息吧？"

赵忍心中突然有些愧疚，当年离别的时候是自己口口声声说以后常联系找机会多见面，真回到了这边，只有刚开始的一段时间里大家还互相打着电话聊天，后来慢慢就淡了，虽然经常可以翻到联系列表的这群人，似乎从心底不再热衷于回忆，偶尔有时候想打个电话聊聊天，又觉得太过突兀，与其客套一番，不如……算了。

"算了"这个词真的很有趣，它不代表忘记，可又不能立刻去做，有时候，更像是一种逃避的借口。

赵忍不知道是不是因为老了，所以才会对当初那么热衷的事情变得有些呆滞。如果不是今天葛小仙来这个电话，可能还需要很久，他才愿意拨通朋友们的电话。

"对不起，我其实一直很想知道大家的近况，但工作太……"

赵忍编不下去了，他知道这个理由对于聪明的葛小仙来说，就好像告诉她太阳从西边出来一样。

"没关系的赵大哥，其实我跟你一样，这些年无数次看到了你的名字，可没有一次拨通电话，如果不是老爷子走了，或许我也很难开这个口吧！"

"我很想你葛小仙！"

"哎呀赵大哥，你这么一说我立刻不生气了，等待这么久值了！"

"话说你怎么跑到盐城去了？"

"说来话长，你走之后，我和白墨还有郭哥觉得一直开着青旅，开开心心过一辈子挺好。没想到，原本安静祥和的平江路，突然被一群拍视频的炒火了。你去过大理城吧，就是那样，一夜之间涌进来好多商家。我们仨本来挺开心政府大力发展旅游业，这样青旅的生意会越来越好，谁知道，那些生意人根本不是为了开发平江路的特色，而是开了一堆的酒吧、KTV、娱乐城，自从这些店铺营业以后，天天晚上都是重金属乐，别说听城中那条小溪的流水声了，现在因为污染严重，小溪都要被强制填平了！我们的'如·初'小店，主打的就是氛围，现在哪儿还有什么氛围，有时候说话都得扯着嗓子，很多游客都选择去市中心住了，时间一久，生意越来越惨淡，我们仨实在经营不下去了，只能处理了青旅。"

葛小仙的话让赵忍一时有些难以接受，他偶尔还会刷到平江路的旅游视频，看那些人拍摄的样子依然值得一去，他还跟同事朋友说起当年旅行时的故事，推荐"如·初"，推荐老头的网红店，今天听葛小仙一说，所有的美好回忆真变成了回忆。

"你是说那边现在成了娱乐一条街吗?"

"是的，就是娱乐一条街，不过老爷子的网红店还可以，毕竟他主打的一直都是热度，就是现在的价格可贵了!"

赵忍忽然觉得时间真是可怕，这些年他虽然没能再去一趟苏州，可心底里还想着未来有一天可以和心爱的人重走一遍自己走过的路，现在看已经不太可能了。

"赵大哥，我记得你当年说过，特别喜欢一个场景，就是可以在街角重逢昔日的好友，互道一句'别来无恙'。可惜现在的平江路已经没办法给你那样的感觉了，我也是因为这样，没有继续留下来蹭热度开店，而是回到了老家盐城。这座城市没什么特点，开青旅不太现实。所以我听从了父母的安排，现在的工作很安稳，日子还算自在。郭哥留下和白墨开了一家酒吧，后来认识了一个帅哥，跑去了人家的城市，前不久好像结婚了吧。白墨一个人经营那家酒吧，听说还不错，有几个唱歌很好听的歌手，也算挣了一点钱，应该快要结婚了吧，这就是我们三个人的近况了，是不是……有些意外?"

这次轮到赵忍沉默了，他不知道该怎么回答葛小仙的问题，因为她说的每一个字都在撕裂着曾经的回忆。他知道这个世界上没有什么是一成不变的，他不是不能接受最糟糕的境遇，只是，这一切太过突然。

"我……我不知道该怎么说，我觉得……"

"原来厉害的赵大哥也有词穷的时候啊！"葛小仙在电话那边发出一阵笑声。

"小仙，那你知道郭胜和小黄同学怎么样了吗？"

"他们呀！"葛小仙的停顿让赵忍心中咯噔一下。

"他们俩其实还好，我也只能用还好来形容了，前段时间，郭胜和我说，两个人现在的情况很关键，走对就该结婚了，走错——也不是走错，就是好聚好散！"

赵忍明白这个意思，最初两个人就是因为异地问题迟迟没有进展，虽然后来确认了关系，也度过了一段非常快乐的时光。但郭胜心中依然留有芥蒂，准确点说，他们两个人只是很默契地选择了隐藏，现在这个矛盾终于藏不住了。

"赵大哥，你还好吧？"

"没事没事，今天的信息量有些大，我可能需要一点时间消化一下！"

"赵大哥，你怎么突然变得跟小孩子一样了呀？你不是一个多愁善感的人啊，谁的人生不发生点变化呢？以前我总觉得可以那样过完一生，现在却在办公室里了，仔细想想，当年能够在青旅认识你，真是三生有幸呢！"

…………

挂了电话，赵忍盯着电脑屏幕里的初稿陷入了沉思，他不知道该怎么和葛小仙解释自己正在写的这些东西，因为——文章的内容居然和她今天讲述的吻合了！

赵忍并没有了解过苏州那群朋友的近况，他只是想把曾经的故事记录下来，然后，把匆匆结束的结尾写得再戏剧性一点罢了。

没想到，一通电话让文章中的文字变成了现实，赵忍盯着还在闪烁的光标，一时竟不知道该不该继续下去。他其实写了两种不一样的结局，前者更加圆满，后者更加凄凉。

赵忍原本打算写完之后寄给这群许久未见的朋友们，可现在，小说变成了现实，那个圆满的结局还要保留吗？

别来无恙

北京之行

第一章 再遇鬼老六

看着"鬼老六"摇摇晃晃消失在人海中，做了二十多年无神论者的赵忍第一次感受到了透心的凉意。此时本是炎热季节，可赵忍的身上汗毛耸立，满是鸡皮疙瘩。

如果说曾经的北漂生活留给他很多刻骨铭心的回忆，"鬼老六"一定是其中最特别的存在。

当年第一次见他的场景赵忍已经记不太清了，只是鬼使神差一般听他念叨了几句，真真假假，假假真真。说实话，这些话对于当时的赵忍来说，无疑是自取其辱。

这些年在外当背包客，赵忍见过不少形形色色的人。虽不能知晓其全部过往，但通过言谈举止也可以推断出几分信息，一个天桥下的神叨老头，背靠着京城庞大的人潮，有点识人辨物的能力不足为奇。况且见他背着行囊神色匆忙，试图谄媚几句换点零钱也是正常，所以赵忍全程都像是在观看一只杂耍的猴子。

只是，后来的事情一一印证了老头所言，赵忍才真正开始反思到底谁才是那只猴子。

时隔三年再见"鬼老六"，赵忍不知道该用什么样的语言描述自己的心情。偌大的京城，人海茫茫，即便如他一般身形硕大的人，也只会被来往的人潮所吞没，又怎会记得身边究竟有何人经过呢？

赵忍环顾四周，难不成"鬼老六"真是老天爷安排好的？

赵忍下意识掏出口袋里的那份文件，反复确认了好几遍地址——确实就在校区旁边，不管怎样，先报了到再说。

地铁站里就连匆忙的气息都是那么熟悉。赵忍走过最多的就是这条路线，但距离上一次刷卡已经过去了三年之久。

报到的流程非常简单，赵忍出奇配合，生怕自己违反了哪一条规定被拒绝，就是工作人员问及是否需要住宿的时候，他犹豫了一下。曾经生活过的地方就在隔壁，他不知道还能不能回去。

工作人员以为赵忍有难言之隐，提醒他如果在本地有住宿的地方，只要不耽误上课时间，可以不用申请宿舍。

赵忍掏出手机想拨个号码，转念一想三年未见了，即便是曾经在一个战壕里同甘共苦的兄弟，能不能接受突然的同住请求，还是个问题。

好在工作人员勉强同意了他晚一点登记入住的请求，赵忍背起行囊转身出了大门直奔校区。

校区的大门依然锈迹斑斑，赵忍记得自己有一次犯了错，被老大罚去给这扇门刷油漆，后来因为没找到五金店，被迫换成了请客吃饭，没想到三年过去了还是老样子。

门口的接待是一位年轻的姑娘，看起来刚刚工作没多久，对赵忍这种背着巨大行囊的人有些手足无措，不知道该不该帮忙。

赵忍看着她发怵的样子于心不忍，提醒她先给自己做个登记。

女孩儿这才反应过来，一边脸红地打开册子，一边上下打量着面前这个魁梧的男人。

当看到赵忍的签名时，女孩儿的眼神立刻变得不一样了，似乎发现了新大陆一般，这点变化被赵忍感受到了，好奇地问道："不好意思，怎么了？你看我的眼神不太对啊！"

女孩儿连连摆手道歉，赵忍没工夫和她计较，拿起行囊径直走向了一处角落。

校区虽然有电梯，但是需要刷门禁卡。有一次大楼装修改造，新开通了一条消防通道，将原本那个废弃了，没有堵死，只是把每一层的门上了把锁，赵忍悄悄配了钥匙，每次迟到的时候，就从旧通道偷偷溜进去，躲过门口检查的领导，还可以堂而皇之出现在大家面前，称自己早就到了。

重新回到大本营，赵忍忍了一路没有联系曾经的战友，就是为了突然出现给他们个惊喜，而这条废弃的消防通道，就是自己最佳的入口。

赵忍小心翼翼地观察了一下四周，并没有人注意到自己的行为，他轻轻拉了几下门，一闪身钻了进去。

因为已经废弃了多年，楼道里的灯都坏了，一股腐烂的泥土味差点让赵忍吐出来，他强忍住恶心，掏出手机打开灯，一点点向楼上走去。

到达办公区后，赵忍从门缝里看着外面熟悉的场景，一时有些想哭，上一次这样偷偷摸摸溜进来还是在1100多天以前，那个时候，他还是校区里的"毒瘤"。

赵忍拿出钥匙的时候手都在抖，他想象着自己推开门跳到四人组工位前，大喊一声"呦吼"，然后听月姐气呼呼地骂自己"赵狗"，那场面一定很销魂。

可赵忍几次都没有把钥匙插进锁孔里，他以为是自己太激动了没有对准，用手机仔细一照才发现——锁已经被换了。

赵忍愤愤地骂了一句，这不相当于被锁在了门外，哪儿还有什么惊喜可谈，丢死人了！

从门缝里看了看工位的方向，好像只有马言在，赵忍偷偷给他发了条信息，没过一会儿，门外传来了熟悉的声音。

"赵忍?"

"好兄弟！快救我出去，谁换了门锁，都已经废弃了还花这闲钱！"

"呃……是头儿！"马言在另一边小声答道。

赵忍有些哭笑不得，他以为头儿早已经忘记了这扇门的存在，谁知道偏偏是她。

马言把钥匙递出来，赵忍打开锁却没有第一时间推门，而是轻声问道："其他人在不在?"

马言说了声不在，赵忍这才探出头，猛地吸了一口气说道："啊，还是熟悉的味道！"

办公室似乎没什么变化，赵忍顾不上其他人诧异的眼神，扔掉背包给了马言一个大大的拥抱。

"好兄弟，想死你了！"

马言愣了几秒，似乎在考虑该不该有这样夸张的动作，但赵忍的一句话还是打动了他，两个人使劲拍了拍后背。

"赵哥，我也想你啊！"

马言还在原来的工位，只是旁边原本属于其他三人的地方现在摆着两台打印机和一台微波炉，这让赵忍很是奇怪，不由得问道："咱们这儿现在都这么先进了吗？三台机器就能替代他们仨的工作了？你告诉我，这哪一台可以像月姐那样制作视频，像徐小情那样哭哭啼啼啊?"

马言苦笑了几声说道："赵哥还是老样子啊，要是以前这屋子里全都是笑声了！"

赵忍随意拉了把椅子反坐着，虽然没有看到老大和其他人，但好在还有个马言，总归还是可以讲讲这些年的事情。

"哎，说真的，头儿和他们几个呢？怎么就你一个人在啊?"

马言比几年前看着成熟了不少，他并没有急着回答赵忍的问题，而是上下打量了一番才慢悠悠地回道："头儿新接了一个项目，算是一个很大的盘子吧，已经很久没回来了，至于其他人，都已经离职了。"

"什么？"赵忍激动地站了起来。

"赵哥，你先冷静冷静，毕竟你离开了三年多，这期间发生了很多事。五人组其实很早以前就解散了，那会儿你在老家上班，我们吃散伙饭的时候怕你知道后太难过，就没有通知你。说实话，我没想到你还会回来。因为他们几个走了之后，就再也没有回来。现在，校区是我在管理了！"

马言的话给了赵忍很大的冲击，他在来的火车上一直在想，如果可能的话，五人组在这个夏天重新合体，继续当年的欢乐时光。没想到，真的只是自己的幻想罢了，上一次分别就已经是永远了。

马言看赵忍站着不动，拉着他的胳膊坐下，继续说道："这些年的事情一时半会儿也讲不完。如果你不着急走，等我下了班，咱俩出去边吃边聊。"

赵忍点点头，突然又想起一件事，"马言，你说校区现在是你管理？"

"是的，头儿还是我的直属领导，只不过她大部分的精力都放在新项目上了！"

"那我提个要求，你看行不行？"

"赵哥，你要这么说就太见外了，咱兄弟两个还有什么行不行的，尽管提！"

"我这次来呢是参加单位公派的培训，为期两年半，是阶段性上课，而且就在旁边那座大楼里，所以我想问问你这……"

马言一听就明白了，他拿起手边的电话拨通了一个号码，"哎！我是马言，你现在叫人把我那个屋子收拾一下。对，就是现在，今天有个老师要入住。对，就是和我住！别管那么多，收拾屋子不懂吗？另外再办张饭卡，直接走校区的账就行，理由随便写一个，赶紧的！"

马言挂了电话，赵忍摇摇头说道："你变化好大！原来那个秀气的小伙子一下子就有领导作风了，看样子这些年经历了不少磨炼啊！"

马言叹了口气说道："详细情况这儿不方便说，反正我现在做的换成你一样可以做到！"

赵忍点点头，马言这样简单直接的行为确实很高效，但在他的心中却有一丝说不出的别扭，可能是因为语气太生硬了吧。

"赵哥，这段时间你都会在隔壁上课是吗？那有没有时间来我这儿？"

赵忍摇摇头，"可能性不大，两边上课的时间正好对上，不过你要说课后来帮帮忙，应该没什么问题！"

"太好了！以前看他们管理好像挺轻松的，自己接手之后才发现全是琐碎的事情，一个人太累了，我有多少天没有十二点前睡过觉了，手边真是缺个帮忙的，有时候还挺怀念五人组时期的，你能来我太高兴了。"

赵忍虽然对自己要听命于马言这件事不太舒服，但想到还可以重回校区，也就没那么多顾虑了。

两个人碍于人多眼杂并没有聊太多，等到快下班了，马言才给了赵忍一个眼神跟着大家一起往外走。

到了门口，马言看见那个年轻的姑娘又想起了一件事情，走到她面前说道："小邓老师，跟你说个事情，咱们这儿新来一个老师叫赵忍，以后如果看见他，就别拦着了，顺便帮他刷个门禁卡！"

小邓看着天花板想了想问道："赵忍？是以前那个……"

"对，就是头儿曾经提到过的！"

"啊，我说怎么看签名那么熟悉呢，原来他就是那个'毒瘤'！"

……

小邓话音刚落，赵忍便从人群中闪了出来。

"呃，毒——不不不，赵老师！刚才是……"

小邓看着站在自己面前笑眯眯的赵忍一时有些语无伦次，赶紧望向旁边的马言。

马言露出一丝苦笑抓住赵忍的胳膊说道："别生气，别生气，小孩子开玩笑而已，千万别影响了吃饭的心情！"

看赵忍依旧站得笔挺，脸上的笑意丝毫未减，小邓有些发怵，几乎是带着哭腔说道："赵老师，我请您吃饭可以吗？"

"好！"赵忍和马言同时说道。

小邓吃惊地看向马言，谁知道他丝毫不在意这样的目光，拍了拍赵忍的肩膀说道："唉，兄弟特别想为你接风洗尘，但实在拗不过小邓老师的一番好意，既然她执意要表示一下，你也就别拒绝了，给我个面子怎么样？"

赵忍收拢脸上的笑容，皱皱眉说道："唉，要不怎么说英雄难过美人关呢，我本来都要回去休息了，既然话都说到这儿了，你俩的面子我总是要给的。行吧，不过咱们提前说好，我这奔波一天了，酒就适量些吧！"

"不行！"马言义正词严地说道。

小邓连忙点头表示赞同，马言继续说道："看见没有，小邓老师都不同意适量，好歹两个半男人呢，不喝酒传出去多丢人。再说了，你我兄弟二人多年没见，今天必须不醉不归！"

小邓正在晃动的头立刻停住了，她一边手舞足蹈比画一边伸长了脖子喊道："不是，我不是那个意思……"

赵忍脸上露出无奈的表情，"唉，没想到小邓老师也是女中豪杰啊，既然这样，那我就恭敬不如从命，提前感谢小邓老师的招待了！"

小邓看着面前两个男人一唱一和的样子突然醒悟了，指着马言说道："马老师，你欺负人！"

"哎，小邓老师这话是从何而来啊？"马言的语气里充满了委屈。

"你们，你们俩合起伙来骗我请客！"

"小邓老师，刚才马老师只是很正常地交代工作，没想到你却出言不逊，只见我一面就起了个如此侮辱人的外号。况且，说要请客吃饭的人是你，我俩干什么了？再说，如果不是你主动提出这个请求，我俩能逼你掏钱吗？"

赵忍几句话把小邓说得无言以对，她终于明白了，当年为什么所有女老师提及赵忍都会倒吸一口凉气，他根本不是想象中那种摇头晃脑的无赖，而是从头到脚的君子范儿，就连开口说话的声音都那么有磁性，但要论耍心计，实属王者，马言这么多年一直都是高高在上的领导做派，今天居然也搞了这么一出，可见昔日"毒瘤"的破坏力！

小邓想通这一切，深知自己不是这二人的对手，索性不再争辩。

赵忍看小邓不说话了，心中有些诧异，按以往的经历，女孩儿多半还是要再挣扎一下子的，这样反倒是言多必失，被占了更多的便宜。

赵忍和马言对视一眼，立刻明白了对方与自己所想差不多，没想到刚才一出小小的闹剧，居然挖出来一个人才。

三个人并没有走太远，找了一个看起来还算干净的小饭馆。马言美其名曰给小邓省点钱，赵忍知道他是想找机会拉她下水罢了。在点酒水环节，赵忍装作旅途劳顿不能沾酒，算是饶过了小邓。

"你们四个人到底是怎么回事？"等菜期间，赵忍忍不住发问道。

马言微微侧头偷瞄了一眼小邓，赵忍一挑眉毛，用左右手各比画了一个二和一的手势，然后揉了揉太阳穴。

马言舔舔嘴唇，又皱着眉想了想说道："唉，这个事情说来话长了，小邓多少听说过我们五人组的故事吧？"

小邓点点头回道："听说过，参加培训时有个老师讲了可多呢，大家私底下都对你们几个充满了好奇，尤其是……"说到这里，小邓小心翼翼地看了一眼赵忍，"尤其是赵老师，他的故事就跟小说一样，我一直都想见见本尊呢！"

"你是想见赵老师，还是想见'毒瘤'啊？"赵忍戏谑道。

小邓的脸一下子就红了，"赵老师真对不起，我不应该当着那么多人的面给您起外号！"

"不应该当着那么多人，合着如果人少的话，就可以起了吗？"

"不是不是不是……"小邓突然感觉自己脑子都不够用了。

"行了行了，你本来就是'毒瘤'，还怪人家小姑娘起外号，小邓你不用解释了，他根本没生气，就是为了调侃你呢！"

被拆穿的赵忍哈哈一笑，小邓连忙小声问道："那是不是这顿饭我也不用请了？"

"哎哟，你这个小丫头片子，够机灵啊！不过，我不生气可不等于你不用履行承诺！"

听赵忍这么一说，小邓顿时露出了委屈的表情，马言赶紧说道："行啦，你一个小姑娘刚工作没几个钱，下次再让你请，我来吧！"

小邓强忍住自己的笑意，指了指菜谱说道："那……那马老师我能再加一个菜吗？"

这回轮到马言笑不出来了，赵忍心中越发惊奇，他着实没想到这个傻乎乎的小邓居然还能反将一军。

"加吧加吧，没看出来啊，小邓老师，这蹬鼻子上脸的技术快赶上我俩了！"

小邓嘿嘿一笑说道："怎么可能嘛！马老师和赵老师当年可是叱咤校区的风云人物，我这顶多是班门弄斧。不过您夸我这一句，是不是代表今天这顿饭算我的入伙饭呢？"

马言和赵忍又对视了一眼，他们不知道小邓是无心之举还是真猜出了他俩的用意，如果是后者，那确实有些恐怖了。

"入伙饭说得太夸张了，咱这儿又不是犯罪团伙，但意思是对的，主要你马哥一个人管理校区太累了，缺少人才来帮帮他。你要愿意干，从明天开始就不用在楼下了，直接搬个凳子坐他旁边，取代一个打印机的位置吧！"

小邓缩着脖子紧张地看向马言，马言点点头说道："赵老师可以全权代表我！"

"我愿意啊！楼下的活儿我早就干腻了，一点儿挑战性都没有。马老师那我能再加瓶饮料吗？"

马言捂着脸摆摆手示意她自己去拿，小邓站起身冲向了前台。

"这个丫头在楼下真是耽误了！"

"呸，作为领导没能发现这么优秀的员工算失职！"

"你还别说，我每天来来回回出入那么多次，真是没发现她的聪明劲，要早知道，我哪用得着那么累！"

"所以说啊，你现在是有了领导的做派，但跟头儿的底蕴和眼光相比还是差了那么一点点！"

"得了吧，头儿那样我可不敢想，能把这摊子事做好，我就已经心满意足了。这回你来了，我又收了一员大将，也算是凑齐了半个五人组吧！"

"对对对，刚才问到五人组发生啥事了，被小邓这么一打岔给忘了，快说快说！"

"那天……"

第二章
恐怖铃声

　　马言前前后后讲了近一个半小时，对赵忍来说却像是过了整整一天，他没有想到这一切来得那么快，从自己偷偷离开到五人组关系崩溃分道扬镳，仅仅只有一个月。

　　从频繁的视频到无人问津的死群，赵忍是有所察觉的，可他并没有关心校区究竟发生了什么，也许是离开后懒得管，也许是工作忙忘却了，他很自然地接受了一夜之间大家就不再热情。

　　时隔三年回来，赵忍心中始终存有一丝芥蒂，他很怕四人组与自己之间的隔阂太大，影响了最初的那份感情。现在想想，不知道是该庆幸自己多虑了，还是该悲伤一切都消失了。

　　马言口中的故事结束时，桌子上的饭菜已经很久没有动过了，起初小邓还在低头自顾自吃着，到了后半段，她也被吸引了注意力，默默地含着筷子，听马言的讲述。

　　"所以，只有月姐陪你走到了最后？"赵忍在三人安静许久之后低声问了一句。

　　"是的，徐小情和刘望的离开，对整个校区的运转影响巨大，毕竟两个核心管理呢，月姐本来也准备走，但她看我一个人处理这堆烂摊子实在于心不忍，便说陪我到学期结束。说真的，如果不是月姐，凭我的能力，那个学期指定会出大问题！"

"那为什么不给我打电话？多少还能帮你一点！"

马言苦笑道："赵大哥哎！我怎么可能不想给你打电话，关键是月姐，她……她生气你不告而别，认为五人组的崩溃跟你有直接关系，所以直到学期结束走的那天，提及你还是咬牙切齿，当时这可是我唯一的依靠，她不让我敢吗？"

赵忍无奈地笑了几声，马言一句话就戳中了他的软肋——月姐，一个凌驾于他之上的女人。

看马言和赵忍低着头不再说话，小邓缩着脖子含着筷子弱弱地问了一句："要不你俩喝一点？"

两个大男人一下就被逗笑了，赵忍轻轻点了点小邓的头说道："就你鬼机灵，我都说了旅途劳累只吃饭。你要陪我俩喝，咱们就开一瓶！"

小邓吐出嘴里的筷子连连摆手，"不了不了，赵老师，您今天看着确实累了，沧桑了不少呢！"

赵忍没好气地回道："你要想说我又老又黑就直接说，不用拐着弯嘲讽，今天这顿饭本来就是简简单单吃一口，从明天开始，咱们仨就算是一个团队了，马老师你天天见，应该多少了解一些，我——你肯定只在传说中听到过，其实本人……"

"其实本人更恐怖！"小邓小声嘀咕道。

"你说啥？"

"不不不，我说赵老师玉树临风、儒雅端庄，虽然面露疲惫但藏不住无敌魅力，想必那些传说中的风言风语也只是嫉妒之人的厥词罢了，我小邓今天必须为您正名！"

"你确定刚才说的是这些词吗？怎么感觉多了好几个字！"

"确定确定，赵老师一定是沉浸在马老师的故事中没有听清，看样子咱们今天的确不宜喝酒！"

赵忍懒得再和小邓争辩，转头说道："他们三个走了之后，头儿没什么说法吗？"

"她能说什么呢？人走已成定局，作为领导能做的就是尽量把损失降到最低，所以她把我推了上来。我哪儿知道从库管到负责人只用了不到半年，早知道我当时多少也学一点管理了！"

"换我也想不到，不过看样子现在都很平稳嘛！"

马言长长地叹了口气："已经三年了，再撑不起来，你也看不到我了！"

"好啦好啦，虽然是被迫长大，结果总归是好的，你现在算是领导，管理着这么大的地方这么多人，今天还阴差阳错收了一员大将，以后肯定会越来越顺的！"

小邓用筷子指了指自己说道："大将是说我吗？我怎么感觉上了'贼船'啊！你们两个大男人不会对一个小女生做什么吧？我还没谈过恋爱呢！"

"你谈没谈过恋爱跟我俩有啥关系？"

"赵老师不是总……"

小邓一句话没说完，突然看到赵忍的眉毛立起来了，赶紧低头扒拉了一口饭。

"小邓！"

"哎，在这儿呢，赵老师，您怎么啦，快喝口茶，我的意思是您总加班为校区奉献，我怕没时间谈恋爱了！"

"不冲突啊！你要有男人喜欢，我立刻马上给你放假，多加班一分钟我赵字倒过来写！但是……"

"没有但是，赵老师！就这么说定了，为了休息我租也得租一个男生！"

马言用筷子敲了敲盘子说道:"行了行了,你俩别耍贫嘴了,正经事还没开始呢,就先想着偷懒了。小邓你只要好好干,校区里的男老师有不少呢,到时候我俩随便帮你一把,初恋不是问题!"

"马老师,我先谢谢您了!我突然特别想为校区奉献自己的全部,什么谈恋爱——与工作相比,简直不值一提!我决定从此刻开始,校区就是我的初恋情人!"

……

三个人吃完饭,小邓借口要和某个"男朋友"视频,一路小跑先回了校区,赵忍和马言不着急,慢慢悠悠在路上走着。

"当年你不告而别,留下了一堆烂摊子,刚才小邓在,我没好意思说,怎么着,这次回来打算怎么处理啊?"

"说实话,我也不知道呢,走一步看一步吧,对了!你还记得我说过的那个算命老头吗?"

"火车站天桥下面那个吗?记得啊,你不是说神神道道骗钱的吗?"

"我今天又看见他了!"

"什么?这不可能!"

"对,我看见他的时候就是你这个表情,而且不是我遇到他,是他主动来找的我!还是在当年的位置,可怕吗?"

马言扭头左右看了看,好像感应到了"鬼老六"的存在一般,"那他找你说什么了?"

"我希望再算一卦,他拒绝了。你知道我向来不信那些,但这个人多次出现在不可能出现的时间线上,我隐隐感觉不太对劲,所以这次回来,我还是尽可能地隐匿在幕后吧!"

马言脸上也露出了严肃的表情,别的人不知道,他可是唯一在这条时间线上的旁观者。如果"鬼老六"让赵忍都紧张了,那就真得提起三分精神了。

"嗨，没事没事，我也就是把今天遇到的小插曲告诉你一声，我不会因为某个人改变自己——即便他算得有一点准，再说了，任何事情都存在变数，我就不信他能算到结局！"

看马言还是有点疑神疑鬼，赵忍一拍他的肩膀说道："行了，你一个旁观者怕什么！先陪我去培训中心那把信息登记了再说！"

马言脸上的表情多多少少还是有点不自在，就在这时，赵忍的电话铃声突然响起，吓了马言一个激灵。

"哈哈哈哈，瞧你那样子，只是个铃声啦！我都不害怕，你……"

赵忍的话还没说完，眼睛突然瞪大了，马言在一旁笑道："你还好意思说我，不就是个电话吗，至于这么瞪……"

赵忍颤颤巍巍把电话往马言面前一递说道："你不害怕，你来接?"

第三章
无敌老大

马言一看来电姓名，硬生生将后半句话咽了回去。

"她怎么来电话了？"

"她怎么就不能来电话了？"

"偏偏咱俩在一起的时候来电话，你不觉得太巧合了吗？"

"所以接不就知道了！"

马言的脑袋摇得像个拨浪鼓似的，"我不来！这可是打给你的！"

赵忍冷哼一声点开了免提。

"兔崽子！"

"哎，在呢在呢，头儿，您最近挺好的啊？"

"我好不好你来校区看一眼不就知道了！"

"哎哟！瞧您说的，我要有机会一定先去看您啊！"

"别跟我这儿贫啊！你现在来看我也不晚！"

"您……知道我来了？"

"小兔崽子！我都几个月没来校区了，今天晚上路过，说上来看一眼，好家伙！偌大个校区全是议论你的！"

"呃，头儿，我发誓今天可没闯祸啊！"

"你没闯祸？那是谁被关在废弃消防通道里了？"

"我怎么知道您换了锁啊，不然我神不知鬼不觉的，肯定不会吓大家一跳。"

"还怪起我来了？你以前迟到都是从那个地方钻出来的，懒得管罢了！"

"嘿嘿，头儿，我就知道您是天底下最好最善良的领导！在您的英明决策下，咱们校区……"

"得得得，少跟我这儿拍马屁，还英明决策，我都让打印机替代徐小情和代小月了，我英明什么英明！"

赵忍赶紧捂住电话小声说道："你这儿都是什么破员工，怎么什么话都往外说呢！"

电话里另一端传来了头儿的声音："你少跟马言抱怨，还不都怪你！"

赵忍嘿嘿一笑回道："头儿，您可真聪明，居然知道马言在我身边，我没跟他抱怨，我夸咱们老师观察仔细呢！"

"行了行了，你俩走到哪儿了？赶紧回来！"

"好嘞，您渴不渴，要不我带瓶可乐上去？"

"用不着！"

赵忍挂了电话和马言一路小跑去了培训中心，虽然工作人员有些不悦赵忍的拖延，但还是允许了他只上课不入住的请求。

出了培训中心大门，赵忍伸长脖子四处瞭望，马言一脸不解地问道："你不赶紧上去还看什么呢？"

"哪儿有便利店，我去买瓶可乐！"

"她不是用不着吗？"

"你呀，别总把她当成领导，就当成一个小女生，女生说不要的时候就是要！"

马言吐吐舌头，耐着性子和赵忍买了一大桶可乐才回到校区。

两个人刚到办公区，便看见头儿正坐在转椅上悠闲地和加班的老师聊天。

"头儿，我想死你啦！"

赵忍先是停顿了一秒，随即用夸张的声音一边喊着一边冲向转椅。

所有老师都被他的举动吓了一跳，头儿则用脚轻轻一点地，完美避开了赵忍冲过来的路线。

"小兔崽子！不是让你赶紧回来吗？"

赵忍从怀里掏出可乐桶递到头儿面前说道："这不是给您买可乐去了嘛，附近的便利店关门了，我背着大包跑了好远呢，您不信闻闻我这一身的汗味儿！"说罢又要往头儿身边蹭。

头儿一拍他的胳膊说道："给我滚远点，怎么还是一副不着调的样子！"

赵忍丝毫不在意这番言语，把可乐轻轻拧开，又找了个纸杯倒满，端到头儿面前说道："您先喝点可乐，省得一会儿骂我骂得嗓子疼！"

旁边几个老师被逗得哈哈大笑，头儿无可奈何地指了指赵忍，对身边的其他人说道："他就是我常说的那个'毒瘤'，是不是一点儿都不夸张？我警告你们啊，离这人远点，他在校区里可是天不怕地不怕，到处闯祸，插科打诨耍赖样样精通，不招惹他还要逗两下子呢，你们谁要被黏上了，可别冲我喊救命！"

老师们一听这话，赶紧凑到了头儿的身后，一副小心翼翼的样子看着赵忍。

赵忍一脸委屈，看起来马上就要哭了，头儿指着他的表情继续说道："看见没有，就是这个表情，你们一定要万分小心，他要犯了错被抓到，瞬间就可以表现出这个模样，但其实这个人的脸皮是我见过最厚的。委屈是委屈，不代表会认错，你们谁要是动了恻隐之心，那才是着了他的道，记住，一定不要原谅他！"

赵忍看自己的表演被拆穿了，立刻换了一副笑脸说道："头儿！您怎么能胳膊肘往外拐呢！再说您这预防针打得也太多了吧！搞得我全是恶习，一点儿优点都没有了！以后还怎么开展工作呢？不是说好了对待同事要像春风般温暖嘛！"

头儿把杯子里的可乐一饮而尽，又点点头示意再倒满，赵忍赶紧拧开盖子倒着。

"别跟我这装无辜啊！校区的女老师被欺负成什么样子了，你自己心里有数，我也是为员工着想，全让你欺负跑了，工作才真是没办法开展。本来今天晚上我是碰巧过来绕一圈，没想到挖出来个'大毒瘤'。况且你短时间内不走，我要在还不至于太闹腾，可我平时太忙实在没空过来，校区归了马言管，他能好意思说你？我要现在不多打几针预防一下，难不成非得等老师们写联名信求救吗？"

赵忍被头儿拆了台也不脸红，他站直了身子，右手做出发誓的手势，冲着转椅后面瑟瑟发抖的老师们说道："各位敬爱的老师，我赵某人发誓，绝对不会欺负大家，如有违反，就……"

赵忍环顾了一圈，指着桌上的打印机说道："就让这打印机咔咔印钱！"

老师们被逗笑了，头儿握着扶手站起来一指会议室说道："赶紧给我滚进去，一天到晚没个正形，马言你也来。"

赵忍回了声得嘞，抱起可乐桶一闪身钻进了会议室，临进去前还不忘回头和老师们挥手告别，这一举动又惹得大家哈哈大笑。

关上门，赵忍立刻恢复了严肃的表情，规规矩矩坐在了头儿的旁边。

"你先说还是我先说啊？"

"您先说，您先说！"

"我也不跟你多啰唆，来多久？做什么？需要啥？"

赵忍扑哧一乐说道:"不愧是我的头儿啊,还是那么一针见血,我来参加单位的培训,就在隔壁的培训中心,定期上课,时间两年多,这次大概先上一个多月,至于需求的话,我会和马言提的!"

头儿点点头,冲马言说道:"三点,第一,我不指望你能管着他;第二,有啥事兄弟间多商量;第三,他不提太过分的要求,就不用经过我了,还有什么说的吗?"

马言刚要望着天花板思考一下,头儿挥挥手说道:"行了,有什么情况到时候再说吧,大致意思能明白就行。另外,工资的话准备怎么结算?"

马言刚要开口,赵忍赶紧比画了一个嘘声的手势,头儿皱了一下眉继续说道:"这样吧,先给他按新教师身份入系统,下周一再申请特殊管理。不过这周肯定没工资了。"

"我都行,怎么方便怎么来,反正您肯定不忍心让我喝西北风呀!"

安排完了一切,头儿看了眼手机,"没什么事我就先回了,因为你耽搁了这么久,老刘又打电话催了,记住,遇到处理不了的事就给我打电话!"

看着头儿开车消失在街道尽头,马言长舒一口气说道:"跟了老大这么久,还是有点不太适应这种快节奏,跟机枪一样哒哒哒!"

赵忍哈哈一笑,搂着马言的肩膀一指校区的大楼说道:"行啦,大魔头已经走了,现在这片地界归咱俩了,那还不是想干啥就干啥!"

马言突然冒出来一句:"我有点想把月姐叫回来!"

正准备上楼梯的赵忍硬生生缩回了脚,回头大声喊道:"疯了吧你,你的克星走了,把我的克星叫回来干啥!"

第四章
即将到来的『麻烦』

马言苦笑一声说道："这不是我的想法啊，是头儿刚才下楼的时候偷偷和我说的——如果管不住你，就把代小月叫来！"

"马言我警告你啊，你要敢把代小月找来，我就'欺负'你的女老师！"

"得得得，我投降还不行吗？听说下周上面要来一个年轻的女管理，好像挺有背景的，也不知道是来干活儿还是来体验生活。头儿的意思是我们这几天老实一点，别传出什么不好的消息，如果让高层知道了，影响会很大！"

赵忍满不在乎地回道："女的？那还不简单！中午安排吃一顿大餐，下午观摩一下班级的活动，晚上再组织老师们搞一次狼人杀团建，后半夜等她处于迷离状态的时候小酒一喝，睡一觉起来一准成为自己人！"

马言对赵忍的一番言论不置可否，像这样空降领导对他来说已经屡见不鲜，这几年校区业绩一直平稳，常会有年轻的管理跑到他这儿来实习，美其名曰到一线工作，其实就是为了体验生活，待个一两周左右，写篇心得又回去了。毕竟相比于在校区的工作，坐在总部大楼里喝喝茶要舒服得多。

所以，每次来新领导时，马言都会象征性地安排一番，多少也有点讨好的意思。

只不过这次破天荒来了位女管理，这对马言来说还是第一次，所以赵忍的办法他并没有直接否决，管他呢，有效果就行。

两个人回宿舍收拾了一下，便召集所有老师开例会。

可能是头儿打了预防针的缘故，会上赵忍并没有太放肆，只是简单地做了自我介绍，然后就蜷缩到了角落里。马言布置完一周的工作，临了强调了一句要来新领导。

大家对这样的情况已经轻车熟路，只是听到来人是个女生时，不约而同地发出了一声喔。

"你们这腔调是啥意思？"

"马老师，如果是男生来到咱女儿国好说，这回是个女生呦，得您亲自上阵呀！"

马言用手指了指角落里眯着眼的赵忍轻声说道："没事，遇到这种情况，赵老师出手足矣，你们正好可以学习学习传说之人的手段！"

……

等叽叽喳喳的老师们都走了，小邓搬了个凳子，乖乖坐在了马言身边。

"还算你有自知之明，要是跟她们一起走了，明天就给我回楼下看大门去！"

小邓吐吐舌头说道："马老师您可能要失望了，我……我其实是想说一件事，要不是憋着太难受，刚才我肯定第一个冲出大门！"

马言刚要说话，角落里迟迟没有动静的赵忍突然问道："你是不是觉得上面来的那个女管理有什么问题？"

小邓的脸上露出了诧异的表情，"赵老师，您是怎么知道的？"

赵忍并没有直接回答她的疑惑，而是继续说道："你先说说有什么问题。"

　　"我在校区的日子不算短了，以前来的那两个男领导确实被咱的搞得晕晕乎乎。要说上面看完他们的报告就此百分百放心，我还真有点不太相信。赵老师刚来不太清楚情况，马老师应该知道，上次视频会头儿提到了校区的改革方案，会后马老师说这方案简直是颠覆咱们的运行模式，肯定实施不了，刚才我特地从官网查了一下，这次的女领导别看年轻，可是实打实参与了方案的制订，我隐约感觉她极有可能要把这儿当成试验基地！"

　　小邓这么一说，马言立刻紧张了起来，"哎，老赵，还真有这么回事！"

　　赵忍用慵懒的声音问道："那套方案有啥内容？"

　　"哎呀，二十多条呢，我大致说几个吧，首先就是老师每天上完课之后都要写课程总结发到家长群里；每天晚上的例会都要拍视频、写会议记录上传到官网；还有就是课程每隔几分钟就要加入师生互动，教师助理负责拍下每一次互动的画面，传至家长群并附上文字介绍，每传一次都要在特定的表格内打卡，这个表格也要上传到官网审核，未完成和完成度不高的，要被扣除相应的工资……"

　　马言还没说完，赵忍冷笑一声说道："这怎么可能完成！"

　　"是啊，我听了几条就觉得制订方案的人太傻了，一看就是没到校区真正体验过。这些措施根本不是改革，简直就是颠覆和推翻，课堂教学是要有连贯性的，这么一搞老师和助教大部分精力都要分散到外化上，教学质量根本无法保证！"

　　"而且这个课程和会议的总结，加重了大家的工作量，劳累一天，晚上还要完成硬性指标，人可不是机器，一旦这种负面情绪开始传播，所有教职员工都会形成共鸣，轻则开始出工不出力，重则大规模离职。"

　　小邓在旁边补充道："我觉得还有一点比较实在，就是他们要求了这么多，根本没提涨工资的事情，只说干不好要扣钱，那我们凭什么要付出啊?"

赵忍叹了口气，他并不希望校区真的发生上面那些事情，毕竟一旦这套方案开始实行，意味着大家的精力都要耗在应付上，团建聚餐什么的根本没有时间，校区就不再是"世外桃源"了!

"如果真是这样……"马言小声嘀咕着。

"如果真是这样，那我就想办法逼走她!"赵忍咬牙切齿地说道。

马言和小邓吃惊地看着他，赵忍冷笑一声继续说道："放心，我只是一个编外人员，拉她下水即便失败了，对我的影响也不大，最多以后不来罢了。但校区不能变，这些年我一直把这儿当成'世外之地'，就是因为里面除了现实的工作，还有很多的人情。如果它成了模板式的运营，那我也就没必要留恋了!"

马言对赵忍的这番表态不知道该怎么评价，从内心上说，他也不希望校区变成冷冰冰的机器。但从大局上说，这种模式才是应该建立的，如果每一个小板块都像他们这样充斥着情感纠缠，整个公司终究会如一盘散沙垮掉。

赵忍看马言皱着眉不说话突然笑了，"行啦，咱们别杞人忧天了，那个女领导不还没来吗! 与其在这儿战战兢兢，不如好好享受这几天，到时候走一步看一步吧，真要成了最坏的局面，你俩就当好旁观者，我来跟这个人斗一斗!"

回到宿舍，马言的情绪依然不是很高，赵忍掏出手机上下翻了翻说道："你和他们几个还有联系吗?"

马言摇摇头，赵忍继续说道："趁着咱俩还算校区老大，明天把他们都叫过来怎么样?"

第五章
『天敌』降临

听到这话，马言的注意力总算是转移了，其实在刚见到赵忍的时候，他的脑海里就已经冒出来了这个想法，毕竟之前的重逢少了一个人，多少还是会有遗憾。

"可你不是说月姐……"

"我那是开玩笑呢，她代小月又不是老虎，于情我让她三分，于理我堂堂七尺男儿，又没做过什么亏心事，她不得怕我七分？"

看马言还是一副半信半疑的表情，赵忍一指他的手机说道："咱们那个群不还没解散吗？你现在就给他们发消息，不过别提我在这儿啊，等人齐了给大家个惊喜，到时候就知道我怕不怕她了！"

马言很认真地编辑了一段话发给了其他三个人，刘望和徐小情表示非常愿意再聚一次，只有代小月简单明了地回复了两个字——不去！

这个回答倒是没有出乎大家的预料，毕竟以月姐的性格，她要是很痛快地答应，才是真出问题了。

赵忍开始并没有看马言在群里聊什么，过了一会儿发现消息提醒越来越频繁，忍不住点开了微信。

往上划了好久才发现代小月的两个字回复,赵忍又好气又好笑——月姐,果然还是那个月姐啊!

看三个人劝了半天依然没什么效果,马言选择了放弃,他仰天往床上一摔,嘴里哽咽道:"赵哥,我是没办法了,感觉月姐可能都没有看群里在发什么,现在要么打电话,要么咱们四个人得了!"

徐小情和刘望在发完最后一次来吧也没有了动静,赵忍盯着屏幕思考了许久,在对话框里打了两个字——来吧。

似乎只过了一秒钟,群视频的提示音便响了起来,马言慢悠悠地拿起手机,看到发起人是代小月,一个激灵坐了起来。

点开视频的一刹那,极具穿透力的声音便传了出来:"'赵狗'!"

马言吓得手机差点没掉地上,他稳住机身露了半只眼睛在摄像头前,嘿嘿一笑说道:"月姐,我是马言,你喊错人了吧?"

"你给老娘滚开,让'赵狗'出来!"

马言还想再狡辩一句,代小月的眼神硬生生让他闭上了嘴。

"我告诉你小马言,如果不想明天被打,赶紧让你身边的'赵狗'滚出来!"

马言小心翼翼地把自己的半个脑袋移出摄像头,然后对着嘴型问道:"怎么办啊?"

赵忍苦笑一声,从马言手里接过了手机。

"月姐,别来无恙啊!"

一句别来无恙让代小月原本狰狞的表情瞬间缓和了下来,视频中的另外两个人,则传出了兴奋的笑声。

"好久不见啊,赵老师! 没想到你居然出现在了校区,我说马言怎么冷不丁发消息想聚一聚呢!"

"嗨,我也是今天刚到,具体情况等你们明天来了再好好聊,这次待的时间会久一点,所以不用特别着急。过去了这么多年,想必大家都有话要说!"

虽然刘望和赵忍自那以后再没有聊过天,但朋友圈点赞和逢年过节的问候信息没有断过,更何况男人之间的友谊,即便许久不联络,几杯酒下肚,还是能找回当年的感情。

"好嘞,你要这么一说我就明白了,咱们明天不见不散,我还有点事情先撤了,你……好自为之吧!"

刘望在视频里用眼神瞄了瞄代小月,意思她才是那个最大的麻烦。

赵忍无奈地耸耸肩,和刘望心有灵犀地哈哈一笑,也算是为尘封多年的友谊破个冰。

徐小情就没有刘望那样的爽快劲了,虽然她也表现出了老友重逢的喜悦,但毕竟当初赵忍的不告而别给大家带来了影响,这一次她的心里不知道是该生气还是该开心了。

"赵……老师!"徐小情憋了半天才吐出来三个字。

"徐老师别那么见外,你要觉得老师不顺口还是叫我'赵狗'得了,就像月姐……"赵忍说到一半察觉不对,赶紧闭上了嘴,又偷瞄了一眼视频里的代小月。

"还是叫你赵老师吧,我明天没什么事情,到时候直接开车去校区,如果晚了给我和月姐留间屋子吧!"

"放心,这些都预备好了,多待几天都没什么问题!"

"几天就算了,我们都有工作,没办法像以前……"徐小情没有把后面的话说完,但赵忍明白她要说的是什么意思。

"好啦好啦,这次难得再聚,不提那些伤心事了,明天我和马言在校区等你啊!"

徐小情挥挥手断开了连接,视频里就剩下了代小月和赵忍两张脸。

"月姐,我……"

代小月没等赵忍说完便挂断了视频,马言在旁边愣了许久才小声问道："赵哥，月姐她……她明天能来吗？"

赵忍也是被代小月如此决绝地方式整蒙了，听到马言的话苦笑了两声说道："我又不是她肚子里的蛔虫，怎么知道她来不来。反正咱们准备好就行，如果她没来……没来就没来吧，以后总会有机会再见的！"

马言多少还是能从赵忍的语气中听出来他特别希望见到代小月，倒不是因为两个人有什么难以割舍的感情，只是对于赵忍来说，代小月算是他"真正的朋友"。

……

忙碌了一天，躺在床上的赵忍失眠了。他几次站起身走到落地窗前，看着曾经生活和工作过的地方。他曾是如此熟悉这里的每一个角落，可现在，除了身后呼呼大睡的马言，所有痕迹都不见了。他在脑海里幻想如果有一天马言也离开了，自己再来的时候，该怎么面对这里呢？

他以为什么都不会变，其实，他以为的恰恰变得最快。

赵忍睡觉的时候没有看时间，只觉得自己刚刚闭上眼睛，身边的马言就已经开始穿衣服了。他迷迷糊糊睁开一只眼睛，却怎么也看不清面前人。

"行了行了，你也别挣扎了，昨天晚上起来多少次！搞得我都没怎么睡好，这可是你的地盘啊，怎么还能失眠了呢？"

赵忍张张嘴想解释一下，嗓子里好像被什么东西堵住了，空有气体流动，怎么都发不出声音来。

"不用解释啦，我跟你开玩笑呢，现在刚七点，你接着睡！反正上午也没啥事，等他们人到了，我再来叫你！"

马言从身后的抽屉缝隙里拔出一截面包，一边嚼着一边说道："我买了你曾经最爱吃的面包，还是在老地方。如果起来肚子饿了，就自己掰一块，这个屋子里的东西摆放还是当年咱俩一起住时候的样子，你应该没有忘记吧?"

赵忍努力点点头，然后便失去了知觉。

马言干笑了几声，自言自语道："我记得当年是你站在这个位置对着床上的我说这番话，没想到一眨眼的工夫，居然成了我来指导你!命运真是挺有趣的!"

……

赵忍醒来的时候已经临近中午了，这是他今年睡过的第一个好觉——一个毫无知觉，没有做梦也没有烦恼，甚至连姿势都没有变的觉。

赵忍翻了个身拉开床头柜的上层抽屉，里面整齐地摆放着一排一排的冰红茶——当年它们都是摆在床头柜上，奇怪的是两个人每天早晨醒来的时候，瓶子总是在地上散落着，最后只能选择放进抽屉里。

赵忍又伸长胳膊拉开下面的抽屉，里面摆放着长度正好合适的法棍面包。虽然只是简单的两样东西，但在赵忍心中，这是自己回来的最好证明。

收拾完，晃晃悠悠来到办公室，徐小情和刘望居然已经到了，正面对着大门和马言聊着天。赵忍四处看了一眼没有发现代小月的影子，不由得长叹了一口气。

听见身后的动静，刘望直接蹦起来冲到赵忍面前来了个大大的熊抱，徐小情则是转了个身，友好地笑了一下。

"好兄弟，胖了不少啊，还是吃公家的饭长身体!"

"哎，回去之后每顿饭都没落下，吃完就坐着，可不胖了吗!"

刘望还想继续嘲讽几句，赵忍直接问道："月姐终归还是没来吗?"

"她……你就那么想让她来吗?"徐小情突然问了一句。

赵忍没仔细思考她的话，嘴里嘟囔着："她要是不来，我都没人可以气了!"

赵忍刚说完这句话，瞬间感觉自己后背冒出了一阵凉意，面前的三个人也都是表情各异，好像见到了什么恐怖的东西。

"'赵狗'！你说你要气谁?"

第六章　背后的杀气

赵忍终于明白自己毛骨悚然是为什么了。

"代……月……小月……姐!"

赵忍已经连话都说不清楚了。他知道自己身后站着的是谁,但身体好像出了什么问题似的,纵然大脑下了几遍转身指令,却怎么都移动不了半分。

"昨天赵老师信誓旦旦地说,即使月姐来了也不会害怕,可现在咋看他都是怕得不行啊!"

赵忍听见马言的冷嘲热讽恨不得立刻冲过去捂住他的嘴,但背后那个人的杀气俨然已经将他牢牢粘在了地板上,赵忍只能无奈地瞪了马言好几眼。

"说真的,我一直觉得'健身的耗子也怕猫'这句话一点没错,有些东西天生就是一物降一物,甭管说了什么豪言壮语,一秒就怂了!"

"赵老师,如果需要帮助可以眨眨眼睛嘛!我们也许会去救你的!"徐小情也加入了嘲讽大军。

赵忍咬着牙想转过头,可试了半天还是于事无补,索性放弃了挣扎，委屈巴巴地眨着眼睛。

"月姐，你放过他吧！赵老师只是一个 200 斤的孩子！"

赵忍听到身后幽幽传来一句话："让一让，你挡着我路了！"

得到指令的赵忍如获大赦，一步跳到了两步外，大口喘着粗气。

"月姐，你也太过分了，看把某人吓成什么样子了！"

代小月手提着塑料袋，看都不看赵忍说道："跟我有什么关系？是他挡在门口，我有动过他一根指头吗？"

缓过劲来的赵忍丝毫不在意刚才的丑态，说道："月姐，你一句'赵狗'，我的青春又回来了！"

"你们看看他的样子，他是被吓着了吗？"月姐没好气地问道。

"好啦好啦，大家忘记刚才的不愉快，五人组重新集结，今天都要给我兴奋起来！"

代小月把手中的塑料袋往桌子上一扔说道："兴奋什么，这是你当年逃跑时留下的东西，现在物归原主了！你们几个慢慢聊，我走了！"

徐小情赶紧挡在代小月面前，冲赵忍吼道："赵老师你赶紧劝一劝啊，不然月姐真走了！"

赵忍仿佛没有听见一般，自顾自地端详着塑料袋里的东西。

"月姐，这是啥啊？"

"你打开看看不就知道了！"

"不就是件黑色半袖吗？喔，你把咱们五个人的合照印在上面了！可这味道闻起来怎么怪怪的？"

"谁让你当年跑得太快，这衣服做出来以后一直在我家放着。"

"那味道怎么……你把它放哪儿了？"

"猫笼子里！"

……

尽管代小月解释说她留下是因为这件弄脏了的衣服，对于赵忍而言，原因什么的根本不重要，只要人不走就行。

来到饭店，大家反而没有了在校区时的轻松感，五个人围着一张能坐下十几个人的巨大圆桌，赵忍不知道其他人心里有没有芥蒂，反正他对这样的安排不太满意。

"我说，咱们为什么要离这么远，当年吃饭都是恨不得坐在别人腿上，现在怎么跟谈判似的！"

赵忍的话让其他四个人发出了几声干笑，但并没有谁选择移动自己的位置，赵忍站起身，拖着自己的长椅，甩在了代小月的身边。

"赵老师，你这样……"

代小月挥挥手，"行了行了，就让他坐这儿吧，这么多年了谁能指挥他！"

赵忍嘿嘿一笑说道："当年不告而别是我不对啦，赵某人在这里郑重给大家道个歉，不管出于什么原因，五人组的解散跟我脱不了关系，这杯酒，我干了！"

赵忍说完端起面前的高脚杯一饮而尽。

"赵老师现在酒量可以的，回去没少锻炼啊！"

赵忍擦擦嘴说道："兄弟，这话你可真是说错了，我这几年喝酒的次数可以用一只手数过来，别忘了当年我是因为什么事被流放的，只要我不想，这个世界上就没人能让我碰一滴！"

代小月一拍桌子说道："行了行了，喝个酒还扯那么多话，那这杯是想还是不想啊？"

"嘿嘿，这杯肯定是想啊。道歉就要有道歉的样子嘛，要不我再来两杯？"说罢，赵忍又要给自己倒满。

代小月从他手中夺过杯子往面前一放说道："你知道愧疚就够了，喝那么多酒干啥！从现在起都给我换饮料，把那个瓶子收起来！"

刘望把玩着手中的高脚杯说道："月姐，老友重逢不碰酒岂不是太平淡了呀！今天就把这瓶……"

"瓶什么瓶！想喝也行，你先把欠的这杯补上！"

"不是！我怎么就欠一杯了？明明是他该道歉！"

"道歉酒那是给我的！要说起来，你难道不应该喝一杯道歉酒吗？"

刘望看看代小月快要立起来的眉毛，做出了投降的姿势，"得得得，月姐说得没毛病，这杯我该喝！"

马言观察了一下局势，等刘望痛苦地咽下酒后，轻声问道："我是不是也得喝点？"

"是什么是！就你坚持到了最后，这桌子上最不应该喝的人就是你，乖乖坐那儿！"

看其他两个人都喝了，徐小情端起杯子刚要张嘴，代小月拦住她说道："你不应该喝，毕竟你是因为家庭缘故被迫离开的，抿一口得了！"

代小月低头看看自己的杯子，又举起来在指尖慢慢搓了搓，"虽然你俩走后我又干了一阵子，但身为五人组里年龄最大的，没有维护好咱们的小团体，我也有责任，今天能重聚算是缘分，我干了！"

代小月说完举起杯子就要喝，赵忍一把抢过来说道："你们这是干吗呀！本来我一个人道歉就得了，非得挨个表态，搞得那么庄重！月姐，我知道你一直很舍不得校区的工作和生活，我相信屋子里的每一个人都舍不得，但任何一支团队都会有分分合合，到了某个阶段，大家就会有更佳的选择，校区论情怀那绝对没得说，但要论现实，它真的没办法让所有人都生存下去，这里可是北京啊！"

代小月第一次没有反驳赵忍的话，刘望站起来说道："其实，咱们小队解散的原因要深追究起来，我才是那个罪魁祸首。毕竟赵忍上一次来已经有公职在身，离开也只是时间问题。徐小情——她的家庭变动确实不适合继续留在这里任教。月姐你和'钓鱼哥'有一次打电话我不小心听到了，他已经在筹备婚礼了，不是吗？所以我才是那个最应该留下来的人，你们不是一直很想知道我和头儿的谈话内容吗？很简单，我现在的老板当年也想开展校区项目，咱们五个人当中，只有我最有可能被挖走，头儿谈话其实就是想劝我留下，结果当然你们都知道了。"

"那你为什么非要离开呢？"

"为什么？你说为什么？我要和你一样是女生，我要和马言年龄相同，绝对会多待几年享受一下，可我眼瞅着就三十岁了，晨妈跟了我那么多年，总不能最后落得个家徒四壁吧？头儿给的已经是她能力的极限了，我只有跳出去，也必须跳出去，才有机会挣得更多！你要不理解可以问问月姐，她和'钓鱼哥'爱情长跑七年，如果没有房子和车子，她会选择结婚吗？"

刘望突然意识到自己的语气有些过激了，转身想和代小月解释一下，代小月叹了口气说道："不用道歉了，你说的我虽然不乐意听，但确实是实话，那天从头儿脸上的表情我大概猜出来你们谈论了什么。赵忍说得没错，咱们五个人不可能一辈子在校区里，迟早有一天会各奔东西，我就是在现在的工作单位太压抑了，所以总是怀念当初的日子。"

"月姐，你还是叫我'赵狗'吧。回去这几年，再没有人叫过我这个称呼，可我最喜欢的还是它！"

"其实人生能有一段这样的旅途挺幸运的，就好像迈入社会会怀念大学时光一样。这么多年了，校区还能一直保持着这样的工作氛围挺不容易！"

马言听到这话小声嘀咕道："等下周那个领导一来，校区就……"

赵忍赶紧咳嗽了一声，提醒马言不要再继续说了，好在其他三个人都沉浸在月姐描绘的回忆中，并没有听到马言的话。

赵忍看马言还是一脸疑惑，悄悄编辑了信息给他：不要提改革的事情了，给大家留一点美好的回忆吧。

　　饭局的后半段，所有人都在聊着分开后各自的人生经历，赵忍只讲了一点老家的工作，剩下的都是在说旅行中的故事。他听得出大家也都是在挑开心的事情分享，不得不说，时间有时候真的好可怕。

　　回去的时候已经凌晨了，偌大个校区笼罩在一片黑幕之中，没有一处灯光。这样的场景在过去几乎每周都会有一次，而每一次五人组都是打闹着回到宿舍。

　　今晚，在踏入校区大门的那一刻，所有人都沉默了。也许是因为那样的日子一去不复返，也许是因为明天一早大家就会回归到各自的生活中，也许是……

第七章
暴怒的月姐

赵忍不知道其他人回去之后有没有继续聊天，反正他和马言毫无困意，今天五人组的重逢虽然看似圆满，前前后后还是有太多说不出的别扭。赵忍其实一直不愿承认大家的感情淡了，可今日的相聚证明，有些人走散了之后，即便某一天再次相遇，也难以回到最初的样子了。

第二天一早，徐小情和刘望要赶回去上班，赵忍在大厅和他们寒暄了几句之后便收拾东西去隔壁培训中心上课了。代小月一直快到中午才从宿舍里慢悠悠地走出来，似乎并不着急回家。

马言视察完班级情况，老远就看到一个摇摆的身影，赶紧跑上去问道："月姐，你没走啊？"

代小月根本不理马言这茬儿，四处瞭望了一圈反问道："'赵狗'呢？"

"去隔壁上课了，中午估计不回来了，他临走时交代，如果不是大事儿就不要叫他了！"

"这个兔崽子！当年在校区到处拈花惹草，吃着碗里的瞧着锅里的。昨天晚上我发了条咱们五个人吃饭的朋友圈，谁知道今天早上有个小姑娘在下面留言，看架势应该是要杀到校区来，你说这个事算不算大事？"

马言苦笑着挠挠头说道："应……应该算大事吧？这种情况我也没

遇到过啊！咱校区除了赵忍，其他人还真没这个胆子！"

代小月叉着腰咬牙切齿地说道："我也没想到过去这么久了，还有人惦记着他，而且这姑娘啥时候加的微信，我都记不清了，翻了朋友圈没有正脸照，备注也没有，现在唯一的线索就是网名，你看看能不能和你的好友匹配上？"

马言拿出手机挨个对了一遍微信好友，并不在列表里。

"月姐，这女孩是咱这儿的人吗？按道理说这些年来过的工作人员和老师都有记录啊，我怎么对她一点印象都没有呢？"

"巧了，我也没有什么印象，人家就只是留了个言要过来'算账'，鬼知道她和赵忍有多少账要算，而且我现在很想知道赵忍记不记得自己欠下的债了！"

马言扑哧一乐说道："月姐，你这么一说，要不我跑到隔壁去把他拉回来吧！"

"得得得，不着急，好歹他干着正经事呢，咱俩先替他会一会这个姑娘，实在不行，再通知他回来！"

马言点点头，扶着代小月的手腕说道："让您费心了啊！不得不说，赵大哥在感情方面的功力实属一骑绝尘，我来了这么多年，硬是半点皮毛没学到！"

"呸，我警告你啊，这破毛病学它干啥！你以为天天在花丛里飘来飘去那么幸福呢？那些女人来找他翻旧账的时候你又不是没看见！越说我越来气，晚上回来我一定教育他！"

马言吐吐舌头，赶紧搀着代小月去了办公室，又嘱咐助理从食堂打一份饭回来。

马言趁代小月吃饭的间隙悄悄给赵忍发了消息，可对方不知道在干什么，迟迟没有回复，而陌生女孩也没有说清楚几点过来，这让马言多少有点忐忑。

"月姐，你说这个神秘的女生居然能惦记着赵忍这么多年，他们俩私底下是不是一直有联系啊？"

"不好说，这女孩虽然在我的微信好友里，但是我从未见过她发朋友圈，如果不是她的昵称前面带了分组的标签，我早就删了。"

马言一看代小月又要爆发，赶紧倒了杯水放到她手里，"月姐消消气，赵老师这人除了好色一点，其实没啥毛病，况且咱是个教育机构，他这课程教得没问题，处理事情又妥当，老师之间产生了恋情，又不是啥非法行为，咱不能硬生生拆散了吧？"

代小月歪着脑袋瞥了他一眼说道："好家伙，真是穿一条裤衩的好兄弟啊，这话是不是提醒我呢？合着你手里的员工水深火热你不管呗？骂你的好兄弟你不开心了是吗？马言！"

代小月作势就要打人，办公区门口突然传来了一个柔软的声音："那个……请问，赵老师在这里吗？"

代小月和马言同时回头看向门口，那里站着一个娇滴滴的小女生，看样貌像是个学生。

代小月和马言看出了对方眼中的惊讶。当然，月姐的眼睛里还多了一丝愤怒。

"这么小！"

马言赶紧挡在代小月身前，冲着门口的小姑娘微微一笑说道："没错，赵忍老师确实在这里，您是？"

女孩一听找对了地方非常高兴，几步迈到马言身前说道："您好您好，我叫楚辞，之前在这里上过赵老师的课，您是马言老师，我记得呢！"

马言回头看了一眼代小月，小声说道："怪不得咱俩不知道呢，原来是学生，那应该跟爱扯不上关系了！"

楚辞似乎并没有听马言在说什么，而是伸长脖子看了看周围的工位，没有发现赵忍的身影，于是问道："马老师，我想问一下赵老师在哪里啊？"

马言刚要说他在隔壁上课，代小月一扯他的衣服示意他闭嘴。

"你找赵忍有事吗？"

"上课的时候他曾经跟我们击掌，说等我们考上了大学就可以来找他玩。现在我读大一了，也算是完成了当年的誓言，来之前我也不确定他还在不在，没想到，他居然真的在！"

代小月松了一口气，谁知道楚辞的下一句话差点把她噎死。

"他当时还答应，我考上大学就做我男朋友呢！"

楚辞说得风轻云淡，马言感觉身边的代小月头发都要立起来了。他赶紧挡在两人视线中间，给楚辞指了个位置先坐下，然后对着代小月说道："月姐淡定啊！她一个小姑娘说话童言无忌，赵老师当年肯定是为了激励孩子才这么说的，他那个人你还不知道吗？"

代小月从牙缝里蹦出来几个字："赵忍，等你晚上回来！"

马言吐吐舌头，心中暗道：老赵啊老赵，你许顿饭不就行了，非拿谈恋爱说事，这下好了，祝你晚上有个全尸！

马言拉着代小月坐到了几个工位之外。随后又搬了个凳子凑到楚辞旁边。

"楚辞应该是赵老师最初的一批学生吧？"

"对呀对呀，当时就觉得赵老师可帅啦！"

马言听到背后传来了一声低沉的哼。

"那你这么多年了还记着他呢，就不怕赵老师已经把你忘了？"

"不可能，我们之间一直都有联系呢！尤其高三冲刺的时候，他给了我特别大的帮助和鼓励！就跟我亲哥哥一样！"

马言又听到背后传来了一声哼。

"那个……"

马言扭头看了一眼气鼓鼓的代小月，突然想起了一件事。

"不对啊，楚辞，你如果是赵老师最初的那批学生，怎么能有代老师的微信呢？"

"代老师？谁是代老师？"

第八章 硝烟四起

马言仔细端详了一下楚辞的脸，确认她这话并不是在开玩笑，就在这工夫，代小月已经来到了马言身后，哼了一声问道："同学，那你不认识我是谁吧？"

楚辞摇摇头回道："老师我不认识你，当年给我上课的是赵老师，助教是彤彤老师，马老师我记得是物资管理员，剩下的老师就没什么印象了。"

代小月跺跺脚转身回到了自己的位置上，马言让楚辞先喝口水，凑到代小月身边说道："月姐，看样子留言的另有其人啊，不过这小姑娘来得也太巧了，接下来该怎么办？"

"怎么办？等着呗，等那个女生现身了再说。这个小姑娘看样子只是来找老师叙旧的，没什么威胁，下一个来的才是大麻烦！"

整整一个下午，校区再没有任何人到访，马言不知道楚辞是不是和赵忍联系过了，居然乖乖等了一下午。

这期间，她还和马言去转了一圈班级，体验了一回活动课，俨然把这儿当成了自己家。

马言对神秘女的积极性在指针到了六点时被彻底消耗殆尽，他从木椅上跳起来揉了揉屁股，咧着嘴说道："这神秘女诈胡啊！说好的过来，怎么连个影子都看不到，赵老师也迟迟没有动静，月姐，要不咱先去吃晚饭吧！"

代小月用眼睛瞟了一眼角落里的楚辞，马言立刻明白了什么意思，高声问道："楚同学，赵老师联系你了吗？"

"没有呀！我想给他个惊喜，所以一直没说在这儿，赵老师出什么问题了吗？是不是和那个神秘女有关系？"

马言叹了口气，颇有些无奈地左右扭了扭身体，"那个是另外一回事，小孩子家别掺和，我和代老师要去吃饭了，你走吗？"

楚辞摇摇头说自己要减肥，马言和代小月也不强求，慢慢悠悠去了食堂。

等他们吃完饭回来，离办公区好远便听见了一阵笑声，马言和代小月停下脚步对视一眼——里面有两个女生！

"月姐，你说这个会不会是神秘女？"

"管她呢，既来之则安之，她还能把营地炸了不成？"

两个人说着小心翼翼地挪步到门口，楚辞身边果然坐着一个女生，看背影身材还挺好。

"月姐，咱进去怎么说啊？"

"你问我我问谁去？先看她怎么出招吧，好歹是微信好友呢，多少不至于在我面前爆炸吧！"

马言点点头，跟着代小月走进了办公室。

"哎！马老师，代老师你们回来了！"

听到楚辞的话，一直侧脸对着门口的女生终于转过了身，马言看到这副容貌愣了片刻，突然一指她的脸说道："你是方晚老师！"

被点出名字的女生嘿嘿一笑，"好久不见呀马老师！是不是很意外？"

马言看了一眼代小月，意思这人交给他处理就行了。代小月冷哼一声回到了自己的座位上，戴着耳机看起了剧。

"方老师还是那么漂亮啊！"

"马老师真会说话，我胖了好多呢！"

"方老师是不是讽刺我呢？你还胖，那我只能叫肥了！"

"方姐姐，你是不是神秘女呀？"一旁的楚辞突然冒出来一句。

方晚一愣，马言赶紧挥手说道；"什么神秘女！别听这小孩子瞎说，方老师我们聊我们的！"

方晚看看楚辞又看看马言，"马老师，刚才这姑娘和我说赵忍不敢回校区是因为一个女生，究竟是怎么回事？"

马言突然瞪大了眼睛，代小月显然也听到了这句话，摘下耳机看着方晚。

"方老师，你是不是也不认识角落里那个老师？"

"不认识，当年我除了助教、赵忍和你三个人之外，什么时候和第四个人有过交流！"

"那你今天突然跑过来是？"

"赵忍说他回来了，想我想得不行，我就过来看看呗！"

马言一口口水差点没把自己噎死，"方老师你和赵忍之间还……"

"我开玩笑呢！赵忍那个大猪蹄子，我才不会喜欢他！"

"你这哪像是不喜欢他的样子！"马言心里嘀咕道。

"方老师今天可真是够巧的，是这么回事，昨儿有个女老师说要来，我们想不起来她叫啥才起了个'神秘女'的称呼，这小楚辞啥都不懂！"

方晚恍然大悟，"原来是这么回事，意思是赵忍为了躲开即将要来的神秘女才不敢回来？"

"怎么可能嘛！赵忍是去隔壁楼上课了没回来，都说了这小姑娘的话不可信！"

确认了方晚不是那个神秘女，马言心里又开始忐忑不安了，他借口喝水凑到代小月身边，一脸严肃地说道："月姐，现在这局势怎么办？赵忍那边一直都没回我信息，要不要打电话催催他？"

代小月好像没听到一般，依旧盯着屏幕上的电视剧。

"月姐，你能不能先听我说完再看？"

代小月缓慢地摘下耳机，"你不是一直嚷嚷羡慕'赵狗'的技能吗？还想学点皮毛？你先把这两个已知的伺候好，再把那个未知的应对好，如果她们三个就让你头疼了，那你永远到不了'赵狗'十分之一！"

马言痛苦地挠挠头，他虽然对撩妹技巧感兴趣，但一下子要面对这么多人，确实超出了能力范围。他也很想知道赵忍会怎么处理这些人之间的关系，只是这男主角都已经下课一个多小时了还没有现身，马言都有点怀疑他究竟还在不在北京了。

时间来到了八点，楼道里终于响起了赵忍的声音，屋子里的每个人都有种松了一口气的感觉，等赵忍的身影出现在门口，楚辞第一个冲了过去，大声喊着老赵老赵。

赵忍先是愣了一下，辨析出楚辞的脸后也是异常兴奋，伸手拍了拍她的肩膀。

"太棒了，太棒了，太棒了！"赵忍连说了三声太棒了。

"老赵，我算不算完成了当年的承诺呢？"

"算算算！我真为你感到骄傲，能见到自己的学生上了大学，我这个老师死而无憾啊！"

"老赵，六年前你可是答应过我，如果上了大学就做我男朋友，现在这笔账怎么算？"

赵忍明显不知道该怎么回答了。就在这时，他身后突然闪出来一个身影。

"小妹妹，你的赵老师已经名花有主了呢！"

屋子里的人不约而同地抖了一下，楚辞看看面前的女生再看看赵忍，好像被她的气场镇住了，有些尴尬地摩擦着裤边。

"美女，这小姑娘也没有其他意思，你别生气！"方晚看场面有点尴尬，赶紧出言化解。

"我当然不会和一个小孩计较，但你又是谁呢？"

"我是赵老师曾经的同事，这次正好路过上来瞧瞧！"

"只是路过吗？看样子你等很久了吧？"

"其实没多久，再说我又不是专门等赵老师的！"

"停！你也喜欢赵忍对不对？咱可都是女人，那点小心思我一猜就能猜到！"

"别开玩笑了！我和赵忍只是多年没见的同事罢了！再说了，我是欣赏赵老师的教学能力，可没准备把他占为己有。男人啊，光靠看可是看不住的！赵老师你去哪儿啊？"

方晚看赵忍一点点挪到了门框外，知道他要溜，赶紧出声叫住他。

赵忍看自己被发现了，不好意思地嘿嘿一笑，"我哪儿也不去，就是看你们说话口渴了，想去买几瓶水！"

角落里的代小月双手抱胸，用头示意了一下门口的方向，对马言说道："瞧见了吗？还羡慕'赵狗'的技能吗？"

马言把脑袋摇得跟拨浪鼓似的，"不了不了不了！我可没赵老师这两把刷子，今天算是见到真人版'三个女人一台戏'了！离这么远都能闻到火药味！"

代小月冲着门口还在僵持的几个人喊道："'赵狗'，你过来我说个事情！"

赵忍早就盼望着马言和代小月能出言解救他了，听到这话如获大赦，赶紧蹿到角落里。

"啥事啊？"

"你个小兔崽子，这是招惹了多少女孩子啊！今天一口气都找上门来了！你这小身体能行吗？"

"还行还行，如果再来一个就撑不住了！"

赵忍话音刚落，马言和代小月的脸上就露出了诡异的笑容。

"不是吧？你们俩可别吓我啊，还有人来找我吗？"

"唉，赵哥，你身边那个女孩是当年来过校区的杜什吧，这么跟你说啊，月姐的微信里有个不知名的女老师声称今天要过来找你算账，我们几个已经等一天了，还是没看到人影，现在面前这三个肯定排除掉了，第四个女生来不来还是个未知数，不过她们全都赶在一天来，不得不说老天爷摆明了看你不爽啊！"

赵忍扭头看着门口还在对峙的三个女生，就连楚辞都双手叉着腰一副不服输的样子。

"我这是造了什么孽啊！被堵在培训中心门口不说，回来又被其他两个女生缠上了，马言，要不你？"

马言赶紧摆手，"赵老师，我可帮不了你，顶多一会儿打起来你挨揍了我可以叫救护车，至于别的，您还是自己来吧！"

赵忍叹了口气，一跺脚喊道："小楚辞你给我过来！"

楚辞听到赵忍叫她，得意扬扬地冲着两个姐姐哼了一声，蹦蹦跳跳来到他面前。

"怎么了呀，老赵？你有话赶紧说，我还得给她们加压呢！"

赵忍在楚辞头上重重地弹了一下，"看不出来现在有多乱吗！能不能省点心？"

楚辞面露诡异的笑容，"赵老师，你怎么知道我不是真心的呢？"

这下连赵忍都愣住了，楚辞仿佛没有看到他的表情一般，又蹦蹦跳跳回到了门口，和另外两个姐姐对峙了起来。

"赵老师，这下可咋整？如果那个神秘女再到场的话，四个女人是不是就不应该叫戏可以叫连续剧了？"

赵忍一副欲哭无泪的表情，他看见杜诗雨的时候已经很头大了。这姑娘一见面恨不得扒了他的皮，一边打一边骂他无情无义，搞得所有人都以为他出轨了！

好说歹说安抚好了杜诗雨，又连哄带骗讲述了一下自己"悲惨"的经历，总算让一颗炸弹解除了警报，可谁知道……

"说实话，我觉得场面已经脱离我的控制了，马言！好兄弟！一会儿你帮我把她们三个分开，一人一个教室，我挨个儿去谈还有机会！"

马言看看代小月，后者幸灾乐祸地说道："看我干吗？'赵狗'说啥你照着做就行了，不过我提醒你一句，如果发现不对赶紧跑，这群女人合起伙来……"说罢上下扫了马言几眼。

"月姐，她们又不吃人！"

"吃不吃人真不好说，况且第四个女主角还没登场呢，假如再来一个如果还不是我们要找的那个神秘女，这场戏才真是跌宕起伏高潮不断！"

代小月的话音刚落，门口真传来了一个新的声音："请问赵忍赵老师在这儿吗？"

声音响起的一刹那，全屋所有的目光都汇聚到了门口，这着实吓了新来的姑娘一跳，她下意识地往后退了两步，企图躲开这些不太友好的注视。

代小月没看到女生的样子，只是颇有嘲讽寓意地嘟囔道："我说什么来着，女四号登场了吧？今天可真是热闹！该来的不该来的都来了！赵忍我说你……"

代小月拉着赵忍的衣服刚要调侃，抬头却见他整个人都僵硬了，眼睛死死盯着门口的方向，身体甚至还有些颤抖。

"赵忍？你这是怎么了？"

赵忍仿佛用了很大的力气才从牙齿缝里挤出来了两个字——彤彤！

"彤彤？哪个彤彤？"代小月一脸茫然的样子。

旁边的马言反应了过来，声音提高了几分说道："彤彤？赵老师！是那个彤彤吗？"

赵忍使劲地点点头，好像要将脑袋甩出去一般。

门口僵持的三人发现了赵忍的变化，可还没等她们有下一步动作，赵忍几步冲到了门外。

果然是许彤！

时隔几年能再次相见，这是赵忍绝对没有想到的，他揉了揉眼睛上下确认面前站着的确实是许彤本人，这个动作逗得许彤发出了一阵银铃般的笑声。

"别来无恙，赵忍！"

赵忍听到这四个字，突然觉得今天发生的一切好像真实了许多，他一度怀疑这些人齐聚到校区是有人设计好了，但许彤的出现让他相信这都是巧合。

"别来无恙，彤彤！"

角落里的代小月只听说过许彤的名字，没有见过真人，她看着赵忍此时的状态，用手肘顶了顶马言说道："喂，这赵忍真是够可以的，一个许彤让他形象全无，胜过了前面所有的女生，这姑娘什么来路？"

马言皱着眉回道："其实我也没见过这个人，当年在宿舍里听赵老师描述过很多他们之间的故事。后来许彤出国，赵老师远赴老家，好像就此断了联系，看这情形，赵老师应该对许彤还有很深的感情吧！"

"呸，他'赵狗'要是个深情专一的男人，今天屋子里的其他女生都是摆设吗？你少给他洗白了！"

马言没有反驳代小月的话，只是轻轻摇了摇头说道："我没有给赵老师找借口，当年他说起那段故事的时候，确实能让我体会到很深的感情在里面。月姐你看看面前的这几个女生，她们或多或少都和赵老师有过交集，可没有谁能让他有如此巨大的反应。刚才还说分开挨个儿谈，现在看来，他只想和一个人谈！"

看见许彤，赵忍似乎想清楚了该怎么解决眼下的困境，他对另外三个女生说道："你们三个人也不要这么僵持着了，楚辞，你给我老老实实的啊！小雨，你也正经一点，我是你哥，再闹腾小心我打你！方老师，这两人一个是我学生一个是我妹妹，我身边总共就两个喜欢凑热闹不怕事大的，今天全让你赶上了。给我一点点时间，我需要和门外那个女生聊一下，然后，咱俩单独聊可以吗？"

赵忍严肃的语气让屋子里的气氛一下子紧张了起来，但总算冲开了三个女生对峙时的压迫感，楚辞和杜诗雨对上赵忍认真的眼神不由得乖巧了许多，方晚则非常温和地笑了一下，点点头表示可以。

代小月捂着嘴偷偷说道："瞧见没有，这就是'赵狗'的能力，别看这么多女人叽叽喳喳，只要他一认真，所有人都要乖乖的，你能学会吗？还想学他的皮毛？做梦吧你！"

赵忍挥挥手示意马言安排一下面前的三个女生，自己则带着许彤去了隔壁的教室。

"你……什么时候回来的？"

"有半年多了吧。"

"那你是怎么知道我在这儿的？"

"是头儿发信息说你回来了，我想了很久还是决定过来看看！"

"明白了，你的意思是……现在……你？"

"是的！"

"挺好的，一个女孩子在外总要有个伴，多少会帮你减轻很多的压力！"

"赵忍！我……"

"彤彤，有些话不适合再说了，我们彼此明白心意就好，今天这样的见面，就当作是过去的一种终结吧。记住，在这件事情上你不需要也永远不要做选择，现在的就是最好的！"

许彤看着赵忍的眼睛，突然笑了起来，"赵忍，这些年你确实变了很多，不再像曾经那样冲动。你知道吗，有一段时间我特别愧疚，觉得当初那个说要等你的人是我，选择了新恋情的人也是我，这就像是一种背叛，我……"

赵忍在嘴边比画了一个嘘的手势，"彤彤，我喜欢你，并不是一定要和你在一起，只是希望未来无论发生什么事情，都不要自我怀疑，至少，校区有个老师被你的魅力所吸引，曾经是，以后也会是。我只想让你知道，你的光芒，曾经照亮过我！那是一个刚到北京，感受不到温暖的男孩唯一的光芒！"

许彤哭了。赵忍很想抱着她，可他还是忍住了，他心中想着，也许父母起名忍字就是用在这一天吧。

许彤离开的时候没有和其他人打招呼。赵忍看着她从大铁门消失，几次想追上去，哪怕再多看几眼，可天已经黑了，即便视力再好，也看不到一个被夜色笼罩的人了。

回到楼上，所有人都很诧异赵忍回来得这么快，代小月想嘲讽几句，可看到他有些虚浮的身影硬生生吞下了要出口的话。

"小雨，你跟我出来一下！"

被赵忍点到名字，杜诗雨似乎还没做好准备，她扭头看了看左右两个女生，确定叫的是自己，赶紧蹦了起来。

来到门外，杜诗雨也想钻进教室里，赵忍一把拉住她说道："小雨！别闹了好吗？"

"干吗？凭什么她能和你找个教室说悄悄话，我们俩就只能在公共区域聊天！"

"我和许彤的故事在三年前已经结束了，今天算是个告别罢了，你和我之间，还需要这些流程吗？"

"好好好，我这不是担心你脑袋一热干傻事吗？屋子里一个少女，一个不明来路的老师，我不得替你先把把关嘛！"

"姑奶奶，能不能消停会儿？要再这样，我就给你妈打电话了！"

一听到老妈，杜诗雨立刻像泄了气的皮球一般，连连作揖求饶。

"行了行了，反正我一时半会儿不走呢，哪天你爸妈都在家我去一趟。今天实在没工夫和你玩，这阵仗我脑袋已经够大了，赶紧回家，我不送你了！"

杜诗雨嘿嘿一笑，高声喊道："小美女，你的赵老师叫你呢！"

楚辞几乎是两步就跳到了门口，赵忍上来先给了她一个脑瓜嘣，楚辞自知干了错事，忍着没有叫出声来。

"你前几天还问我怎么追男神同学，今天跑这儿来嚷嚷要当我女朋友，我当年那点本事一点没学，说谎话不脸红学了个精！"

楚辞捂着脑袋龇牙咧嘴地说道："老赵，我也是第一次见到这么多女人同时来追你啊！反正多我一个不多，少我一个不少的，凑个热闹呗！"

"行了，人你也见了，时间也不早了，赶紧回学校去吧。到了告诉我一声，哪天课少我找你玩去！"

楚辞点点头，一下子扑到了赵忍的怀里，嘴里嘟囔着："老赵，谢谢你在高考前那段日子的陪伴，你总说没有教我多少知识，但如果没有你，我一个人无法顺利走出来，更别提上大学了。这份恩情，楚辞会记一辈子的，你是一个好老师，真的！"

听到这番话，赵忍突然觉得鼻子一酸。这个丫头来的时候还是个小屁孩，课程结束之后一直和自己保持着断断续续的联系，高考前几个月，不知道什么原因得了抑郁症，他几乎每天晚上都要陪她聊天，确保她睡着了才能安心。今天之前，赵忍自始至终认为自己做了一件微不足道的小事，可真看着快要和自己身高齐平的大姑娘活蹦乱跳时，心里莫名涌起了一股暖意。他不在乎有多少人知道这番经历，他只是为自己感到自豪，他做到了一个老师该做的——让一个生命回到自己原本该走的路上。

楚辞离开时，方晚就站在办公区门口。她看着赵忍挥手的背影，眼睛中多了一丝说不出的感动。

"赵老师，您是一个好老师！"

赵忍被身后突然响起的声音吓了一跳,回头发现是方晚,双手一叉腰说道:"那是必须的!校区关于我的传说根本就是假的,方老师可不要被骗了!"

方晚被赵忍的动作逗笑了,连连摆手说道:"放心好了,不管传说讲得多么详细,我只相信我看到的。我相信一个孩子的感谢才是真的!"

赵忍好像有点承接不住方晚的肯定,用手比画了一个请,意思是进教室慢慢聊。

听到关门的声音,马言一边摇头一边说道:"真是比不了赵老师啊,三两下就把危机解决了。月姐,即便再来个神秘女也无关痛痒啊!"

代小月从桌子上捡起耳机,瞥了一眼门口说道:"'赵狗'这个人别的不说,对待爱情真的是叹为观止。你瞅瞅今天来的这几个,温柔的、冷酷的、洒脱的,各种类型各个年龄段都有了,也不知道真正能和他走下去的是哪一个?"

马言似乎并不是很赞同代小月的话,"月姐,赵忍的女人缘确实挺好的,但以我的了解,他不是那种对美女见一个爱一个的人。男人聊天时多少会幻想一些不切实际的,可他一直都很清楚自己想要的是哪种女生,如果不符合标准,即便长相很漂亮,他还是会特别冷漠。"

代小月是第一次听马言这么评价赵忍,不免有些吃惊,"你说的是'赵狗'吗?我怎么觉得和他的形象不太契合啊?"

"月姐,我是认真的,赵老师和我讲过一个故事。很久以前他喜欢一个女生,那个女生非常差劲,最起码在周围大部分人的评价中是很差劲的,又能闯祸还不修边幅,性格大大咧咧,但赵老师就是很喜欢她。几乎所有人都不支持也不理解为什么。他跟我说,决定表白是一天下午,打完球回到办公室,他把湿透的篮球服随手扔到了椅子上,那个众人眼中鲁莽的女生小心翼翼地把衣服叠好,倒了杯水,感觉有点烫,在旁边吹了好久才放到他面前，全程什么话都没有说。赵老师说，那一刻，他见到了二十多年来最温暖的午后阳光，所以即使全世界都不同意，他也要珍惜这个女生！"

马言突然苦笑了一声说道："你知道他最后怎么跟那些质疑的人解释这段感情吗？"

"怎么解释？他那个口才应该没啥问题吧？"

马言清了清嗓子，仰起头指着空气说道："我乐意！"

代小月扑哧一声乐了，马言也跟着一起笑了。

"不得不说，能说这句话的，一定只有他赵忍！"

"而且……"

马言刚要继续讲，门口传来了一个新的声音，"赵忍呢？你给我出来！"

代小月和马言心有灵犀地点点头，"看起来，这就是那个迟迟没有现身的神秘女子了！"

神秘女喊完话就没了动静，这让马言有点不太敢出去，他总觉得这个声音挺熟悉，但又和具体的某个人对不上号，只能隐约瞧见一道影子在走廊的地板上晃动，也不知道是不是因为生气浑身发抖。

代小月用胳膊肘顶了顶马言，示意他出去看看什么情况，马言使劲摇了摇脑袋，摆出一副完全不好奇的样子。

"哎，我说你一个大男人怎么那么怂呢？门口现在一点动静都没有，你怕啥？"

"月姐！就是没动静我才害怕，这女生一听就不是个善主，她要是揪着我找赵忍，你说我该咋办？总不能说赵老师此刻正在和另一个女子密谈，请您排队吧！"

代小月被马言一本正经的腔调逗笑了，"那咱俩就让一个女人困在办公室了？我得回宿舍洗个澡啊，今天这戏已经看够了！"

马言掏出手机看看时间，确实该巡查学生的房间了。

"要不我给赵老师打个电话？他们俩聊起来没完没了可不行！门口还排着一个呢！"

代小月点点头，没想到马言的电话刚拨通，走廊里便响起了一阵铃声，随即赵忍的声音传了过来。

"温暖？"

屋子里的两个人异口同声道："这个名字怎么这么熟悉？"

马言好像想起了什么，赶紧打开手机。

"找到啦！月姐，这个温暖曾经是咱们的助教，就是赵老师走之前的搭档，跟我关系还不错呢。对了，她唱歌特别好听，毕业晚会都轰动了！不过我为什么没有看到她给你的评论呢？她……"

马言一边兴奋地说着一边点开了温暖的朋友圈，结果里面只显示了一条白线。

"她——她把我删了？"

代小月捂着肚子哈哈大笑，马言的脸一下子红了，盯着屏幕一时有些语塞。

"小马言，这就是你理解的关系好吗？这姑娘的操作我喜欢！"

马言把手机往桌子上一扣，黑着脸地问道："月姐你不是不加助教微信吗？怎么还能和她联系上？"

代小月耸耸肩，"我也不知道啊，反正肯定是她主动加的我，至于原因嘛，一会儿问问不就得了！"

两个人知道了神秘女的身份，也不再紧张，一起来到了门口。

温暖看到代小月出来连忙挥挥手，十分亲切地叫了声月姐。这让马言越发不舒服，重重地哼了一声。

温暖似乎根本不在意马言的行为，冲他点点头算是打了招呼。代小月侧着身子看了眼隔壁教室里已经没人了，也不好意思直接问方晚的行踪，给赵忍悄悄使了个眼色。

赵忍哈哈一笑说道："月姐你不用这么挤眉弄眼的，方老师只是知道我来了北京，顺路过来聊几句，刚才已经走了。不是每一个来这儿的女生都跟我有情债，大家都是同事和朋友。"

代小月懒得再和赵忍多费口舌，对温暖问道："你是怎么有我微信的？时间太久我想不起来了。"

温暖被代小月冰冷的语气吓了一跳，偷瞄了一眼赵忍才小心翼翼地回答道："上次晚会我唱了首歌，月姐你不是录制了全程的视频嘛，后来说先加微信，等剪辑完给我发一份，然后就一直留着了。"

代小月心满意足地点点头，一旁的马言急于摆脱被删掉联系方式的尴尬，借口要查宿舍，拉着代小月先走，原本热闹的走廊一下子安静了下来。

"温同学，你这气势汹汹地跑过来找我，有何贵干呀？"

温暖听到这话气就不打一处来。当年赵忍扔下一教室的孩子不告而别，偏偏这群孩子天不怕地不怕只怕赵忍，以至于后半段的授课老师完全压不住场子，搞得温暖特别狼狈，课程结束之后大病了一场。父母说啥都不让她再去校区，而实习一周离职又拿不到实习证明和工资，所以温暖对赵忍恨得咬牙切齿，可没想到这人一走就消失了三年。

赵忍其实知道自己走后温暖的情况，也知道那一屋子的定时炸弹交给一个稚嫩的大学生处理确实有些难度，但当时的他自顾不暇，属实分身乏术。代小月向他描述神秘女的时候，他就隐约猜到了这个人有可能是温暖，果不其然。

看温暖紧盯着自己不说话，赵忍向后退了一步，深深地鞠了一躬。

这下真是吓到了温暖，她刚才一直在矛盾，该不该臭骂面前这个男人一顿，但事情已经过去了三年多，提起来有点小肚鸡肠，赵忍突然鞠躬，彻底打消了她心中最后一丝怨气。

"赵老师！你这是干什么啊？"

"当年的事情我还是知道一些的，对你来说的确太不公平，所以这算是正式地和你道个……"

赵忍最后一个歉字还没说完，突然感觉后背传来了一股子凉意，浑身上下的汗毛瞬间立了起来。

温暖以为赵忍僵住是等自己扶，赶紧上前拽他的胳膊，可赵忍的身体却像是着了魔一般特别硬。

温暖不清楚情况，赵忍心中此刻已经翻起了惊天巨浪，他想起了火车站前"鬼老六"说过的那几句话——要问前路何人在，意犹未尽是温暖。

这个温暖！

几天前，赵忍刚听到这几句话的时候并没有想太多，可现在，这一切实在太过巧合，"鬼老六"真的已经神到如此境界了吗？

赵忍颤抖着直起身子，温暖发现他额头已经开始冒汗珠了，不由得戏谑道："赵老师还是老了，鞠个躬给自己累着了，你瞧瞧这汗都出来了！"

赵忍尴尬地笑了笑，随意用胳膊抹了一把额头，温暖连忙从背包里掏出来纸巾递给他。

"赵老师不用这样。我已经不生气了，当年确实有些委屈，后来想想你也不是故意的，这次看月姐的朋友圈知道你又来校区了，所以特意过来瞧瞧，改天一起吃个饭吧！"

赵忍迟迟没有从"鬼老六"的话中恢复过来，答应得有些敷衍，温暖察觉到了赵忍情绪上的转变，估摸着一定是发生了什么事情。

"赵老师，你是不是哪里不舒服啊？"

赵忍不知道该怎么解释自己遇到的算命老头，更不知道说出来之后会不会被当作白痴，他现在只想赶紧找到"鬼老六"问问清楚。

"没事没事没事，我没事！"赵忍连说了四个没事。

温暖看他慌张的眼神虽然不信但也不好再追问，重新加了赵忍的微信之后便匆匆离开了。

赵忍恍恍惚惚回到宿舍，在水池边用凉水洗了洗脸，抬头看着镜子里一脸狼狈的自己。

这个"鬼老六"究竟是何方神圣？

第十一章 兄弟交心

赵忍又一次失眠了。

他也的确应该失眠，时隔三年再入北京，他已经给自己做好了心理建设来应对可能发生的事情，但他万万没想到这些事情会在一天之内爆发。

如果说楚辞的到来是他执教多年应得的奖励，彤彤的出现是他对过去的一次告别，方晚老师最后的肯定是他得到的支持，那杜诗雨和温暖就是他欠下的债。

仰面躺在床上，这些女孩一遍遍在他的脑海里闪过，到最后他甚至已经分不清自己究竟喜欢过哪一个。赵忍苦笑着使劲给了自己两耳光，这声音在寂静的屋子里显得异常响亮。

"赵老师这健身果然不是白练的！"黑暗中马言的声音响了起来。

赵忍吓了一跳，扭头一看，马言的眼睛透着些许亮光。

"老天，你没睡啊！"

"其实我睡着了，但你这巴掌声太大了，给我硬生生从梦里打醒了！"

赵忍没好气地呸了一口回道："少扯，又不是打你，别什么锅都让我背，话说你为啥也没睡？"

马言一听索性从床上蹦了起来，苦笑着说道："我知道你今天经历的事情已经够多了，但还要给你再加一点压，刚才接到总部的委派命令，明天一早，那个传说中的老师就要来了！"

赵忍立刻坐了起来，"不是说她下周才到吗？怎么提前了这么多！"

"我也纳闷呢，这次宣布的是任免令，跳过了老大直接告诉的我，你知道这意味着什么吗？意味着上面很有可能担心老大会让她给我打下手，所以直接告诉我这个人是来负责校区项目的，从明天起我们所有人都得听她的！"

赵忍忍不住爆了粗口，"这大老板还违规办事呢？"

"怎么说呢！"马言长叹了口气，"按隶属关系，老大上面是总监，像校区这样的项目，总监一般不会直接插手，即便是自私一点想安排某个人，按道理说也应该和老大商量一下。退一万步讲，真要任免新的负责人，也是老大带着人来这儿，当着所有人面儿宣读命令，现在这情况，总监是跨过了商量的环节，直接告诉了我决定，这背后的意思不言而喻。老大即使想保留我的职位，也得找总监申请。等走完流程，这个新来的早就坐稳了屁股，还怎么换？"

"那咱们就只能吃哑巴亏吗？"

"是的，就是哑巴亏，总监这个做法虽然不合规，但老大敢举报吗？不敢！既然不敢，那就只能忍了，这也从另一方面反映出新来的这个后台很硬！"

赵忍使劲搓了搓脸，马言这番话给了他巨大的压力，大区总监这个人他是见过的——年轻有魄力。老大自己也承认，她雷厉风行的办事风格，多少受到了这个年轻领导的影响。

换个角度说，改革这两个字，意味着要破坏掉一些旧的事物，肯定也会带来新的变化。这或许不是坏事，但改革难以推行的原因往往就在于它除了会摧毁一些人的利益，还会淘汰掉很多秉持旧规的老人。这群人不愿改变原本的习惯，又不甘于就此被放弃，所以他们的挣扎才是改革推行最大的阻碍。

赵忍就是其中之一。

他在校区混了那么多年，出过不少力，也闯过不少祸，大家碍于老大的默许，对他的行为一直都是睁一只眼闭一只眼，功过相抵。这次的改革，说得残忍点，就是针对像他这样的老人。

马言看赵忍许久没说话，轻声咳嗽了一声，赵忍被拉回到了现实世界。

"这次来北京短短几天，就发生了这么多事情，也许真是老天爷提醒我，错过三年就跟不上了！"

"赵老师，话也不能这么说，改革的内容我多少看了点，推行起来并不是那么容易。她是拿着尚方宝剑来的没错，但要没有咱们的配合，孤军奋战的日子不好过。不说别的，就那条每天晚上写总结，咱校区工作人员七八十人，光写不得两个小时？她看完再上传不得三个小时？这晚上十点半开完例会，磨叽一下十一点了，她一个人得看到第二天天亮去！我就不信剩下的五十多天，她都能坚持下来！"

"那人家要真能咬牙坚持呢？"

"我把头扭下来给她当球踢！"

赵忍一阵大笑，屋子里的气氛总算是缓和了不少。

"兄弟，说实话，这次能来校区我就已经很开心了，虽然旧人都不在了，但至少你还在，校区依然是那个世外桃源。这个新来的负责人能被总监捧到如此高度，肯定有两把刷子，我现在很认真地跟你说，如果接下来出现了任何对立点，无论是你的还是我的，都要让我来。你别跟我讲什么兄弟义气，你要留在这儿继续生存，而我没有牵挂，就算是骂了她，都轮不到开除这两个字。一定记住，只要你还在校区，即便她这次改成功了，未来她不在的时候，我依然可以偷偷溜回来！"

马言在黑暗中默默点点头，他不是那种无脑之人，赵忍的话是应对未来所有矛盾的最优解。

"算了，咱俩为一个老娘们儿在这唉声叹气不值得，说说今天那几个姑娘吧！"

"马言，如果我很认真地说我不是渣男，你信吗？"

"赵老师，如果你很认真地说，那我就很认真地回答，我信！"

"可如果我说她们几个我都喜欢，你还信吗？"

"我信！"

"为什么？兄弟义气？"

马言笑了，"可能会有一点兄弟义气在里面吧，但更多的是我信你这个人。我信你对她们的感情是真的，也信你即便动了情也不会做什么出格的事情，你是无数学生的赵老师，也是我初入北京时的半个师傅。其实这话问月姐，我相信她也会有相同的答案，不然她为什么见过了这么多场面，依然选择叫你一声'赵狗'呢？"

赵忍在马言说到半个师傅的时候就已经开始落泪了，他不知道自己一个大男人为什么忍不住眼泪，只是那些说不清的情绪一下子涌到了心头。

"赵老师，我知道你在哭。没关系，反正屋子里只有咱俩。第二天天亮了，你依然是那个赵忍，我也依然是那个马言！"

第十二章
新仇旧恨

赵忍做了一晚上的梦。

梦里翻来覆去都是几年前在校区里的欢乐时光，所有人都绕着他放肆地大笑，他沉浸在其中不能自拔。

可耳边还是隐约响起了一个声音："赵老师！快醒醒！"

赵忍感觉自己的眼皮无比沉重，他能听出来这个声音是马言的，可浑身上下连睁开眼睛的力气都没有了。

他努力张开嘴，从嗓子眼里艰难地吐出来几个字："怎么了？"

马言的呼吸有些急促，他使劲晃动赵忍的胳膊迫使他清醒，嘴里的声音猛地提高了好几度。

"快醒醒！老大和那个女老师已经到了！"

原本还在纠结自己是不是在梦中的赵忍一下子清醒了，他立刻瞪大了眼睛，吓得马言摇晃的手也僵住了。

"这么快？她们现在在哪儿？"

"在办公区，所有的老师和管理人员都已经去了。本来我不想叫你，但老大刚才发了信息，拖也得把你拖过去，这是要干什么？"

赵忍并没有回答他，而是随意穿了件衣服就往门口走。

马言紧跟在他身后说道："赵老师，你不收拾一下吗？咱们又不急这一分两分的！"

赵忍扭过头，露出一抹笑意，"你不是把我拖到办公室吗？那我还能来得及收拾？"

马言不懂这句话的意思，但看着赵忍已经消失在了门口，赶紧拿瓶矿泉水追了出去。

快到办公区时，赵忍突然停下了脚步，跟在身后的马言以为他要漱口，把矿泉水递了过来。

"不用不用，我都已经这副样子了，还在乎嘴里的味道吗？你到我前面去，拉着我的袖子，表现出费了很大劲就行，但是记住别太用劲，我这衣服一扯就坏了！"

马言看赵忍非常认真的样子，知道这么做一定有他的道理，便扯着赵忍的小臂咬着牙往办公区走。

一进门，所有人的目光立刻聚集到了他们二人身上。背对着门口的一个陌生女人发觉异样，立刻停下了嘴里正在说的话，很自然地扭过了头。

赵忍原本准备装作没睡醒的样子，眯着眼睛偷偷观察一下这个新来的"钦差大臣"，结果一看到扭过来的这张脸，瞬间绷紧了身子。

看清面前衣冠不整的人是赵忍，新来的女老师开始了调侃，"呦！这不是赵忍吗？别来无恙啊！你怎么这个样子出现在校区里了，难不成是小脑萎缩了？"

听到陌生女人的嘲讽，马言有些听不下去了，刚要出言反驳，赵忍一把拉住了他，顺势拽到身后。

"好久不见啊，冷凝老师！这么多年了，您还是那张利嘴啊！"

看到这两个人认识，马言和头儿都有些吃惊，马言的心中甚至都开始庆幸熟人会不会网开一面了！

赵忍揉揉杂乱的头发，指着这位名叫冷凝的老师说道："头儿，这位是和我同一批参加面试的，我不是说过嘛，当年过五关斩六将层层筛选，只剩下了一男一女两个人，男的是我，女的便是她了！"

冷凝冷哼了一声回道："赵老师你以为这么说，就能掩盖你造假的行为了吗？"

看到所有人的目光瞬间聚集到了自己身上，赵忍耸耸肩，摆出一副你能拿我怎么办的样子，满不在乎地说道："冷老师真不愧是老师，造假这两个字用得恰到好处。什么叫造假？是因为有了真的，才造出了假的，那我想问问，这个真的在哪儿？我记得当年总成绩第一的人是我赵某人吧？难不成我造你的假，把真的比下去了？"

"你！"冷凝被赵忍的一番话噎得喘不过气来，指着他半天说不出一个字。

"行啦，冷凝！年纪不大气性不小。今天要是别的老师就罢了，你一个小丫头片子，还跟我这儿玩抠字眼的游戏，不就是当年古文默写抄了你几句话嘛？一百五十分的题，我即便不要那十分，总分依然是第一。别忘了，咱俩差着十七分呢！况且，你这种人真是不识好歹！五轮面试，哪次没给你我的教案模板当参考，拿着那么完整的资料，面试得那么点分，好意思站在这儿说我造假！原本我还觉得教育改革有那么点意思，总监要是真派你这么个翻脸不认人的玩意当负责人，那她也不是什么好东西！"

"你敢骂总监，信不信……"

"信什么？"赵忍突然迈到冷凝面前，吓得她硬生生吞下了还未出口的话。

"信你会开除我吗？小冷凝，当年咱们七十多个人一起参加岗位竞争，我主动招惹过你吗？如果不是看在大家一起奋斗过，你这样站在我面前，我看都不会看一眼，不就是成绩比你高吗？哪条规定成绩高的人一定要衣冠楚楚的？我就喜欢大裤衩大背心。怎么了？我是万万没想到啊，你不但成绩不行，人品也不行，考不过，就跑过去和领导说我穿衣风格不配留下当老师。冷凝，你父母要知道他们的姑娘是个小人，会不会气死啊？"

头儿坐在最远处的桌子后面，听着赵忍噼里啪啦地斥责，暗暗竖了个大拇指，脸上露出了一丝满意的笑容。

整个办公区因为赵忍的语气鸦雀无声，只有冷凝呼哧呼哧的呼吸声，还有她仿佛能杀人的眼神。

过了好一会儿，冷凝逐渐平静了下来，双手插着腰说道："赵忍，当年的那件事，我确实对不起你！可你今天这番话也算是报了仇，当着这么多人的面，我认错！"

赵忍脸上没有什么变化，心里高看了冷凝一眼，他没想到自己的这番刺激，只达到了这么一丁点的效果。

"报仇不敢说，毕竟以前那个领导自己心里有谱，不会因为我的邀遏听了你的话。不过这次你能来校区当负责人我还是挺意外的，风水轮流转嘛，当年教研组我是组长你是副组长，现在你可是大领导，我只是个小老师罢了，还望您老人家不计前嫌，手下留情啊！"

赵忍大笑着绕过冷凝坐到头儿的身边，头儿轻挑了下眉毛又竖了个大拇指。马言这才明白，头儿对总监这次的行为，并不像想象中那么甘心。

看到赵忍落了座，冷凝清清嗓子，重新开始讲述改革的具体内容。赵忍知道这些东西是高层已经定好的方向，自己再闹只会自取其辱，索性不再说话，低头玩起了手机。

迷迷糊糊快要睡着了，赵忍突然听到冷凝叫他的名字，轻轻晃动了下脑袋回道："啥事？"

"赵老师算是校区比较资深的元老了，您听完这些内容之后有什么意见或者建议吗？"

知道冷凝又把烫手的山芋扔给了自己，赵忍没说话只是冷笑着哼了一声。

冷凝被他的这个态度搞得有些生气，"赵老师，您这声哼什么意思？是觉得这套方案不行吗？"

赵忍捏捏自己的脖子，用慵懒的声音回道："冷老师用不着每句话都带着刺，咱俩又不是有血海深仇，这方案是无数老师的心血，我能建议什么？"

"哦，那这么说，赵老师愿意配合我推广这套改革方案了？"

"不愿意！"

"你这个混蛋！"冷凝忍不住骂出了声。

赵忍看她急了，反倒是嘿嘿一笑说道："冷老师终于撕掉那张高冷儒雅的外皮了？这才对嘛，我记得你当年骂起人来一串一串的，今天憋了这么久，我都害怕你会憋出毛病来！"

"赵忍，刚才你指责我那么久，我就当为曾经的错赎罪了。现在这方案是高层领导全票通过，总监亲批我来推行，你为什么不愿意配合我？"

赵忍装作很吃惊的样子回道："冷老师好大的靠山啊！又是高层又是总监的，他们是什么玩意，与我何干？"

"高老师！"冷凝不想再和赵忍多废话，转而向头儿求助，希望她能出面解决一下。

头儿拨开挡在自己面前的赵忍，一脸微笑地说道："哎，冷老师，我在这儿呢，您说什么事？"

冷凝一听这话，鼻子都要气歪了，合着她和赵忍在这儿吵了半天，她装作没看见！

"你！你们！"冷凝用手指着头儿，指着赵忍，又指着下面所有老师和工作人员。

"好啊！早就听闻这个校区以团结出名，今日我冷凝算是见识到了，不过你们以为这样就可以阻碍改革方案的推行了吗？做梦！"

说完，冷凝抱着材料，气呼呼地冲出了办公区。

赵忍看着望向自己的眼神，耸耸肩说道："看我干吗，大领导都走了，你们还不去吃早点吗？一会儿稀饭都凉了！"

众人哄笑着离开了办公区，只剩下了头儿、马言和赵忍。

"我说，你小子今天闹得有点过了啊！"

"头儿，天地良心啊！我可都是按照您的意思来的！"

"胡说八道！我堂堂的一个经理，怎么可能安排手底下的员工内讧！"

头儿虽然语气带着怒意，脸上的笑容丝毫未减。

"得得得，今天这事纯属我俩旧仇现报，与您和马言没有一点关系，当时我气火攻心，你俩好言相劝未果，只能把持着我的手臂，防止出现暴力事件，这样说您看可以吗？"

"可以！"

马言似乎还有些摸不着头脑，但是看着赵忍和头儿三言两语就定义了刚才激烈争吵的性质，便不再多言。

"行了，我去看看那个小冷老师，毕竟是带着旨意来的，这个时候我再不出面安慰安慰，显得咱俩太那个了。还有，你今天好好上课，回来的时候就不要露面了，真有什么情况，咱们电话里说！"

看着头儿摇摇晃晃走出了办公区，赵忍找了个舒服的姿势靠在了椅子上。

"赵老师，你今天这么气她，接下来咱俩不一定好过到哪儿去啊！毕竟人家才是校区的一把手！"

"马言！这冷凝但凡有点脑子，绝对会和总监说先当个二把手适应一下，她也是众人中的佼佼者，头儿最后的那个态度，摆明就是不爽总监的安排，她要看不清这层内涵，还执着校区的职位，那改革一定推行不下去。当了二把手虽然没有绝对话语权，但你这个一把手还敢明目张胆为难她吗？所以啊，不要担心，过不了多久，总监还会给你再打一个电话的。"

赵忍的猜测果然没错，下午还在上课时，他便收到了马言的信息。总监确实打了电话，意思冷凝刚到校区不熟悉情况，整体工作还是由马言继续负责，职位调整问题稍后再议。信息的最后马言附加了几个叹号，也是对赵忍的未卜先知表示肯定。

收起手机，赵忍冷笑了几声。同桌看他的样子十分好奇，低头询问发生了什么事，赵忍调皮地眨眨眼解释道："有只蜜蜂想蜇人，结果被一棒子打死了！"

同桌听完后打趣地回道："那还是因为蜜蜂没叫来自己的好兄弟，要是有一大群蜜蜂来袭，多少根棒子也没用！"

同桌的无心之语给了赵忍启发。他赶紧掏出手机给马言发了条信息，提醒他多留意冷凝在校区的行踪，她这样的人，正面没能拿到权力，搞不好私底下会开始收罗那些不算忠诚的新老师，等势力足够大时，台底下一呼百应，马言想不让权也不行了！

看到马言发来的三个好字，赵忍才放心把手机关上，扭头对同桌笑道："我们这么有缘，晚上一起吃个饭呗兄弟？"

……

从小饭馆回来已经快十点了，赵忍并没有明说自己一直在隔壁住，而是随便找了个借口与那个兄弟暂别，看到他拐进了培训中心大门，才一晃身子溜进了校区。

十点钟，按照日常的工作安排，此时所有人应该正在办公区开例会。赵忍蹭到门口想听听里面究竟在说什么，没想到办公区一个人都没有，甚至连灯都没开。

赵忍以为马言为了躲开冷凝故意加快了开会进度，再加上自己的手机已经没电了，于是掉头准备回宿舍。结果刚走出几步，身后传来了一阵开门声和脚步声。

背后的走廊尽头忽然亮起了一道光，下一秒冷凝的声音便传了过来："所有老师请安安静静地写总结，我稍后回来收。"

听到这话赵忍心里顿时咯噔一下——原来，人都在她手里。

这番操作确实出乎了赵忍的预料，他认为冷凝最起码也要悄悄摸排几天情况再开始，谁能想到她居然第一天就强行拉动老师们参与改革方案了。

这个做法有没有绕过马言不得而知，即便真有人不情愿，强制执行几天后，就不可能公开叫停这件事情了！

赵忍暗暗给冷凝雷霆般的行事风格比了个大拇指——不愧是总监的门徒，做起事来丝毫不拖泥带水。

……

冷凝确实绕过了马言，她利用名单联系到了校区里的所有工作人员和老师，并挨个发了信息，要求晚上的例会结束后，老师们前往某教室集合。这个信息马言其实是知道的，他明白这是冷凝洗脑开始的第一步，如果自己拦着大家都不去，那就是明目张胆地反对了，于情于理都不现实。所以，思考再三，马言只能在例会上稍微提醒大家几句。

这话显然没有多少分量，况且，冷凝也没有进行太多话语洗脑，而是直接安排老师们试写总结。这一幕让门外偷听的马言措手不及，他立刻意识到这件事情一旦开始就没办法停止了，于是赶紧给赵忍打电话商量怎么办，结果，电话关机了！

更不巧的是马言一路小跑想着回宿舍等赵忍，可赵忍想的是去办公区偷听开会，两个人巧妙地错过了。

冷凝布置完任务，没有听到反对声，心满意足地点点头，准备溜出去找个地方给自己的师傅打电话汇报一下战果。

没想到关上教室门隔绝了灯光，使劲跺了几脚走廊的声控灯都不亮。

为了躲开赵忍和马言，冷凝特意选了一间最里面的教室，当时来的人多，她没有注意走廊的黑暗，现在只剩下了自己一个人。即便有手机自带的灯光，还是有种莫名的恐惧，冷凝顿时心中一颤，鸡皮疙瘩马上就出来了。

她小心翼翼地扶着墙往前走，这座教学楼修建时设计者别出心裁，设计了一个闭合六边形，每条走廊的尽头都是一个很大的转角，如果不到头根本看不清下一条走廊的情况。而且每条走廊的灯光根本辐射不到相邻的走廊，最多能看到前面一点若隐若现的微亮。如果不是习惯了这样的设计，就连赵忍和马言，都会被这种突如其来的视野差吓一跳。

冷凝上午一来便受到了赵忍的顶撞，剩下的时间全都在宿舍里用来思考怎么扳回这一局，根本没有仔细了解这座校区的情况，更别说教学楼的建筑形状了。

这会儿只剩下了她自己，冷凝才发觉眼前的路不正常，忽然想起曾经有人提过这座教学楼的设计，但此时再退回教室说害怕不敢走伤面子，无奈只能硬着头皮前进。

走过了第一个转角，尽头总算是能看到一丝微亮了，冷凝顿时感觉身体有了一点力量，不用再扶墙了。

就在这时，不知道从什么地方传来了一个低沉的声音："冷老师，晚上好啊！"

这个幽幽的声音正响在了冷凝戒备心刚刚松弛的那一秒，她只觉得有个什么东西在自己的后脖颈轻轻吹了口凉气，一股麻意顺着脊梁骨迅速游遍了全身。

恐惧到极致便是愤怒，冷凝身体僵硬到连头都没办法扭动了，但还是声嘶力竭地喊道："你！是！谁！"

赵忍的本意并不想吓唬冷凝，是想等等她。毕竟走廊的灯坏了，女孩子自己走有可能害怕，谁知道冷凝居然闭着眼睛摸着墙前进，而且摸到他这儿的时候恰好跨过了一个身位，赵忍不敢发声惊到她，只能悄悄跟在身后，好不容易看到点亮光，才开口说话。

谁知道还是吓到了她，赵忍站在背后，看着面前已经发抖成一团的冷凝，心中着实有些愧疚，双手握着她的肩膀说道："冷老师，别喊，我是赵忍！"

感觉手中的女生身子骨一软马上就要瘫在地上了，赵忍连忙将她搀扶住。

冷凝被一双大手握住肩膀的时候头发都已经立起来了，她甚至开始后悔来到这个校区了，可随即听到身后传来赵忍的声音，她想立刻转身给他一个耳光，但自己的身体一阵绵软无力，连站都站不住了。

倚靠在赵忍手臂上的冷凝咬着牙一个字一个字说道："赵忍，你这个混蛋！"

赵忍又好气又好笑，刚想松开几分力道，冷凝的身子立刻沉了下去，无奈只能拖着她回道："冷老师，我好心好意跟你打招呼，又在这儿费劲撑着你的身体，怎么还骂人呢？"

"我骂你怎么了？我还要打你呢！你……你……你居然整坏了走廊

的灯光，然后故意到这个转角吓唬我。我告诉你，别以为这样的惊吓就能逼走我，我绝对不会放弃的！"

"冷老师，您还真是会幻想啊，我赵某人再不济也不会用这样的方式跟您斗，别总以为敌人都是小人，更何况我们之间又不是敌人，是上下级啊。我能出现在这儿，完全是因为听到了动静，以为教室里进贼了，可谁知道刚走过来就遇到了您，这都已经十点多了，您一个人跑到角落里干什么呢？"

冷凝不敢说最里面的教室里还有人在写总结，只能支支吾吾解释自己是一边溜达一边打电话，结果莫名其妙就走到这儿来了。

赵忍懒得拆穿这种不入流的谎言，看她身子逐渐有了力气，随便叮嘱了几句便准备转身离开，冷凝扶着墙思考了几秒，拦下了正准备离开的赵忍。

"还有什么事儿吗，冷老师？"

"赵老师，我们聊聊呗？"

"冷老师既有此意，赵某乐意之至！"

两个人走出黑暗的走廊，随便找了间教室，也没有开灯，就这样摸黑面对面坐着。

"冷老师想聊些什么呢？"

"我只想问赵老师两个问题，如果你说得有道理，我一定会和总监反馈的。"

"哦？看样子冷老师这是早就准备好了，那赵某人一定认真对待。"

"第一个问题，为什么？为什么你不愿意帮我？为什么要阻止改革方案的推行？第二个问题，要怎样你才能帮我？或者说我要怎么做你才能接受改革方案？"

"冷老师这是几个问题了？怎么数量有些不太对啊！"

"你别管几个，请回答上面的问题！"

"哎，冷凝，在回答上面的问题之前，我先问你一个吧！你知道为什么总监会派你来吗？"

冷凝身体明显一震，这个问题她还真想过。因为在总监的团队中，冷凝并不是最出众的那个，这次来校区推行改革方案，光她知道的就有四个人有此意愿，可总监偏偏选择了她。这个决定出乎了大部分人的意料，冷凝也不例外，她思考再三认为这是一个机会，不是一个坑，所以做了充足的准备，甚至申请提前进入校区。当然，如果不是赵忍这个插曲，冷凝真的会熟悉熟悉情况再决定从哪里入手，可上午的那场争吵彻底影响了她的情绪，也使她改变了原有的计划。比如今天晚上的试写总结，按原定安排，应该是在一个星期以后才开始，但冷凝实在忍不了了！

"你——你为什么会问这个？"冷凝的语气有些忐忑。

"冷老师，看这样子，你自己也疑惑过吧？总监手底下一堆精兵强将，随便来一个都比你省事得多，为什么偏偏是你？"

"赵忍，我的确想知道为什么，你能给我解答吗？"

"好啦，这个问题呢先放下，我来回答你问的，为什么不愿意帮你？为什么要阻止改革？我只能说，我没有想过阻止，改革方案很好，但不是所有地方都适用。第二个问题，不是你做什么我才会帮你，而是我帮了你改革在这儿也不会成功！"

"不可能！你骗人！"冷凝的语调立刻升高了。

"你看你看，冷老师你又激动，我的答案就是这样，信与不信全在你。我提醒一句，你要把总监为什么派你来这个校区和我的答案结合在一块看！"

冷凝突然沉默了，黑暗的教室里安静到能听到两个人的呼吸声。

"赵忍！"

"我在！冷老师又有何见解呢？"

"你确实比我聪明得多，当年那件事我正式给你道歉，对不起！"

"哎哟，冷老师用不着这样，时间都过去这么久了，我一个大男人不至于为这个事情耿耿于怀一辈子，虽然你道了歉，我依然不会站在你这一边。今天既然聊到这儿了，我再卖个人情多说几句，总监也好，那些师哥师姐们也罢，就是看清了这里推行方案成功率不高。所以，高层不在意，底层当放假，你这个人太较真，说好听叫有头脑，说不好听点就是与大家的工作思路格格不入，总监派你来就是摆样子，她知道，不管是谁一定会和我们'同流合污'，但这样的站队并不影响大局，我们都清楚，只有你不明白！"

冷凝把头垂到两腿之上。赵忍担心自己说得太重了，伤了这个原本优秀高傲的女生，赶紧补充道："当然，游戏规则虽然烧脑了一点，你未见得非要玩，不过，如果你执意入局，我们就只能是敌人，无法成为朋友！而我的敌人，只有两个下场！"

冷凝猛地抬起头问道："哪两个？"

"一，失败！"

"那二呢？"

"失败得很难看！"

离开教室前赵忍叫冷凝一起走，但她坚持自己一个人在黑暗中待一会儿，赵忍无奈摇摇头关上了门。

总监选择冷凝来校区做推广的意图和赵忍猜测的八九不离十。

其实，头儿管理的诸多校区中，只有他们这个地方最为特殊，绝大部分的课程周期只有七天，勉强属于短期班。

项目设立的初衷只是想让家长们了解所有课程的统一授课方式和师资力量，顺便在结尾推广一下其他校区的长期班。但是谁都没想到，这个短期班的规模反而越做越大，到最后不得已推出了二十一天的长期班，即便这样，火爆程度丝毫不减，报名人数甚至一度超过了其他校区的长期班，这种发展规模出乎了所有人的意料。

赵忍最初来到这个校区的时候带着一腔热血，但他慢慢发现自己更像是超市打折促销的赠品，心中着实失落了好长一段时间，等想清楚了之后，失落反而转变成了不甘——凭什么我就要当赠品？也就是凭着这股不服输的劲儿，他花了大量时间与精力投入到提升教学质量中，虽然课程只有七天，可学生离别前都对他念念不忘，甚至不愿报长期班，只想多听几次他的课。

赵忍这样的老师是不是特例不知道，但"试听校区"慢慢成了炙手可热的校区，虽然性质还是以短期为辅、推广为主，无论从工作人员还是老师质量都可以与那些老牌校区相媲美。

　　高层出台的改革方案是为了适应当下的教育环境和教学水平特意请专家制订的，虽不能说百分百提升校区质量，也是符合绝大多数的校区实情，毕竟，反馈的效果在那儿摆着呢。

　　偏偏赵忍所在的这个校区就是绝大多数以外的那个少数，本来按照既定安排，像他们这样的短期班没有参与改革的必要，毕竟七天就是一波新面孔，改革方案最少也要一学期才能看到效果。

　　所以，虽然全体校区都宣称参与了教学改革，其实个别几个就是走走过场，并不强求达到规定的标准，而这些校区就成了所有改革者最愿意去的。

　　总监并不是执意要违背这种潜规则，只不过"试听校区"实在太火爆了，她担心这里不做改变的话，会与新校区产生差距。一个旧系统和新系统的碰撞，势必影响招生数量和教学口碑，所以她也是抱着试一试的态度，看看能不能有一些改变。

　　只是冷凝的做事态度超出了她的预期，当然，这也难怪，冷凝是一个非常骄傲的人，由于长期得不到重用，心里一直憋着一股劲儿，她以为这次是千载难逢的机会，私底下研究了很久，这就和总监的本意发生错位，导致事情成了僵局。

　　赵忍大致看了几眼改革方案就发觉与这个校区的情况格格不入，甚至可以说是完全颠覆性的，方案要求的每一条内容校区要么没有做，要么就是反着做，如果真要严格执行，那还不如推倒了重建来得快。

　　赵忍相信高层那么多精英一定能看清现状，想明白这一点，这便是他有恃无恐的资本。

　　赵忍不知道今天晚上的摸黑谈话能不能对冷凝有一点启发，如果换成其他人，可能就和他一起回宿舍了，但冷凝最后还要冷静一番，接下来的一切依然是个未知数。

"冷凝啊！冷凝啊！"赵忍一边叹气一边小声念着冷凝的名字，"你可真是让上面和下面都头疼的一个人啊！"

回到宿舍，马言听到开门声一步便蹿到了赵忍面前，刚准备开口解释，赵忍摆摆手说道："情况我都知道了，她把老师们叫到一块儿了吧？"

看马言一脸惊讶的表情，赵忍无奈地笑笑说道："刚才和冷凝聊了聊，她那点小把戏不痛不痒，完全可以忽略不计。其实高层对咱们这儿是否参加改革思路很清晰，偏偏这个姑娘是个死脑筋，还以为自己能借此一举成名呢，其实人家根本不在意做了什么。"

马言听完后长叹了一口气说道："我虽然没你和头儿想得那么全面，也大致猜到了上面的意思，只不过冷凝这次来声势浩大，我一直觉得自己猜错了，现在看来，其实是她错了。"

"她倒是没什么错，毕竟总监没有说清楚，你不明说，非要让底下人揣测，那就要做好猜错的准备，虽然概率不大，保不齐有冷凝这种脑子的人啊！"

兄弟二人哈哈大笑，马言问道："那接下来该怎么办？"

"凉拌！说实话，我最害怕的就是冷凝这种人，谁也不知道她那个脑子会冒出什么稀奇古怪的念头，当年打小报告的操作就惊到了所有面试老师，如果不是成绩好，谁都不想要这种忘恩负义的小人。所以今天晚上的谈话我相信她一定能想清楚，但这种人想清楚和怎么做完全不挨着，正常人明天再见咱们的时候一定会亲切许多，可你能想到冷凝变成自己人的样子吗？"

马言使劲摇摇头，赵忍苦笑一声说道："我也想不到，所以我真没办法提前做好准备，这么说吧，她明天一早拦住我，说一定要把改革推行下去，都是有可能的!"

......

第二天

"赵忍! 我还是决定要把改革推行下去, 完成总监交代给我的任务!"

一大早, 赵忍吃完早点刚要出门去培训中心上课, 冷凝突然从角落冒出来, 义正词严地说道。

"好好好, 冷老师! 您要做什么没必要和我说, 现在校区您才是老大, 我的职责就是执行, 不是纠错!"

"但我需要……"

"冷老师, 我想您忘了昨天晚上我们的对话了, 这个游戏您选择了继续玩下去, 那就不要再提需要我的帮助了。这条路只能您自己一个人走, 告辞!"

留下冷凝一个人僵在原地, 赵忍一路小跑出了校区大门。虽然他知道有可能发生这种情况, 但真遇到的时候, 还是为冷凝的低智商感到愤怒。

整整一天, 赵忍无心听课, 他实在不想和这个昔日一个战壕奋斗过的同僚产生太大的矛盾, 可眼下冷凝的固执一定会打破整个校区多年来的稳定, 这个时候, 除了逼走她再没有什么好的办法了。

昨日一同吃饭的兄弟课间看见赵忍, 悄悄换了座位, 发现他愁眉不展, 小声问道:"赵哥, 这是怎么了愁成这样, 昨儿喝酒不还高高兴兴的吗, 和舍友吵架了?"

赵忍抬头发觉是他, 长叹一口气说道:"没什么, 遇见个愣头青, 我都告诉她前面的路堵死了, 可她非要自己走过去亲眼看看, 为此摔了跤都不管。我就纳闷了, 是我说的不可信, 还是她真的傻呢?"

"嗨! 赵哥, 这里可是北京! 几千万人口呢! 还找不出一个没脑子的吗? 说不好听点, 这种人掉坑里不拉着你就不错了, 如果不是至亲挚爱，你就默默走过去得了，现在劝她还埋怨你，等她掉进去了，你过去拉她，她可是会感激你的！"

小兄弟的一番话让原本烦躁的赵忍瞬间清醒了许多，他一直在纠结该怎么阻止冷凝推行改革方案，气愤她为什么明知道会失败还要继续，导致自己陷入僵局，小兄弟的几句话看似无心，实则点明了赵忍心中的困惑。

对啊！我为什么非要站在她面前呢？既然知道她一定会失败，跟在身后不是更好吗，到时候还可以英雄救美！

想通这一点，赵忍立刻换了一副笑脸，对身边的小兄弟说道："兄弟，我觉得咱俩今天还是挺有缘的，晚上再一起吃个饭呗！"

马言很好奇赵忍为什么一连两个晚上都和朋友跑出去吃饭，这种情况放在三年前是绝对不可能发生的。

"我说，你从哪儿冒出来一个朋友？"马言看着四仰八叉躺在床上略带酒气的赵忍问道。

"这个事情说起来挺巧，我不知道他叫啥，随便吃顿饭而已！"

"你不知道叫啥就吃饭？还是连吃两顿！"

"人家帮了我大忙，请客意思一下！"

"我为了堵住冷凝放下了一堆手头的工作，你可倒好，夜夜与陌生人把酒言欢，合着她当了一把手你不烦啊？"

赵忍坐直了身子，看着马言着急的样子哈哈大笑起来。

"你还笑！冷凝摆明了不到黄河不死心，今天晚上她又叫走了所有老师写总结，照这个趋势，下周新课一开始，谁还敢反对？"

"这就是我为啥要跟陌生人吃饭的原因了。咱们太紧张了，一个冷凝搞得整个校区鸡犬不宁、人心惶惶。其实你换个思路想想，咱们现在的状态是不是因为打心底里默认她一定可以把改革推行下去，可从另一个角度看，咱们这儿是不可能成功的，所以那个小兄弟的话让我豁然开朗。何必呢，就让她折腾呗，想拉帮结派就拉，想写总结就写，只要能保证大部分人还站在咱们这边，她推行不下去的时候自然会放弃。要我说你也别这么火急火燎地满世界围追堵截了，她要去的地方无非就是各个教室，告诉那些助教一声，谁看见了偷偷往群里发个消息，还有她和哪个人聊了天、聊了什么，愿意说的还是咱们的人，吞吞吐吐的下期直接开除完事，不用像只舔狗似的跟在屁股后面，我怀疑她正希望有人跟着，这样到哪儿都有人能看见堂堂一个一把手跟着二把手到处转。"

"这都是那个兄弟和你说的？"

"差不多吧，我没说实话，他就是随口聊了几句，俗话说当局者迷旁观者清，他的无心之言反倒是解了我的困惑，你说，这饭该不该吃？"

"该吃该吃，要不明天晚上咱再请他一顿？"

"算了，眼下要想办法搞清楚冷凝的下一步动作是什么，虽然咱们不用在意这些，心里多少要有数。你明天让小邓陪着她，另外告诉小邓不用太刻意拒绝，该帮忙帮忙，该解释解释，只需要记着点冷凝说过什么就行，如果有特别惊世骇俗的，随时联系我。"

"这样行吗？小邓毕竟年轻，冷凝好歹是在总监身边混着的，万一……"

"没有万一，她有本事就把小邓策反了去，一个小丫头片子，能有多少底蕴，冷凝真要饥不择食，咱损失一个小助理不痛不痒！"

马言听赵忍说得信誓旦旦，心里总算是放下心来，仔细想想赵忍的话也不无道理。他之所以焦躁，都是由于其他校区传来的信息不太乐观，又是裁员又是调离，搞得大家认为只要是反对改革，都会落得如此下场。

赵忍虽然不是校区的编制人员，裁员什么的也轮不到他，但老大相信他，马言就相信他不会骗人。

"行啦！都怪我回去三年习惯了小心谨慎，到这里一时没有放开，连这些最简单的道理都没想明白，明天起你就安心工作，我就在隔壁，真有冲突三分钟就回来了，你记着出了事一定等我！"

有了这番保证，马言总算睡了一个好觉，第二天醒来的时候赵忍的床上已经空了。

叫来小邓嘱咐了几句，马言虽然不放心，但手头的工作实在堆积得太多了，无奈只能祈求今天无事发生。

冷凝对马言的安排并没有异议，她也知道这种操作肯定是赵忍授意的，只是对他一下子就看出来自己有借马言造势的意图表示了感叹。

冷凝一上午转了四个班级，各听了半节课，没有和任何老师交流，悄悄来悄悄走。

马言看着手机里小邓发来的信息，心中安定了许多。

中午吃饭的时候，冷凝破天荒地端着盘子坐到了马言对面，不过看着马言略微有些紧张的神情，不免有些失望，她还是喜欢和赵忍这样的对手过招。

下午大部分班级都是户外综合实践课，冷凝并没有出现，小邓也不知所踪。这让马言有些忐忑，发了几条信息石沉大海，他不敢打电话询问情况，问赵忍只得到了一个等字，马言连抽了两根烟努力让自己冷静下来。

晚上开完例会，这二人还是不见踪影，回到宿舍看见赵忍正抱着电脑玩游戏，马言赶紧提醒他人不见了。

赵忍连头都顾不上回，"不见了正好，你不就担心她在校区里搞破坏嘛，这大半天人都不在校区，你慌啥？"

"可小邓也不在啊！"

"哎呀，两个女孩子说不定逛街去了呢！即便她真带着任务，也不能二十四小时完全给了工作吧，反正没人查她考勤，咱又不会打小报告，偷偷溜出去买买东西看看电影吃点好的多正常。"

"可是……"

"没那么多可是，马言！我看你也该找个时间出去放松放松了，三年前咱三天一顿烧烤五天一次团建，怎么现在啥都不搞了？"

"冷凝在还怎么搞啊！不怕她抓了把柄要挟咱们吗？"

"得得得，这样好不好，我打电话问问她干什么去了，这么晚同事之间关心一下总是可以的吧。不过，如果她是去玩了，咱们明天晚上来一顿烧烤；如果她是躲起来工作了，我保证再不提这件事！"

"你怎么知道她一定会说实话？"

"这个你别管，反正只要答案不是去逛街，就算我输！"

马言点点头，赵忍立刻拨通了电话。

"呦！赵老师怎么想起来主动给我打电话了？"电话那边传来了冷凝的笑声。

"冷老师去逛街也不说叫上我，那么多袋子你们两个女孩子拎得动吗？"

"赵老师莫不是在跟踪我们，居然知道我俩在逛街？"

赵忍冷哼了一声，一边拿眼睛斜看着马言，一边比画着撸串的姿势。

"冷老师说笑了，我堂堂一个老师怎么会干跟踪狂的勾当，只不过想到冷老师这几天日理万机，应该适当休息休息换换心情！"

"赵老师什么时候变得如此体贴了，难道不是我身边这个小美女与你偷偷沟通的吗？"

听到电话那边小邓极力否认自己，赵忍哈哈一笑回道："冷老师这是以小人之心度君子之腹了，我可是派了校区最精干的人给您打下手，不是派个间谍通风报信，您要知道她一走多少活儿全压在马言一个人身上，如果不是您，我肯定随便找个人打发了。"

"行！看在今天我们俩玩得高兴的份儿上信你一回，赵老师有心了，冷凝改日一定请你吃饭！"

"那就这么说定了，时间不早了，冷老师回来的路上注意安全，到了之后记得告诉我一声。"

挂了电话，赵忍耸耸肩，马言倒退几步坐在床上，一脸疑惑地问道："你和小邓偷偷联系过了？"

"全校区我只认识你，怎么联系她？"

"那你怎么知道的？"

"马言，听我一句劝，该休息休息了，现在你也知道她不好好工作跑出去逛街了，所谓的把柄已经到手了，明天晚上？"

"行吧，这几天确实心力交瘁，不过话说回来，你真的好了解冷凝啊！"

"别，你这是什么眼神？我对她没兴趣，你别想歪了！"

"我还什么都没说呢，你慌什么！不知道为什么总觉得你俩这次的结局一定特别有意思，这个念头在我脑子里非常强烈！"

"闭嘴！"

第十六章
天赐良机

过了一会儿，小邓打来了电话，马言再三确认了冷凝不在，才让她悄悄来一趟宿舍。

赵忍在一旁挑着眉，一脸不可思议的样子。

"你这是什么表情！我有说错什么吗？"挂了电话马言忍不住问道。

"你为什么非要强调悄悄呢？本来大晚上叫女下属来一趟领导宿舍就够猥琐了，你还要加个悄悄，咋的，人家小姑娘的名声这么不值钱吗？"

听赵忍这么一说，马言恍然大悟，使劲儿拍了一巴掌大腿说道："啧！刚才那是什么混蛋话！主要我满脑子都……"

"满脑子都是冷凝对吧？我就知道你会这么说。拜托，你到底有没有认真思考我的建议啊？让你休息的意思不是光躺在床上就够了，懂吗？"

马言嘿嘿一笑，刚要辩解几句，敲门声响了起来。

打开门，小邓有些不好意思地站在门口。

马言赶紧解释道："你别多想，我只是想了解一下今天的情况，你要觉得尴尬咱们就在门口聊！"

小邓知道马言没有恶意，相比于进去，站在门口谈话更容易引起误会，她略微弯了下身子，一闪身钻了进去。

　　看见赵忍也在，小邓一下子变得紧张起来，赵忍哈哈一笑指着椅子说道："你先坐，不用太紧张，就是问几个问题而已，我又不吃人！"

　　小邓小心翼翼地坐了半个椅子，赵忍见状懒得再管，开口问道："你们今天去逛街是几点离开的校区？"

　　小邓一听立刻站了起来，结结巴巴地说道："赵老师，我……我没想去逛街，都是冷老师她……她说如果不去就……就开除我，我知道马老师的工作特别多，可是我真的……"

　　赵忍摆摆手示意她坐下，"你看你，叫你来又不是开'批斗会'的，再说冷凝也是校区领导，她要拉着你逛街，我俩现在整你岂不是明摆着给她上眼药嘛，放心吧，就是问几个问题，不掺杂任何感情。这样，就两个问题，不管你答什么，答完就能走行不行？"

　　小邓点点头，"是这样，中午吃完饭，冷老师问我要不要午休，我说不休息了，然后她就拉着我上了出租车，到了地方才知道是商城。我本来想走，她说走了就开除我，还说您和马老师肯定不会为了一个助教和她撕破脸，我没办法拒绝，就陪着她看了场电影，买了几件衣服，吃了顿火锅。说起来，您打电话的几分钟前，冷老师还在嘀咕怎么还不来电话呢。"

　　听完小邓的叙述，赵忍嘿嘿一笑说道："瞧见了吧马言，这个冷凝故意把把柄放在咱俩手上，还怕啥？"

　　不等马言说话，赵忍继续问道："第二个问题，电话中她提到过'间谍'这个词你还记得吧，后来还说过什么吗？"

　　小邓摇摇头，"她说'间谍'的时候吓了我一跳，虽然马老师只是让我陪着冷老师，但我知道自己的任务，冷老师一下子挑破了这层关系。我还以为她会生气呢，结果挂了电话她还跟我道歉，说不应该怀疑我的为人，然后就说了好多北漂的事情，您要听吗？我都有记下来。"

赵忍哎哟了一声说道："你呀你，哪有什么任务，就是陪冷老师熟悉一下校区情况，咱们这个地方做的每一件事都光明正大，你畏首畏尾反倒落下话柄！"

虽然小邓的局促和开始的机灵形成了非常大的反差，让赵忍心中多了一丝疑惑，可他并没有直接提出来，再加上他原本就觉得冷凝的气场确实容易震慑到小邓，表现失常也在情理之中，所以这念头只是在脑海里一闪而过。

小邓走后，马言迫不及待地问道："我说，你这两个问题也没啥有用的信息啊？"

"本来我也没指望问出点什么来，以冷凝的脑子，还能想不到我们叫小邓过来问话吗？所以她不会说太多有用的信息，装装样子得了。现在的形势就是，我们以为她不知道，她以为我们不知道她已经知道了，我们以为她不知道我们已经知道她知道了，说实话，咱仨跟傻子没什么区别！"

两个人同时叹口气，也没有了继续聊天的欲望，匆匆洗漱一把便睡觉了。

接下来的几天，校区突然变得平静了许多，赵忍每天乖乖去上课，下了课直接钻进宿舍里不露面。马言自那晚烧烤过后也不再过问小邓和冷凝的行踪。冷凝安排的写总结成了每晚的固定项目，大家索性不再另找教室，例会结束冷凝便会自觉接替马言的位置，除此之外，一切似乎都沉寂了下来。

送走一批老学员后，赵忍站在宿舍窗户前看着楼下挥舞手臂的冷凝，这些天他也很奇怪这个女人究竟在干什么，小邓传回来的消息无非就是看看电视剧做做 PPT，出去逛街变成了两天一次，屋子里堆了好几箱子小零食，乍一看真有点度假的意思。

"你看什么呢？"赵忍身后传来了马言的声音。

"没什么，又一期课程结束了，看看孩子们。"

"冷凝最近消停了不少，你说她憋着什么坏呢？"

"明天新学员就到了，她肯定是想认认真真搞一期看看效果。"

"她的脑子里总有些稀奇古怪的想法，比那些调皮捣蛋的学生还让人头疼。对了，明天要来两个新助教，是一对儿双胞胎，长得特别漂亮，家庭情况也很优越，在海外留学，来咱们这儿也是上面有人打了招呼，体验体验生活，要不给你安排一个？"

赵忍没好气地哼了一声说道："得了吧，这种富家千金跟了我，当天总监就得给你打电话了。再说来体验生活又不用安排太多工作，你让那个宣传助教把活儿分一分，上午课堂学习和下午实践活动的拍摄工作交给双胞胎，她正好不用出去了，在办公室剪剪片子，顺便还能替小邓分担一点你的工作。"

"我也是这么计划的，不过这两个 VIP 面试的时候可不怎么稳定啊！又是嫌弃住宿环境又是担心食品卫生的，一看就是那种从小锦衣玉食惯了，而且特意嘱咐我不和其他人住，我现在还愁怎么倒腾宿舍给这两个祖宗呢！"

"那就给冷凝的屋子里塞进去两个人，她一个人住单间够奢侈了，咱俩都没这个条件呢，VIP 来了一看实际情况，说不准直接掉头回去了呢，留下待一个星期顶天了，没什么大不了的！"

"话是这么说，按以往的情况待多久都无所谓，这不是校区里还有个炸弹嘛，我担心她们遇到会出事！"

赵忍听到这话突然扭过头，一脸严肃地看着马言。

"干吗？你别用这种眼神看着我！那可不行，我不同意这么做！"

"不试试怎么知道？再说就一个星期，眨眨眼过去了！"

"两边上面都有人，一旦发生矛盾，我该帮谁？还嫌校区不够乱吗！"

"帮她们干啥，正因为都有靠山，所以咱们卖惨有人信。再说这个时候来两个 VIP，明摆着老天爷给机会，要真能借她们的手逼走她，一个星期以后仁人都离开了，完美啊！"

　　赵忍的话确实动摇了马言的心，他在联系双胞胎姑娘的时候下意识也冒出了这个想法，不过随即就打消了念头，此刻看赵忍跃跃欲试的神情，再加上可能产生的最理想效果，马言纠结许久还是决定试试。

　　"小邓在她身边待得挺好，咱们直接换人不太好吧？"

　　"所以啊，你不是好奇这个女人憋着什么坏吗？直接问她不就好了！"

　　说罢，赵忍拿出手机拨通了冷凝的号码。

　　"冷老师，不知道您说的请我吃饭还算不算数呢？"

第十七章
『鸿门宴』

冷凝似乎没有想到赵忍居然真打电话要求自己履行曾经的一句客套话，可既然赵忍都厚着脸皮说出口了，她也不好再拒绝，两个人择日不如撞日，就定在晚上见面。不过，冷凝表示今天没有新生报到，她要先回趟家，具体吃饭时间待定。

挂了电话，赵忍耸耸肩说道："得嘞，这不就行了嘛，晚上有啥问题当面问她，正好把两个 VIP 一并安排了，你还有啥不放心的？"

马言叹了口气说道："我还是觉得安排 VIP 的事情不太妥当，这要真闹出点矛盾来，到时候怕是不好收场！"

赵忍示意了一下楼底还在挥手的冷凝，"马言，这件事情已经不是妥不妥当的阶段了，而是我们与她只有一方能笑到最后，我相信你也不希望坐在大巴车上看冷凝朝你挥手告别吧！"

想到这一幕，马言的眼神立刻变得坚定了起来，他和赵忍来到巨大的落地窗前，默默地看着楼下。

大门口的冷凝仿佛嗅到了不安的气息，猛然回头望向高楼，却因为阳光的反射什么都看不清。

……

没有学生打扰，赵忍和马言闷起头睡了一大觉，再醒来时已经晚上七点多了。

赵忍睡眼蒙眬看窗外天已经擦黑了，一个激灵翻起身，赶紧打开手机。果不其然，有十几个未接来电，赵忍咧着嘴回拨了过去。

"赵老师！"冷凝高八度的声音下一秒便从听筒里传了过来。

"哎哎哎，不好意思冷老师，我……"

"闭嘴吧！你是不是想说自己睡觉静音没听见？"

"没错没错，冷老师真是明察秋毫！"

"赵忍，我明明说过校区任何工作人员都不允许电话静音，防止耽误重要的事情，可您和马言两个级别最高的领导偏偏带头不接电话，难道自我嘴里说出来的不是规矩而是笑话吗？"

赵忍把电话拿离耳朵远了一点，小声对马言问道："你那儿有未接来电吗？"

"有！我给你俩一人打了十几个！"冷凝在电话那边咆哮道。

"哎哟，冷老师实在对不起，我俩最近太累了，我保证这种情况绝对不会再发生了。以后电话二十四小时开机响铃，您已经到地方了吗？"

"废话！地址现在发给你，十分钟内你俩要是赶不过来，就永远别来了！"

马言张着嘴明显还是一副没睡醒的样子，赵忍一脚踹到他屁股上，"别睡了，咱俩只有十分钟了！"

拉起马言三步并作两步冲下楼，好在冷凝请客的地点并不算特别远，打车过去肯定来不及，偏偏校区附近还没有共享单车，两个人跺跺脚哎呀了一声，一起向目的地跑去。

一路狂奔到了饭店门口，保安可能也没见过这阵仗，上下打量着两个被汗水打湿衣服的男人，赵忍很想告诉他自己是来吃饭的，可此时的嘴已经完全顾不上说话，全部用来大口喘气了。

保安很友善地向旁边的等待区比画了一个请的手势，示意他俩可以到屋檐下慢慢休息。

赵忍知道他误会了，可一张嘴全是不断涌入的空气，根本无法发声，无奈之下，只能用食指不断指着门口，意思是自己想进去找人吃饭。

保安请的手势变成了拦截，他可不敢放两个刚从河里爬上来的男人进去。就在三个人即将发生肢体接触时，门口传来了冷凝的声音："保安大哥，他们俩是我的朋友！"

听到是背后传来的声音，保安略有些迟疑地放下了手臂，谁知道冷凝迈出门槛仔细一看，立刻改口道："保安大哥，这两个一身臭汗的男人我不认识，麻烦您一定拦着他们！"

赵忍往地上使劲吐了口唾沫，肺里的窒息感总算缓解了不少。他指着冷凝说道："好你个冷凝，不就是睡着了没接电话嘛，十分钟之内赶到的约定我俩完成了，你还落井下石！"

冷凝笑嘻嘻地回道："好一个落井下石，赵老师居然把自己的标志词拿出来扣我头上了，要说扔石头，恐怕您才是行家吧？"

保安一听两个人斗嘴皮子，立刻明白了他们之间并非陌生关系，他使劲挠挠头，看看台阶上的冷凝，又看看大汗淋漓的赵忍，壮硕的身体向后退了一步，意思是你俩慢慢吵。

看到这一幕，赵忍笑出了声，略带歉意地解释道："实在不好意思保安大哥，我俩不是流浪汉，都怪台阶上那个女人定了要求，必须十分钟内从两公里外来这儿吃饭，我俩跑得太快了，刚才实在是说不出话，并不是故意给你找麻烦！"

保安偷偷看了一眼冷凝，用一副"我懂你"的表情点点头。冷凝没好气地哼了一声，转身向里走去，赵忍和马言赶紧跟上。

到了包厢门口，冷凝突然停下了脚步，回头对着身后的二人长叹了口气，好像颇有些无奈。

赵忍和马言有点莫名其妙她的反应，推开门才发现屋子里还坐着两个人。

"爸妈，这就是赵忍和马言，我的好同事！"

赵忍听出来最后那几个字冷凝是咬着牙说的，刚想哈哈大笑，可面对着两位长辈，只能忍住。

冷凝叫父母一同吃饭，有些出人意料，赵忍低头看看自己被汗水浸透的上衣，顿时明白冷凝为什么那么无奈了。

冷凝的父母表现出了极大的热情，并没有因为他俩衣冠不整迟到而生气，反而埋怨冷凝布置了太多工作累得同事爬不起床。冷凝侧着脸冲一旁满面笑容的赵忍恶狠狠地皱了下鼻子。

有父母在场，赵忍的计划泡汤了，马言似乎很满意现在的局面，或许是因为安排 VIP 本就不是他的意愿吧。

四个人边吃边聊，反倒将冷凝晾在了一边，也不知道是不是错觉，赵忍总觉得面前的两位老人看自己的眼神充满了——异样的激动。

饭局进行了一个多小时，冷妈妈突然拉起赵忍的手说道："小赵啊，冷凝这个孩子性格太直了，不懂变通，以前在公司的时候，几乎天天回家吐槽同事玩心眼，这次来营地，她对你和小马评价出奇高，她……"

冷凝一听这话，赶紧站起来打断了他们的交流，赵忍挑着眉有些戏谑地瞥了一眼冷凝，他还以为冷凝回家会把他俩骂得狗血淋头呢，没想到……

冷妈妈见女儿如此激动，连忙换了个口吻说道："小赵啊，你和小马要多多包容冷凝，有时候那些活儿她一个人干不完还非要强撑着，她这个孩子就是……"

眼瞅着冷凝又要发飙，冷妈妈一捂嘴表示自己不说了。赵忍哈哈一笑说道："阿姨您放心吧，我毕竟长她几岁，更何况当初我俩还是一起并肩作战的战友，于情于理我也会多理解她的。这不明天总部要派来两名非常优秀的助理老师，还有海外留学的经验，我和马言商量了一下，全部配给冷老师，用来帮助她推行改革方案，她身边现在那个助教有点不机灵，我准备收回来自己带着。"

冷妈妈一听赶紧拍拍赵忍的手背回道："小赵那我就替冷凝谢谢你了，要有个小团队助力，这次任务还能完成得好一点，你不会太为难吧？"

赵忍面带微笑摇摇头说道："阿姨瞧您说的，这怎么会为难呢！我平时事情多没办法亲自帮冷凝就已经够遗憾了，总部来的人才当然要配给最优秀的改革家了。这不为了她们能尽快融合，我特意开了个三人间，能随时讨论方案，省得来回走房间不方便。"

听到赵忍的话，马言和冷凝同时露出了惊讶的表情，赵忍冲马言眨眨眼，意思是回去再解释，而冷凝则由惊讶转为了气愤。她父母不知道，她可是一直把双人间当作单人间住呢，既舒服又自在，这回硬塞进来两个总部派下来的女人，谁知道是方便工作还是增加矛盾。

看冷凝咬牙切齿地瞪着自己，赵忍并没有表现出什么情绪。说实话，他也是灵机一动把话题转移到了这上面，而且笃定在房间安排上，冷凝一定会吃哑巴亏，毕竟她一个人住本就违反了规定。

看冷妈妈表现出的感激之情，赵忍心中别提多开心了，本来以为计划泡汤了，没想到居然阴差阳错超额完成了，这顿饭简直太值了。

冷凝结了账，五个人一起向外走去，冷爸爸突然说自己有点不舒服，让冷妈妈开车，赵忍看着面露痛苦之色的冷爸爸，连忙上前询问是哪里不舒服。

冷爸爸右手不知道是该握拳还是变爪，他解释自己这两天胸口总是又疼又痒，伴随着心里还特别烦躁。赵忍觉得不太对劲儿，但冷妈妈说他们体检过了并没有问题，可能只是过敏了又或是磕了一下。

看赵忍一脸心事重重的样子，冷妈妈感谢了他的关心，带着冷爸爸先行离开了，空荡的街道上立刻剩下了无比尴尬的三个人。

　　由于冷凝执意饭后散散步，赵忍和马言也不好意思再搭顺风车。看汽车渐行渐远，两人十分默契地放慢了脚步，跟在冷凝身后七八米远的位置走着。

　　"哎，我说……"

　　马言止住话抬头张望了一眼前面的冷凝，生怕她听到什么动静。

　　"我说你怎么不按计划来呢！不是说好了安排一个给她吗？怎么两人都甩过去了？还有那个住宿，VIP 明明说了不习惯和其他人同屋，她们仨分开住都怕出事呢，你可倒好全塞到一间屋子里去了！"

　　赵忍挑挑眉毛说道："你是不是糊涂了，谁跟你计划了？我原意就是要把她们凑到一块儿去，一个 VIP 药效太慢，要整就整个大剂量，最好一两天之内就让她们闹翻天。冷凝今天请来父母确实出人意料，但恰恰有父母在，她反倒不敢挣扎了，用两个 VIP 换回小邓，还省下了一间房间钱，这不是最棒的结果吗？"

　　"可！"马言可字刚出口，突然意识到自己的声音太大了，连忙压着嗓子说道："可明天 VIP 来了之后不愿意怎么办？还有那个冷凝，今天晚上有父母在场没发飙，现在人都走了，她故意不坐车回去啥意思，不就是等着机会撒气吗?"

赵忍满不在乎地说道:"你都能想到最坏结果了还怕啥!想撒气撒呗,反正结局已经注定了,说不定这会儿她正自己消化情绪呢,再说明天 VIP 来了不满意,让她俩来找我,总部来人就可以无视规定了?谁给她们特权住单间的,不服气就去投诉嘛,看看是她们靠山硬还是规定厉害!"

马言叹了口气,对赵忍如此胸有成竹的理论实在无法反驳,只能祈祷动静小一点。

"喂!你们俩……"

在前面独自走着的冷凝突然停下脚步回头喊道。

马言意味深长地看了一眼赵忍,意思是该来的还是躲不掉吧,赵忍并没有太紧张,回道:"冷老师有何吩咐啊?"

"你们两个大男人怎么走得那么慢,就不怕别人误以为是跟踪狂吗?"

"冷老师太贴心了,我俩这就跟上!"

赵忍和马言快走了几步,可在离冷凝还有两三米远的地方还是停下了。

"你俩什么毛病,为什么不跟我并排走?难不成我还能吃了你们!"

"冷老师说笑了,我俩是怕身上的汗味影响了您的心情,这可是对女孩子的不尊重!"

"我看你俩是心虚吧?"

"这微风阵阵如此清爽,何来心虚之说?"

"赵忍,别跟我这儿咬文嚼字,我说的什么意思你自己心里清楚,住单间这件事是我不对,所以再来两个人没关系,但我绝对不信你是为了帮我推广改革方案才用两个人换走一个人,搞不好又是你的阴谋!"

赵忍立刻露出一副委屈的表情,"冤枉啊冷老师,没想到我赵某在您眼中居然如此不堪,两个海归的高才生,性格开朗,思想开通,不正是推行改革的中坚力量吗?用两个这样的人才换一个人,用脑子想也是亏本买卖啊,要不是您,谁还值得我牺牲这么多?"

虽然已经见识过了很多次赵忍的演技,马言对他突如其来的情绪变化还是表现出了诧异,这般凄惨的语调不知道的还真以为是有冤情呢。

冷凝就是那个人。

她原本紧绷的神色立刻舒缓了下来,盯着赵忍看了半天,扑哧一乐说道:"行了行了,我又不是怪你,刚才吃饭听到这话,下意识觉得有诈,还不是一朝被蛇咬十年怕井绳,既然你都这么说了,我就信你是真心的。明天给她们做个简单的培训,这周好好试一次,就这么说吧,如果这周效果还是不理想,我会如实写一份尽调报告交上去,总部暂停营地推广我也会接受。"

赵忍好像并没有从被冤枉的情绪里彻底走出来,只是缓缓点点头。冷凝哎哟了一声说道:"好啦赵老师,是我以小人之心度君子之腹行不行?我那屋子里还有好几箱零食,明天两个小姑娘来了之后肯定也没地方放了,你俩一会儿搬一点回屋子,就当我的补偿了!"

听完这话,马言差点就要笑出声了,他对赵忍拿捏冷凝的手段佩服得五体投地。原本以为又是一场争吵,谁知道竟然变成了冷凝赔礼道歉。

搬了三箱子零食回到房间,赵忍和马言终于不用憋着了,仰天大笑。

"兄弟,你可太牛了,这样的场面都能化解!"

"不是我牛,而是她想得太复杂,就这么说吧,刚才她自己走的那一段路，估计一直在想吵起架来我会说什么，而她要如何反击，但其实我根本不会跟她吵，我是在算计她没错，可我心里只会不断告诫自己所做的这一切就是单纯为她好。只有我自己信服了，说的话表现的情绪才会是真实的，这不就是狼人杀游戏里狼人的心路历程吗？"

马言竖了个大拇指，表示赵忍这套他根本学不会。

"不过，话说回来，冷凝她爸今天的状态有点不太对劲。"

"啊，你是说最后胸口又疼又痒吗？"

"是的，我总觉得他爸的症状像心脏病。"

"但他们不是查过了没事吗？"

"心脏病也分很多种，有些必须是发病时才能查出来，今天难受了观察两天再去，结果可能就是没事。"

"那怎么办，你要提醒冷凝吗？我觉得这种事情挺尴尬的，搞不好还以为你咒她爸爸呢！"

赵忍叹了口气说道："是啊，我这一路都在纠结，不管怎么说，得找个机会旁敲侧击地提一嘴。"

……

第二天，马言很早就出门了，赵忍没有课，想着能多睡一会儿，结果敲门声不合时宜地响了起来。

"又来，都过去三年了，怎么还是睡不了一个好觉呢？"赵忍无奈地嘟囔着。

打开门，门口站着一个瘦高的女孩，戴着一顶蓝色的大檐帽，虽然看不清长相，但显得很精神。

赵忍揉揉眼睛，印象里没有见过这个人，不由得有些烦躁，问道"你找谁？"

女孩哼了一声，用手扶了一下帽子说道："就找你！"

"找我？你认识我吗就找我！"

"不认识，但马言老师说不服气就找你！"

听到这话，赵忍恍然大悟，原来这就是VIP。他立刻收起脸上的不耐烦，微微一笑说道："那你有什么事吗？"

女孩摘掉帽子，用手把短发往后梳理了一下，赵忍心中不禁感叹，果然是个美人坯子，只不过一看就不是什么善主。

"你为什么要把我们安排到别人的房间？"

"这位同学，为什么不能安排呢？"

"我明明和马老师提过要求，我和姐姐住在一起，并且——房间里只能有我俩。"

"这个要求我知道啊，可不能提了要求我就得满足吧！"

"为什么不能满足，咱们公司家大业大，连这点经费都没有吗？"

赵忍被VIP的话逗乐了，果然还是涉世未深的孩子，说出来的话一看就是不经大脑。

"同学，我想你没有搞清楚情况吧？这儿可不是你的学校你的家，这儿是社会。你还没给公司带来任何效益呢，就先让我们给你花钱？拜托你换个角度想想，我这么要求你可以吗？"

女孩一时有些语塞，赵忍继续说道："你和姐姐都是海归高才生不假，但这没办法换算成具体价值，可这儿的房间是有价值的。我是校区的负责人之一，要对所有师生负责，如果今天给你俩开了特例，那其他老师也要求住单间怎么办，你为我考虑考虑，这件事是不是不太合理呢？"

女孩无言以对，但心里还是想争一下。赵忍看出了她的欲言又止，微笑着说道："你和姐姐这样的人才愿意来这边，我们非常高兴，这么说吧，即便现在和大家的起点是一样的，但高学历意味着成长的加速度要更快一点，如果你俩能尽快适应校区的工作，并且完成一些重要的任务，别说调单间，就是工资翻倍都没有问题。"

"真的吗？"

"我还能骗你不成？大家都是这么过来的，作为比你年长几岁的大哥，在这儿再多说几句，来了这里就没人会把你俩当小孩子看待了。我们评价一个人会把学历当作参考依据，但更多的还是看工作能力，而我本人相信，你和姐姐是那种既有高智商又有极强能力的人，对吧！"

VIP 明显被赵忍的一番话说服了，使劲点点头。

"这就对了，还有一件事，你俩接下来要去配合一位老师推行某个改革方案，我呢虽然很想亲自上手，但那位老师有些强势，又是公司里派下来的钦差，我不能从人家手里抢人，具体的工作到时候她会布置。我要提醒的就是，你俩态度要和善一些，那个人后台很硬，最不喜欢别人反对她的命令，无论是错是对，你俩闷头做就行，如果她有什么事情迁怒到你们，也千万不要反驳，不然她会把事情越闹越大。我和马老师这段时间已经摸清了她的脾气秉性，谁让人家是领导呢对不对，这也是当哥哥的一点忠告。"

VIP 听完赵忍的话脸色已经有了明显的变化，她这样的天之骄子，往往最看不惯仗势欺人又或是无能装大的人，赵忍这番言论无疑在她心中埋下了一颗种子，虽然未见到冷凝，但印象已经有了，假如冷凝在这期间稍微做一点过分的事情，便会迅速印证赵忍的话，到时候矛盾自然而然就会产生，这是赵忍心中最理想的效果。

VIP 迟迟没有说话，赵忍知道凡事不能操之过急，便提醒她回去先跟姐姐解释清楚校区的安排。

看着 VIP 的背影消失在走廊尽头，赵忍露出了一抹满意的笑容。

VIP 姐妹搬进宿舍之后发生了什么赵忍不得而知，但中午吃饭的时候冷凝的情绪明显有些失落，独自一人拿着餐盘坐到了角落里。

马言看到这一幕，凑到赵忍身边悄悄说道："哎，你看冷凝的状态不太对劲！"

赵忍嘴里塞着食物没有出声，不过脸上的笑容表示他也观察到了。

"对了，上午 VIP 妹妹是不是找你去了？她们到了之后非要住单间，我就按昨天的说辞全推给你了，中间有一段时间太忙没注意，姐妹两个突然就搬进冷凝的屋子里去了，我估摸着是你劝的。"

赵忍点点头，没好气地说道："马言，我算是明白了，这个地方和我八字不合。当年那些破事天天扰得我睡不了懒觉，这都过去三年了，啥都变了，就这点诅咒没变，大清早咣咣砸门，早知道昨天就不应该揽这个活儿！"

马言哈哈大笑，搂着赵忍的肩膀使劲拍了几下，没想到远处的冷凝听到动静之后端着盘子径直朝他们这边走来。

"我说，她不会是冲着咱俩来的吧？"

话音刚落，冷凝便把盘子放到了两人面前。

"冷老师有何贵干啊?"

"赵忍,我真是错看你了!"

"冷老师是故意来找碴儿的吗?"

"本以为昨天晚上你那番话是真心的,现在想想,全是谎言,赵忍啊赵忍,你可太会演戏了,我冷凝就不应该相信一个无赖!"

听到这话,马言以为冷凝识破了他们的计划,不免有些紧张,但赵忍一边继续往嘴里送饭一边说道:"冷老师如果只是单纯为了过来骂赵某,那别怪我无礼吃相不好看。如果您是遇到了什么困难想找我解决,那请先把桌子上溅出来的菜汤擦干净,省得影响下一波工作人员吃饭的心情。"

冷凝没想到赵忍居然不还口,一时竟不知道该怎么继续。三个人僵持了一会儿,冷凝的情绪一下子松弛下来,她站起身朝服务员要了块抹布,将桌子擦拭干净。

"这就对了,冷老师压力大我们都理解,想冲着我俩撒气也没关系,同事之间嘛本来就要相互包容,但你不应该给这里的服务员阿姨增加额外工作量,现在桌子干净了,你也可以说说发生什么事情了。"

冷凝刚要开口,赵忍一摆手说道:"道歉的话就不用说了,我俩没那么小心眼,你直奔主题就好。"

"行!那我就直说了,我认为那对姐妹完全没办法配合我的工作,她们搬进来的时候我就隐隐感觉带着一点不满的情绪,甚至是眼神都不太友好。为了让她俩挨着,我特意从中间的床挪到了靠窗户的位置,可人家非说我是为了吹空调方便。收拾屋子时那些细节就不一一拿出来说了,显得我多记仇似的。刚才想拉着她俩开个碰头会,顺便将一捋工作分工,人家非说搬家一身汗要洗澡,两人一前一后洗了一个半小时。我寻思凉凉快快能坐下了吧,又说折腾了一上午又渴又饿,还没等我反应过来，拉着手逛超市去了！赵忍，你给我安排的哪是什么干将，分明两个祖宗！"

赵忍扭过头让马言给 VIP 打电话叫到餐厅来，过了几分钟，姐妹俩便提着两大袋零食出现在了门口。

一眼看见赵忍对面的冷凝，原本还在说笑的 VIP 立刻拉下了脸，快步走到餐桌前。还没等赵忍说话，妹妹便说道："不就是出去买了点日常用品嘛！至于跑到这儿来告状啊！再说我们俩刚到，不得有个准备和适应的过程吗？"

赵忍表面上不为所动，心里简直乐开了花，恨不得冲上去狠狠亲妹妹两口，这 VIP 药效果然很猛烈。

冷凝一口老血差点没吐出来，她看了一眼赵忍，想从他的表情辨别一下这是不是一场阴谋，可惜什么都没有发现。

赵忍眼见冷凝要发飙，赶紧咳嗽了一声说道："行了行了，冷老师并没有来告状，你那么激动干什么？还有，这里的工作本来就很紧张，你打听打听谁有闲工夫逛街逛超市的，按规定上到领导下到职工，一经发现都要严肃处理，冷老师你说是吧？"

冷凝知道赵忍这番话是在点自己，不由得叹了口气说道："算了算了，我也是太急于完成任务了，你们俩赶紧放下东西吃口饭，中午睡一会儿，下午三点开会可以吗？"

姐妹 VIP 点点头，冷凝端起盘子走了。

看着她出了餐厅，姐妹俩这才长出了口气，连忙拿出袋子里的酸奶给赵忍和马言。

"赵老师我还以为你真要处理我俩呢！"

赵忍微微一笑说道："怎么可能！在你俩来之前，她隔两天就偷偷跑出去逛街购物，还拉着助理当挡箭牌，搞得小姑娘两头不是人。"说着，赵忍叫来了正准备吃饭的小邓，验证了自己的说辞。

"那她还好意思跑来找您告状啊，妈呀，这人脸皮也太厚了！"

"毕竟是钦差嘛，我和马老师要么忍气吞声要么实名举报，但你想想，举报完我俩有多大概率被反杀？"

"钦差怎么了，钦差就可以肆意妄为了？怪不得她刚才认怂了，原来她自己一直在违规。哼，最看不惯这种人的嘴脸！"

赵忍和马言对视一眼，赶紧岔开话题让姐妹俩去打饭。

"哎，这妹妹可真够刚的，姐姐倒是不怎么善言辞。"

"有妹妹就足够冷凝喝一壶了。现在看一切都很顺利，刚过去一个上午三人就有了冲突，照这个情形，用不了一周，随便一个由头，她们之间就会爆发，到时候……"

……

整整一个下午 VIP 和冷凝都没有出现，办公室难得一片祥和，晚上例会开始前几分钟，略显疲惫的三人才晃晃悠悠出现，感觉像是干了什么重活儿一般。

见三人并没有流露出该有的排斥感，赵忍隐约有点不安，可当着大家的面，他也不好问，只能等例会结束后再做打算。

令他更为诧异的是，冷凝最后发言时，姐妹俩居然不约而同拿出了本子记录，而且还翻了一页继续写，明显是认真对待了。这让赵忍和马言特别好奇下午究竟发生了什么。

会议结束后，不等赵忍出击，VIP 妹妹主动凑过来说道："赵老师，从明天晚上开始，所有的教职人员会后都要写总结，冷姐姐以前都是在最里面的教室，大家移动也不太方便，您看要不就在这里一并完成可以吗？"

"姐姐？冷姐姐？"赵忍对 VIP 嘴中的这个新称呼实在难以接受。

"是呀，冷凝姐姐说大家年龄差不多，叫老师或者领导太刻板了，不如叫姐姐亲切，您觉得不好吗?"

呃……

赵忍找不出理由反驳，只能尴尬地摇摇头，另一边的马言见此情形也有些不知所措，妹妹没有等赵忍发表意见便说了句谢谢，转身追上了门口的冷凝和姐姐。

这个意外让赵忍和马言惊呆了，原本以为有了矛盾的三人，此刻已经开始以姐妹相称，这下所有的计划都泡汤了，更重要的是，究竟是什么因素导致的这一切无从得知。

回到宿舍的二人显得很苦恼，尤其是马言，他虽然没有埋怨赵忍，但嘴里嘟囔的话却是指向了送给冷凝 VIP 这件事。

"行了，既来之则安之，下午发生了什么事已经不重要了，她们如果绑在了一根绳子上，未见得是坏事。更何况咱们还有最后一层底线，这改革方案并不适用校区项目，只要这个事实不改变，她们的绳子上拴多少人都无所谓!"

马言对这个解释不太认同，但现实情况确实如此，他也没有什么办法，两个人没有继续交流，匆匆洗漱之后便睡觉了。

第二天赵忍有课，临走前他叮嘱马言，冷凝三人今天无论干什么事情都不要阻止，他倒要看看集中全部火力能造成多大的伤害。

上课期间，马言不断向赵忍发送着实时消息，有了两个精力充沛的大学生做助手，冷凝的改革方案推进起来果然顺利了很多，课堂上的氛围明显变得紧凑起来，老师们和学生的互动也多了，家长们在群里的反馈很不错。

看到马言发的消息，字里行间都流露出了一丝担心和紧迫。赵忍只能不断安慰自己这一切只是昙花一现，撑不了太久。

例会结束后，所有的教职人员都被留下写当天的总结，冷凝和VIP 姐妹也没有例外，看着全屋的人都在奋笔疾书，只有自己挺直着腰板，马言冲着门口偷窥的赵忍一阵比画——该怎么办。

回到宿舍一关上门，马言就忍不住说道："咋整啊，看这架势，根本不可能停下来啊！"

赵忍刚想安慰几句，手机突然响了起来。看见屏幕上的号码之后，他的脸色一下子阴沉了许多，马言顿时有种不祥的预感。

十几分钟后，赵忍垂着头从阳台出来，马言连忙问道："出啥事了？你这个脸色太吓人了！"

赵忍闭着眼睛，露出一丝苦涩的笑容。

"到底怎么了，你说啊？"

"兄弟，冷凝她们可能要交给你一个人面对了！"

出人意料的是，马言听到这句话之后并没有展现出该有的绝望，反而有些轻松了，这让赵忍着实有些不解。

"马言，我也没想到电话会在这个关口响起来，我……"

马言脸上的表情舒展了许多，倒退几步往床上一摔，卡着嗓子说道："老赵，此时此刻你一定很好奇为什么我不紧反松了对不对？"

看赵忍瞪大了眼睛，马言嘿嘿一笑，"看起来，我猜中了！"

"兄弟，你到底想说什么？"

"今天这通电话对于你而言可能太过突然，但对于我而言，我已经料到会有这么一天，你别用这样的眼神看我。之所以这么说，是因为从你来那天开始，我除了高兴有了最好的帮手之外，心底里其实还留有一丝余地，那就是你迟早会走，早走晚走都得走，换句话说，如果当初不是培训上课而是工作调到这边，这通电话可就是大炸弹了，现在的情况只不过印证了我提前想好的某个结局罢了。"

马言这番话第一次让赵忍感受到了他的成长，仔细想想，这个男生初到北京时很稚嫩，两人亦师亦友似乎也成了某种规则，北漂这些年，他的蜕变是最明显的，只不过赵忍习惯了用自己的方式去掌控全局，而马言并未有所干涉。

意识到自己控制了马言这么久，赵忍略有些羞愧地说了声对不起。

马言一下子坐起来，"干吗！咱兄弟两个用得着论这个吗？我的意思就是让你别有太大压力，凡事多想一步不是你教我的，不亏心地说，我可不是故意这么想的，确实是……"

赵忍摆摆手，"能想到这一步说明你确实成熟了，也怪我，你现在可是掌管着一个校区的领导，没有两把刷子怎么坐得稳这个位置。咱俩也甭整这些客套话了，既然老天爷非要我离开，那现在的目标更明确了——带着冷凝一起走！"

马言点点头说道："照今天的情形看，冷凝她们推广的效果非常理想，所有的家长群都有积极的回应，课堂的状态也不错，说实话，如果不是咱校区特殊的授课机制，这改革我第一个支持。"

"还有一点你想过没有，一直以来，咱们都是用什么样的态度去看待改革的——校区就这样，你的方案实施不了。其实，领导们完全可以推倒重建，按照上头的实力，也就是几个月的事，损失不了多少生源，而且重生后的校区可以完美运行改革方案，又可以过滤掉旧人，说句不好听的，真要到了这一步，给你马言印上个不思进取的'顽固派'，这辈子无望了！"

"靠！按你这么说，我拦着是'顽固派'不拦也得被淘汰，那是死局啊！"

"所以只要我搞走冷凝，这盘棋就活了，对了，还有最关键的一点！"

"什么？"

"昨天下午究竟发生了什么？"

……

培训中心也接到了赵忍领导打来的请假电话，虽然不影响未来的课程，但这一阶段很难再回来了。老师宣布完这一消息，整个班级的同学其实都没有太大的反应，除了一直坐在赵忍旁边的那个男生。

得知今天是赵忍上的最后一节课，男生的情绪明显有些失落。

如果不是时常看他和女朋友聊天，赵忍差一点就怀疑自己是不是被盯上了。

"兄弟，明明是我要离开，怎么你那么难过？"

"唉，能在这儿认识个年纪相仿的朋友不容易，我这个人在老家那边朋友特别少，单位里对上对下也不是很合得来。不说别的，就这次培训，大部分人推荐了我，你说说他们有多坏！"

"啥意思，到北京学习不是很多人挤破头的梦想吗？"

"兄弟，你仔细想想，两年半——学习周期这么长，等课程全部结束回去，相当于比同阶段的同事少发展了两年半，这期间有多少晋升的机会白白错过。一般来说，这样的学习，基本上来人都是长期病假又或是无关紧要的岗位，你放眼瞅瞅，班里有几个像咱俩这样年轻的职工。"

赵忍一听确实有几分道理，但他又不好意思说自己是申请的，不然非得惊掉大牙不可。

"兄弟，参加完培训你不就有了未来晋升的资本了吗？"

"话是这么说，有资本和真晋升是两个概念，清华北大的学生都挺牛，但毕业之后一定能有出息吗？我是代表单位出来学习了，回去之后晋升还是要等机会，这点道理应该不难理解吧！"

说实话，赵忍其实没有考虑到这一层，他只觉得能来北京学习是实现了当初的夙愿，至于未来的发展，他并不在乎。

"对了，你这次着急回去是做什么？"

赵忍也不清楚，领导打电话说事情很重要必须立刻终止学习，但又允诺他下周一前上班就可以，重要又不紧急的事情，多半是上级布置了一项时间周期很长的工作。

听完赵忍的分析，男生长叹了口气，"照你这么说很有可能，我在单位里就负责这种工作，没有啥技术含量不说，还不见得念着你的好！"

赵忍一边回着马言的信息一边应付着，男生看他愁眉苦脸的样子很好奇出什么事了。

赵忍本不愿透露太多，可又转念一想这个小兄弟屡次无心之言都正中下怀，说不定可以一解困境。

"兄弟，问你个问题啊，如果你自己过得很安逸，家里突然住进来一个人，生活方式和你格格不入，而你的父母偏偏站在他那边，并且执意要求他改造你，你怎么办？"

男生摸摸自己下巴上好久没刮的胡茬儿，略显无奈地说道："如果有父母的旨意，那我只能选择接受啊！"

赵忍摇摇头说道："我不是那个意思，就是你父母虽然欣赏他的生活方式，但并不是说必须把你也改造成那样！"

"那我肯定偷奸耍滑呗，只要不是父母要求必须做，他说啥我只做五分之一。"

"不不不，不是这个意思，应付差事是一种办法，就是你还有啥好的思路没有？"

"兄弟，你究竟想干啥？怎么越说我越糊涂了呢！"

赵忍哑摸哑摸，一拍大腿说道："行吧，我就实话实说了，有个女生，她的工作是改造宅男，不知道怎么回事就盯上我了，目前最好的办法就是将她轰走，有什么法子能让她必走还走得心服口服？"

男生恍然大悟，"嗨，你早这么说不就得了，这样的情况，应付差事可逼不走这个女生，反而会将折磨周期拉得无限长，如果真想她走得心服口服，那就一定要有更重要的事情发生，这样她在抉择的时候自然会放弃你，自己放弃的肯定不会挣扎。"

赵忍眼前一亮，让男生继续说。

"既然改造是工作，又是你父母支持的，想找一个更重要的工作替代很难，只能从她个人下手，比如男朋友生病了，又或是家里出了什么变故急需处理。"说罢，男生还不忘凌空呸了三下。

"唉，关键这个女生没有男朋友，倒是她爸爸有一天晚上说心口不舒服，我还好心提醒他去医院看看。"

男生用异样的眼光上下打量了一番说道："喂，咱们可不能背后咒人家父母啊，这是要遭天谴的！况且你都能联系上她爸了，莫不是家里用改造当借口逼你俩相亲吧？"

赵忍摇摇头，男生不知道详情，所以有这样的猜测不足为奇。只是这次并没有从他口中得到什么有价值的思路，赵忍不免有些失望。

两个人在课间互相交换了联系方式，又约定下一期课程继续当同桌。男生使劲抱了抱赵忍，搞得来往的人纷纷看向这边。

回到校区，马言从赵忍的脸色就能看出来事情已成定局。反观冷凝的推广势如破竹，每个课堂都已经形成了几近统一的模式，剩下的就是保持到变成习惯。

马言和赵忍来到教学楼的天台，这里的大门平时都会被一根粗铁丝拧住，防止学生偷偷上来。

"看起来，这次是真没办法阻挡她了！"

"那天下午发生的事你问出来了吗？很难想象如果是我带着两个有敌意的 VIP，怎么用一下午的时间化敌为友呢？"

马言摇摇头，"没有，那天下午她们三个去了哪儿，干了什么没有人知道，小邓如果在还有一丝可能，但现在……"

"用 VIP 换小邓这一步确实走错了，对不起！"

"嗨，你这是干什么啊！换人我也是同意的，而且前期效果还不错，谁能想到一下子变成两眼一抹黑了，这事你别太自责。"

"可是空留下你一个人应对她们……"

"如果没有什么好的办法，那就走一步看一步，做好眼前事，这也是你曾经教我的，冷凝这边我不管了，把校区整体管理抓好就得了。至于最后上头要不要换人，我相信自己吉人自有天相，又没做过啥坏事，老天爷凭啥接二连三摧残我！"

……

赵忍离开并没有和其他人透露，就连头儿都以为他在隔壁上着课，冷凝忙于盯控课堂，没有发觉马言身边少了某个人的身影。

悄悄回到老家的赵忍没有选择休息，而是火速上了班，他希望能赶紧干完活儿，争取一丝回去的机会。

不过，事情远远超出了他的预期，单位要迎接上级检查组为期两个多月的全面检查，在此期间，任何人都不得离开本地，得知这一消息，赵忍仰天长叹。

马言每次传过来的涉及冷凝的信息只用一句话代替，看似轻描淡写，实则多为无奈。

赵忍被借调到了检查组，负责协助工作，每天面对着堆积如山的档案资料，加班到凌晨一两点变成了常态，校区的事情自然被渐渐搁置了下来，对此，马言也很默契地不再打扰他。

直到那天……

接到马言电话的前一天，赵忍刚和头儿通了电话。

电话里，头儿对他不告而别的行为表达了强烈的愤慨，以至于赵忍不得不捂住听筒溜进厕所里才躲过了同事异样的眼光。

在头儿的叙述中，校区目前的境遇非常好，甚至一度远超以往各期，照这个形势继续下去，冷凝接管校区只是时间问题。

赵忍没有想到事情的发展速度超出了自己的预期，他能听出来头儿言语中对马言的叹息，如果不是半路杀出来的冷凝，校区原本的发展足以让马言职位有所提升了。现在新旧形势一对比，虽然都是好评不断，但明显改革后的校区更受欢迎，高层肯定会向冷凝这边倾斜。

头儿让赵忍不要和马言透露他们的聊天的内容，以免加重他的压力。挂了电话，赵忍陷入了深深的自责中，他一直自诩的老谋深算，在这次较量中败得一塌糊涂，不但自己离开得狼狈，就连马言也深受其害。

赵忍思前想后决定给冷凝打个电话，他现在没办法回到马言身边，只能尽自己最大的力量帮他分担一些压力。

电话那边冷凝的精神状态很好，从她银铃般的笑声就能听出来正春风得意，也难怪，这一次不被所有人看好的她，一下子震惊了大家，就连她的师傅都对这个不起眼的小徒弟刮目相看。

"赵老师，我等你这通电话等了好久啊！"

"冷老师最近势头正猛，为何要盼着我的电话呢？"

"赵忍，都到这个时候了，你还摆着一副高高在上的臭架子吗？"

"冷老师的言辞也太过犀利了，我赵某人为什么要摆着架子呢？"

"赵忍，你以为我为什么要等你？现在的马言已经被打上了顽固派的印记自身难保。师父一直在游说高层早点下令让我取而代之，想必你自己也清楚这一纸命令只是时间早晚的问题，到时候他马言是走是留还不全看我心情，高兴了留在身边当个副手，不高兴分分钟换了他。说句不好听的，马言只要离开了这里，再想得到一个这样的职位势比登天！"

赵忍对冷凝这副小人得志的嘴脸恨得咬牙切齿，但又不得不承认她的话确实在理。

"冷老师这番话说得如此深刻，不知道我和马言做了什么事让你像报仇一般？"

"做了什么？赵忍，你还跟我在这儿装无辜是吧？好好好！那天晚上你借口助我工作用两个女生换走了小邓，饭后还口口声声说自己好心好意，我当时虽然有诸多怀疑，但还是选择相信你一次。结果呢？在此之前根本没见过的两个女生一来就对我充满了敌意，要不是受人挑拨才见了鬼了。果然啊，我和两姐妹化解矛盾之后才知道，妹妹那般态度全都是因为听信了你的话，什么靠山硬、脾气大、说一不二、不接受反驳，这些你敢说不是出自你口吗？"

赵忍一时语塞，冷凝冷笑了一声说道："心虚了吧？大男人敢做不敢当！"

赵忍知道自己的计划暴露了，索性也就不再隐瞒，"冷老师既然都知道了，那就应该清楚这一切我才是主谋和实施者，马言并没有做什么，他甚至一度阻止我做这些。"

"呸！你俩还真是兄弟情深，这个时候站出来担责啊。马言是没有做什么，但他没有站在我这边就是错，你也是老江湖了，什么结局不清楚吗？再说，你做这一切为了什么？我倒下，他马言是唯一获利的人！"

"冷凝，你怎么针对我都可以，但马言不一样，他只身一人闯荡江湖，能混到现在的位置着实不容易，你又何必苦苦相逼呢？"

"赵忍！我告诉你，马言现在还能在校区工作全靠我心存怜悯，你以为那个头儿能保住他吗？高层已经向我们这边倾斜了，他能做的就是尽可能自己不受牵连，不被打上顽固派的印记。我也是着实没有想到你跑得那么快，等我发觉少了一个人的时候，你都离开四五天了，马言居然还能稳如泰山一般工作，我也算是小看了他一回！"

"冷凝，说实话，我打这通电话也是从其他人那里得到了消息——马言的现状很不好，这次我想着主动承认自己败了，能不能换取一点你的善心，最起码放过马言也好。现在看，你压根没准备收手，完全将马言当成了掌中的玩物，去留随你心情。冷凝，当初设计你是我不对，如果你只是为了出气嘴上不饶人也就罢了，但要是真不留余地对待马言，我一定……"

"你一定什么？"

冷凝在电话那边哈哈大笑道，"你一个落荒而逃的失败者还能干什么！来打我吗？拜托，你现在都不在公司了好不好，你能指挥高层开除我吗？"

"哼哼，冷凝，我已经为自己的行为受到了惩罚，而你现在这个样子，迟早……"

"赵忍啊赵忍，你都沦落到靠诅咒别人来报仇了吗？如果报应真像你说得那么灵验，我不介意试一试。告诉你，现在改革项目势如破竹，而我也是整个项目组的红人，他马言别想翻身了，哈哈哈！"

挂了电话，赵忍差点将手机扔到窗户外面，他没想到这次通话居然是这般结果，冷凝因祸得福，又知道了祸从何来，自然不会忍气吞声。

"马言啊马言，兄弟我这次真没办法了，你在那边一定要撑住！"

……

看到屏幕上显示的来电人姓名是马言，赵忍下意识有点想挂掉，他现在不太敢接这个人的电话，生怕知道了什么不好的消息，可铃声接二连三响起，赵忍只能长出了一口气，小心翼翼接起了电话。

"喂，老赵！"

听到马言的语气有些兴奋，赵忍心里顿时浮现起了一丝预感——冷凝不会遭报应了吧。

"咋的了？听你这语气有点不对劲啊！是不是那边高层下命令了？"

"哎，你怎么知道高层要下命令？"

赵忍被问了个语塞，好在马言并没有深追究，而是继续说道："告诉你一个好消息，冷凝离职了！"

"什么？离职？"

这个消息简直太劲爆了，赵忍不得不从仔细确认了一遍屏幕上的名字是马言。

"你也觉得不可思议对不对？简直太神奇了，我刚刚接到了头儿的电话，高层那边让我继续担任校区兼改革项目负责人，我——没事了！"

赵忍迟迟没有回过神来，马言并不知道他与冷凝通电话的事情，而且电话中遭报应之类的话只是他气急之下随口说的，怎么突然就灵验了？

"她出什么事了？"

"说起来跟你我还有关系，她父亲——心梗去世了！"

"什么！什么时候的事？"

"昨天凌晨吧，晚上她们一家三口出去吃饭，回去之后她父亲又说心里烦躁，然后就睡觉去了，结果，再也没醒来。"

"她家里没有备着药吗?"

"看样子应该是没有，正常家庭也不太会备着心脏病的药吧，毕竟没有遗传病谁也不会想到这一出啊。"

"天啊!"

"哎，你之前不是说要提醒她这个事情吗?"

"是想过，可这种事情我一个外人说出来不是引人多想嘛，搞不好还被当成坏心了，谁知道……"

"是啊，谁能想到啊，那个老爷子人挺好的，我们和冷凝虽然在工作中有矛盾，但她父母吃饭的时候多热情，怎么就突然去世了呢?"

"冷凝什么时候离开的?"

"我不知道，头儿说一大早办理的离职手续，她本人没来，打电话给她师傅全权处理的。好像她师傅本意是给假期处理这个事情，但冷凝自己拒绝了，声称要冷静一段时间，到时候再考虑回不回来，反正全程都很迅速，估计也是为了避嫌吧。"

赵忍闭着眼睛，虽然这个世界上没有玄学之说，但事情就发生在结束通话十几个小时之后，任谁都难以相信两者没有关联。

"老赵，虽然我对冷凝父亲的去世很难过，但这一次也算是熬过一劫，你什么时候能再来呢? 咱们好好聊聊吧。"

和马言说了个模糊的时间，挂了电话，赵忍跑到卫生间，把头埋到洗脸池的冷水里，直到喘不上来气才猛地抬起，看着镜子里一脸狼狈的自己。

事情发生得太过突然也太过巧合了，赵忍除了惊讶之外还有一股子深深的恐惧感，他甚至觉得冥冥之中有人操纵着这一切，可这样的推断有谁会信呢?

第二十二章

别来无恙

再次回到北京已经是四个月之后了，冬季的寒风吹在脸上一阵刺痛，想着上一次离开还是一片春意盎然，赵忍站在过街天桥上忍不住感叹时间过得真快。

校区除了人员流动外并没有太大的变化，头儿由于在开会没空搭理赵忍，放了马言半天假，允许他们兄弟二人好好聚聚。

赵忍这次是途经北京，坐最晚的一趟航班去厦门，两个人找了个离机场最近的小酒馆，随便点了几个小菜，边吃边聊。

"冷凝没有回来吗？"赵忍刚坐下就开口问道。

"没有，听头儿说已经去其他机构了，她师傅邀请了好几次都被拒绝了，语气还挺冲。按道理说咱也没做什么伤天害理的事情啊，怎么搞得跟结仇了似的！你知道是为啥吗？"

赵忍心中清楚冷凝态度变化的缘由，但嘴上还是没有透露出来。

"真是奇了怪了，一个项目红人，即便家里出了变故不得不花时间处理，但未来还有那么长呢，何必放弃这么好的机会，如果她不走的话，现在最起码也是仅次于头儿的级别了，想想真是可惜。"

赵忍喝了一大口饮料掩饰自己的尴尬，转移话题说道："希望她未来发展得更好吧，咱们不提这个人了。这次路过行程比较仓促，没时间细说，反正你能躲过一劫也算是幸运，现在前面已经没什么竞争了，抓住机会好好干，争取下一次来之前你能再提一级！"

两个人扯了一会儿其他的，赵忍看时间差不多了，便结了账准备赶去机场。

走出酒馆大门，赵忍隐约看见马路对面站着的一个人有些面熟，马言顺着他的目光看去，不禁好奇地问道："你在看啥呢？"

"你还记得我提到过的那个老神棍吗？"

"老神棍？那个火车站算命的'鬼老六'？"

"是的，我觉得那个人很像他！"

马言眯起眼睛看了半天说道："不可能吧，他不是混迹在火车站那边吗？这儿都是机场了，难不成他准备换服务群体了？再说花钱坐飞机的有几个能信一个街头算命的。"

赵忍摇摇头，拽着马言横穿了马路，神秘老头走得倒是不快，赵忍纠结许久还是开口叫道："鬼老六？"

话一出口，马言就笑了，这个称呼还真是够江湖的。

老头听到叫声停顿了一下，但是没回头又继续向前走去，赵忍连忙跟上，仔细一看，果然是他！

"小伙子，你要干什么？"

赵忍还没开口，马言抢先说道："听说你算命算得特别准，我们哥儿俩想找你算一次。"

鬼老六上下打量了一番马言，笑眯眯地说道："你们认错人了，我不算命。"

马言没好气地看了一眼赵忍，意思是你肯定认错了，人家不承认。

赵忍并没有放弃，非常谦卑地问道："老先生，这些年你我几次在火车站相遇，话虽然不多，但每一句都得以应验，我不知道这算不算算命，但既然在这又遇到了，说明还是有缘分，你再嘱咐我几句可好？"

马言看"鬼老六"犹豫不决，以为他没有那个能力，便拉着赵忍的胳膊准备离开。

就在这时，"鬼老六"扭头冲着马言说道："小伙子，我知道你刚刚逃过一劫，最近好事不断。但人不能太过骄纵，毕竟有前车之鉴啊！"

"鬼老六"声音虽然不大，却让马言一下子愣住了，赵忍脸上一喜，能说出这话说明眼前之人确实是火车站的算命老头。

"你你你，你怎么知道我逃过一劫的？"马言的声音有些哽咽。

"鬼老六"没理他，转向赵忍说道："最想见的那个人迟早能见到，不要着急。"

赵忍还想追问什么意思，只见"鬼老六"佝偻的身体微微一扭，绕过了二人，晃晃悠悠消失在了路尽头。

马言想追上去，赵忍一把拉住他，"别去了，他就是这样，每次话都不多，也不会解释，我们只要记住就行了。"

上车前，赵忍再三叮嘱马言一定记着"鬼老六"的话，万事小心谨慎，看着他满不在乎的表情，知道自己多说无益。约好下次再见，便向机场驶去。

直到飞机起飞，赵忍还在回忆"鬼老六"所说的那句话，自己想见的人多了，大姐、娇姐、老板娘、葛小仙……她们分布在天涯海角，这辈子再见谈何容易，也不知道他口中的迟早是什么时候。

飞机落地已经是凌晨了，北方寒冬时节，厦门却依然温暖如春。赵忍背着行囊站在出口，四处瞭望着出租车。这时，一个男人搓着手走过来问道："小伙子，去哪儿啊？"

赵忍上下打量了一番问道："去曾厝垵多少钱？"

男人哈哈一笑回道："巧了，车上还有个女孩子也去曾厝垵，咱们看看情况能不能再接一个，这样你们三个人平分车钱怎么样？"

赵忍点点头，跟着司机来到车前，将后备厢打开放好了背包。

"小伙子从哪儿来的？"

"北京！"

"哎哟，车上那个女孩子也是从北京来的，你俩一趟航班吧？"

"飞机上那么多人，我也没仔细看啊，她应该是比我早出来吧。"

正说着，车门突然打开了，赵忍吓了一跳，因为里面缓缓露出了一张女孩子的脸庞。

"赵老师，别来无恙啊！"